Béla Bolten

Der Aufbewarier

Kriminalroman

Impressum

1. Auflage 2012
© 2012 - Béla Bolten
In den Reben 11
D-78465 Konstanz
belabolten@email.de

Alle Rechte vorbehalten

ISBN-13: 978-1481287555
ISBN-10: 1481287559

Lektorat: Angela Braun, Schliersee, info@lektoratbraun.com.
Cover-Design: Sabine Herke, www.herkewerke.de

Der Autor im Internet:
belabolten.wordpress.com

Inhalt
Berlin 1943. Angst beherrscht die Stadt. Während die einen Nacht für Nacht in die Bunker flüchten, versuchen die anderen verzweifelt, ihren Häschern und damit der Verschleppung und Ermordung zu entkommen.
Nach einem Luftangriff wird in einem Keller die zerstückelte und kopflose Leiche einer Frau gefunden. Der zum Wachtmeister degradierte Kriminalpolizist Axel Daut wird von seinem Freund und Ex-Kollegen zu den Ermittlungen hinzugezogen.
Bei der Suche nach dem Mörder gerät Daut in ein menschliches Panoptikum aus Gejagten, stillen Helden und bedenkenlosen, sich schamlos bereichernden Opportunisten. Er trifft aber auch auf Frauen, die mit dem Mut der Verzweiflung um ihre Männer und ihr kleines, privates Glück kämpfen und er lernt einen der größten Stars seiner Zeit kennen. Am Ende findet Daut die Wahrheit, von der die Welt aber nie erfahren wird.

Über den Autor
Béla Bolten, 1957 im Münsterland geboren, lebt und arbeitet am Bodensee. Seit vielen Jahren schreibt er als Ghostwriter Biografien und zeithistorische Sachbücher. »Der Aufbewarier ist der zweite Kriminalroman mit dem Ermittler Axel Daut.
Mehr Informationen im Internet:
http://belabolten.wordpress.com/

Freitag, 26. Februar 1943

Eins

Wie schnell nach dem infernalischen Lärm Stille eintrat. Niemand redete, kein Geräusch, nicht einmal ein Husten oder Niesen. Nur das konzentrierte Lauschen, das gespannte Warten darauf, dass die Sirenen, die vor nicht einmal einer Stunde mit jaulendem, an den Nerven zerrendem Auf- und Abschwellen Tod und Verderben angekündigt hatten, zur Entwarnung bliesen. Wie leise hundert Menschen sein konnten. Die Angst schnürte die Kehlen zu. Sie lebten, aber was würde sie draußen erwarten? Die letzte Bombe war nicht weit entfernt eingeschlagen, die Detonation hatte den Keller erzittern lassen. Die Tommies waren schon auf dem Rückweg, vielleicht war es ein Notabwurf eines angeschossenen Bombers oder eine fehlgeleitete Mine. Als der letzte Sirenenton verklungen war, öffnete Axel Daut die Tür des Luftschutzkellers, stieg die Stufen zum Erdgeschoss hinauf und trat hinaus auf die Straße. Tief atmete er die frische, kalte Luft ein. Es war eine dunkle Neumondnacht, wegen der Verdunkelung von keinem Licht erhellt. Daut blickte hinauf. Nur im Nordwesten leuchtete ein roter Streifen am Himmel. Die Engländer hatten das Zentrum ins Visier genommen, sein Viertel im Südwesten Berlins war wieder einmal verschont geblieben. Fast jedenfalls, denn als Daut nach rechts schaute, sah er, wie sich Flammen langsam, aber stetig durch den Dachstuhl eines fünfstöckigen Hauses fraßen. Daut lief auf das etwa dreihundert Meter entfernte Gebäude zu, mit der rechten Hand den Tschako festhaltend. Er trug dieses Ding jetzt schon zwanzig Monate und hatte sich immer noch nicht an die nutzlose Kopfbedeckung gewöhnt. Als er noch hundert Meter von dem brennenden Haus entfernt war, erschreckte ein ohrenbetäubender Knall ihn derart, dass er hinter einer Hofmauer Schutz suchte. Asche flog durch die Luft, und ein pfeifendes Geräusch schmerzte im Ohr. Irgendwo war eine Gasleitung zerborsten, hoffentlich funktionierte die Notabschaltung. Daut verließ seine Deckung und ging weiter auf das Haus zu. Aus einer Dachluke schob sich der Oberkörper eines bulligen Mannes. Er legte eine Leiter aufs Dach, auf der er sich langsam in Richtung des Brandherdes schob. Ein zweiter Mann tauchte auf und folgte ihm. Ein dritter reichte ihnen einen Eimer heraus. Die immer höher schlagenden Flammen setzten die Szenerie in grelles Licht, die Schatten der Männer tanzten auf den Dachpfannen wie die Figuren einer Laterna magica. Die Löschkette schien zu funktionieren, denn Eimer auf Eimer wurde zum ersten Mann hinaufgereicht, der das Wasser in die Flammen goss. Sie hatten Glück gehabt und konnten ihr Hab und Gut retten.

Dauts Hilfe wurde hier nicht benötigt, also ging er weiter. Eine Frau hastete aus einer Seitenstraße, in der Hand eine abgewetzte, alte Tasche. Schweigend lief sie an Daut vorbei. Vermutlich hatte der Angriff sie beim Besuch einer Freundin oder Verwandten überrascht und sie wollte jetzt so schnell wie möglich nach Hause. Aus einem Hauseingang trat ein Junge. Für einen Moment glaubte Daut, in dem dreizehn oder vierzehn Jahre alten Steppke seinen

Sohn Walter zu erkennen. Dabei sah er ihm nicht einmal ähnlich mit seinen dichten, flachsblonden Haaren

»Wachtmeister! Hierher! Schnell!«

Der Junge verschwand wieder im Haus. Daut beschleunigte seine Schritte und folgte ihm.

»Hierher!«

Die Stimme kam aus dem Keller. Daut suchte den Lichtschalter. Als er ihn gefunden hatte, drehte er vergeblich. Stromausfall. Vorsichtig tastete er sich durchs stockfinstere Treppenhaus die Stufen hinunter.

»Die verdammte Tür hat sich verkeilt.«

Dauts Augen hatten sich noch nicht vollständig an die Dunkelheit gewöhnt. Er erkannte nur schemenhaft, dass der Junge mit aller Kraft an der Tür zum Luftschutzkeller riss.

»Die sind alle noch da drin. Meine Mutter auch.«

»Und wo warst du?«

»Bei meiner Oma in der Eylauer Straße.«

Das war nur ein paar Querstraßen entfernt. Vermutlich war der Junge direkt nach der Entwarnung losgelaufen.

Daut schob ihn zur Seite.

»Lass mich mal.«

Er zog an der Klinke und stemmte den Fuß gegen die Mauer.

»Ach du meine Güte«, sagte der Junge, »da denk'ste, du rufst einen kräftigen Polizisten zu Hilfe, und was kriegst du: einen Krüppel.«

Daut ignorierte die Frechheit. Inzwischen hatte er sich an die Dunkelheit gewöhnt. Links vom Eingang des Luftschutzraumes stand eine Kellertür auf. Ein gutes Dutzend Holzpfähle lag an einer Wand aufgestapelt. Sie waren an einem Ende angespitzt, vermutlich hatten sie einmal als Zaun ein Grundstück umfriedet.

»Na, sieh mal einer an«, sagte der Junge. »Da hat der olle Westphal wohl irgendwo einen Jägerzaun geklaut, damit er es mit seiner Alten schön warm hat in der Stube.«

Daut ergriff einen der Pfähle. Wie beim Mikadospiel, das er früher wegen seiner fehlenden Hand zwar gerne, aber doch erfolglos mit Luise gespielt hatte, fiel der gesamte Stapel Pflöcke zusammen. Er wiegte einen in der Hand und ging zurück zur Luftschutztür. Dabei stolperte er über einen gewaltigen, mitten im Kellerflur stehenden Pappkarton. Er wollte ihn mit dem Fuß zur Seite schieben, schaffte es aber nicht, ihn auch nur einen Zentimeter zu bewegen.

»Verdammt, was ist denn da drin? Wackersteine?«

Daut stieg über den Behälter und setzte den Pfahl an der Tür an.

»Hilf mir mal!«

Der Junge lehnte sich mit seinem ganzen Körpergewicht gegen das Pfahlende. Gemeinsam zogen sie am Hebel, und die Tür gab nach.

Eine sehr kleine, sehr alte Frau drückte die Tür mit beiden Händen von innen endgültig auf.

»Na endlich! Wir wollten schon die Mauer in den Nachbarkeller aufbrechen. Wie sieht es draußen aus?«

»Nicht viel passiert.«

Daut zwängte sich an ihr vorbei in den Keller.

»Alles in Ordnung hier? Niemand verletzt?«

»In Ordnung ist nichts«, antwortete ein Mann, den Daut auf etwa sechzig Jahre schätzte. Sicher war er sich nicht, der Krieg ließ die Menschen schnell altern.

»Seien Sie vorsichtig, wenn Sie rausgehen. Wem gehört dieser Karton? Man sollte ihn wegräumen, sonst fällt noch jemand drüber.«

Der Mann, der zuvor nichts in Ordnung gefunden hatte, ergriff den Pappbehälter und ächzte, als er ihn hochhob. Mit Schwung warf er ihn zur Seite. Als er auf dem Boden aufkam, riss die rechte Hälfte auf. Ein in Zeitungspapier gehüllter Klumpen rollte heraus.

»Ist das Ihr Karton?«, fragte Daut.

»Sehe ich so aus, als hätte ich das schwere Ding hier reingeschleppt?«

Der Mann schlug das Papier zurück.

»Na, was haben wir denn da? Da hat wohl ein Volksgenosse sein schwarz geschlachtetes Schwein in Sicherheit bringen wollen.«

Daut konnte nicht erkennen, um was für ein Fleischstück es sich handelte. Für einen Schinken war es zu groß. Ganz frisch schien es auch nicht zu sein, denn ein leicht süßlicher Geruch stieg ihm in die Nase. Er versuchte, den Fleischklumpen vollständig in den Karton zurückzustopfen. Das Zeug musste raus aus dem Keller. Als er mit einer Hand an dem Behälter zog, riss die leicht angenässte Pappe der Länge nach auf. Daut trat einen entsetzten Schritt zurück. Was dort aus dem Karton ragte, war ohne Zweifel eine menschliche Hand. Und ein Finger zeigte genau auf ihn.

Samstag, 27. Februar 1943

Zwei

»Sie sperren jetzt endgültig alle ein. Alle, Kurt! Hast du mich verstanden?«

Carla rüttelte ihren Mann an der Schulter.

Kurt schaute sie aus vor Müdigkeit geröteten Augen an. Jede Bombennacht war eine Tortur. Er durfte als Jude nicht in den Luftschutzkeller und saß in der verdunkelten Wohnung, während um ihn herum die Bomben detonierten und Gebäude wie Spielkartenhäuser zusammenbrachen. Dabei war das nicht einmal das Schlimmste. Am meisten bedrückte ihn, dass Carla sich weigerte, ihn allein zu lassen. Sobald die Sirenen losheulten, hockte sie neben ihm auf der Erde, zitternd vor Angst und unfähig, ihrer Panik Ausdruck zu verleihen. Sie zog die Knie an und umklammerte ihre Unterschenkel mit den Armen, als könne sie damit einen sicheren Kokon bilden. In diesen Momenten hasste er sich für den unverantwortlichen Leichtsinn, seine große Liebe geheiratet zu haben. Das war jetzt schon fast acht Jahre her, und im Mai 1935 waren Ehen zwischen Juden und Nichtjuden noch nicht verboten gewesen. Aber er hätte ahnen müssen, in welche Gefahr er Carla brachte. Immerhin war Hitler damals schon zwei Jahre Reichskanzler und ließ keinen Zweifel daran, dass er den Juden in Deutschland den Garaus machen wollte. Jetzt war es also so weit, dass ihn auch seine Ehe mit einer »Arierin« nicht mehr schützte. Er griff Carlas Hände und nahm sie vorsichtig von seinen Schultern, schlang seine Arme um sie und drückte sie an sich. Er vergrub sein Gesicht in ihre dichten, schwarzen Haare, die wie immer leicht nach Rosen dufteten. Wie kam Carla bloß immer noch an diese Seife? Vermutlich hatte die Ufa ihre Geheimquellen, und auch wenn seine Frau nur noch selten kleine Filmrollen bekam - der Ehefrau eines Juden konnte man unmöglich mehr anbieten -, mangelte es ihr doch nie an Schminktiegelchen und Cremetöpfchen.

»Woher willst du wissen, dass sie gerade heute die wenigen Juden verhaften, die noch in der Stadt sind?«

»Wie oft soll ich es dir denn noch erklären. Weidt hat es mir gestern gesagt. Charly hat ihn so lange bedrängt, bis er den weiten Weg zu uns auf sich genommen hat. Du weißt, wie ungern er Besuche macht und dass er dabei auf Hilfe angewiesen ist.«

Der liebe Papa Weidt. Kurt kannte ihn weniger gut, als man denken könnte. Schließlich bot er seiner Schwester Charlotte, die alle nur Charly nannten, was viel besser zu ihrer burschikosen Art passte, seit fast zwei Jahren einen Unterschlupf. Einmal hatte Kurt sie dort besucht. Sie hatte ihm trotz ihrer fast dreiundzwanzig Jahre mit kindlichem Übermut ihr Versteck gezeigt. Einen kleinen Raum am Ende der Blindenwerkstatt, dessen Tür hinter einem Kleiderschrank versteckt war. Um in das Zimmer zu gelangen, musste man durch den Schrank mit den dicht gehängten und widerlich nach Mottenkugeln stinkenden Mänteln kriechen. Hier hauste seine Schwester, ohne Licht und Luft. Sie durfte ihr Versteck nur abends verlassen, wenn keine Gefahr unangekündigter Besucher bestand. Und auch dann beschränkte sich ihre Freiheit auf die wenigen Räume der Bürsten- und Besenmacherei.

Kurt löste sich von Carla, sah ihr in die Augen und sagte, wobei er sich bemühte, so gelassen und ruhig wie möglich zu klingen: »Möchtest du so leben wie Charly? Ich könnte das nicht.«

»Und was ist die Alternative?« Carlas Stimme überschlug sich fast. »Ich sage es dir: der Tod ist die Alternative. Deine kleine Schwester wäre längst irgendwo im Osten, so wie deine Eltern, von denen wir seit über einem Jahr keine Nachricht mehr haben.«

Sie machte eine Pause, um die Wirkung ihrer Worte zu überprüfen. Kurt drehte sein Gesicht von ihr weg. Es tat ihr leid, so hart auf ihn einreden zu müssen. Das unbekannte Schicksal seiner Eltern verfolgte ihn bis in den Schlaf. Oft schreckte er nachts von Albträumen geplagt schweißgebadet hoch. Aber sie musste ihn davon abhalten, heute das Haus zu verlassen. Also sprach sie weiter:

»Wie ungerecht du doch bist, Kurt. Otto Weidt riskiert sein Leben für seine jüdischen Mitarbeiter, und das weißt du auch. Er würde auch dir helfen, ohne eine Sekunde darüber nachzudenken. Du solltest das nicht so geringschätzen und ausschlagen, denn du wirst es eines Tages bereuen.«

Kurt wendete sich abrupt von seiner Frau ab und begann, im Zimmer umherzugehen.

»Was soll das, Carla? Wenn Sie uns holen wollen, finden Sie uns überall. Glaubst du wirklich, ich wäre hier in der Wohnung sicher? Sie wissen doch, wo sie mich finden können. Soll ich jahrelang in irgendeinem Loch dahinvegetieren, immer in der Angst, dass sie mich doch noch finden und ohne zu wissen, wie es dir ergeht, denn es wäre ja viel zu gefährlich, wenn wir uns träfen ... Ich kann das nicht, und ich will es auch nicht. Es gibt keinen sicheren Platz mehr für mich in diesem Land, und raus komme ich nicht mehr. Dafür ist es zu spät.«

Sie hatten ähnliche Debatten schon oft geführt, und jedes Mal hatte sich Carla vorgenommen, nicht zu weinen. Meistens hatte es geklappt, doch heute schossen ihr die Tränen in die Augen. Sie schluchzte und warf sich Kurt in die Arme. »Lass mich nicht allein. Bitte!«

Kurt nahm ihr Gesicht in die Hände. »Ich werde jetzt zur Arbeit gehen wie jeden Tag. Und ich werde heute Abend wieder nach Hause kommen - wie jeden Tag. Sie brauchen uns als Arbeitskräfte, so leicht sind wir gar nicht zu ersetzen. Und morgen ist Sonntag. Da bleiben wir hier daheim. Den ganzen, wunderbaren langen Tag.«

Kurt hob seine Frau in die Höhe, die ihm von Woche zu Woche leichter vorkam, und wirbelte sie im Kreis herum. In einer Art Singsang fügte er hinzu: »Den ganzen, langen Sonntag, von morgens bis abends bleiben wir im Bett.«

Drei

»Kann nicht mal endlich jemand den Schweinwerfer so ausrichten, dass man auch etwas erkennen kann? Wie soll man denn da arbeiten!?«

Kriminalkommissar Ernst Rösen fuchtelte mit den Armen herum und beugte sich dann über den Torso, der immer noch halb von Pappe bedeckt war.

»Wo ist deine schlesische Gelassenheit geblieben?« Daut war von hinten an seinen Kollegen und Freund herangetreten. Bei Rösens Eintreffen war er draußen gewesen, um sich zu vergewissern, dass der Brand drei Häuser weiter gelöscht war. Der Zugführer der Feuerwehr hatte ihm berichtet, dass die britischen Flieger keine gravierenden Schäden angerichtet hatten. Lediglich in Mitte hatte es einige Häuser erwischt, ansonsten reihte sich diese Nacht in die lange Reihe vergleichsweise harmloser Luftangriffe ein. Andere Städte, vor allem im Ruhrgebiet, waren viel schlimmer dran. Die Berliner waren inzwischen sicher, dass alle bisherigen Angriffe nur die Ouvertüre zu einem großen Schlag waren.

Rösen richtete sich auf, drehte den Schirm des Scheinwerfers in Dauts Richtung und brummte: »Hast auch schon mal besser ausgesehen. Fällst ja langsam vom Fleisch.« Dabei zog er den Gürtel einige Zentimeter von Dauts Uniformmantel ab. »Außerdem habe ich es ja schon immer gesagt: Das Zeug steht dir einfach nicht.«

»Siehst auch nicht gerade aus wie das blühende Leben«, entgegnete Daut und schlug seinem Gegenüber freundschaftlich mit der Hand auf die Schulter.

»Wie denn auch. Erst verbringt man die halbe Nacht im Luftschutzkeller und versucht, die Dame des Herzens zu beruhigen. Kaum ist man endlich im warmen Bettchen, klingelt das Telefon, weil ein übereifriger Wachtmeister irgendwo in dieser verteufelten Stadt Körperteile eines Menschen gefunden hat, der ganz gewiss nicht auf natürliche Weise vom Leben in den Tod gegangen ist, was heute allerdings ohnehin die Ausnahme darstellt. Hätte ich gewusst, dass du der Finder bist, müsste Irma jetzt nicht allein im Bett liegen und frieren.«

Sie frotzelten wie früher, wenn sie zu einem Leichenfundort gerufen wurden und ihre Beklemmung überspielen wollten. Als hätte es den Fall Kitty und Dauts Degradierung vom Kriminalkommissar zum Wachtmeister nie gegeben. Willi Gisch, Dauts Partner auf den langen, nächtlichen Patrouillengängen durch das finstere Berlin, fielen vor Staunen ob so viel Vertrautheit fast die Augen aus dem Kopf.

Rösen richtete den Lichtstrahl wieder auf den halb entblößten, kopflosen Torso und deutete auf die runden, festen Brüste.

»Die Frage nach Männlein oder Weiblein ist jedenfalls auf den ersten Blick beantwortet. Alter zwischen zwanzig und vierzig, oder was meinst du, Axel?

»In weiblicher Anatomie dürftest du im Moment der Fachmann sein.«

Dauts Antwort fiel barscher aus als geplant, und Rösen machte eine entschuldigende Geste. Er vergaß mitunter, dass sein ehemaliger Partner seit fast zwei Jahren unfreiwillig Strohwitwer war.

Daut räusperte sich und versuchte, die einsetzende Beklemmung mit einem dienstlichen Ton zu verscheuchen.

»Dann wollen wir doch mal sehen, ob der untere Teil des Körpers zum oberen passt.«

Dabei zog er den Rest der Pappe vorsichtig zur Seite. Die drei anwesenden Männer starrten schweigend auf die schamlos daliegende Vulva.

»Da wird der Fotograf seine helle Freude haben.«

Rösen fasste Daut am Ärmel.

»Komm, lass uns rausgehen, Axel. Mir reicht der Anblick primärer und sekundärer weiblicher Geschlechtsmerkmale für heute.«

Auf der Straße bot Rösen eine Zigarette an, und sie rauchten schweigend einige Züge.

»Wie geht es der Familie, Axel?«

»Gut.«

Mehr als diese kurze Antwort schien Daut unangemessen. Was sollte er auch sagen, so genau wusste er es ja selber nicht. Er hatte seine Frau Luise zuletzt vor zwei Monaten gesehen, und es würde viele Monte dauern, bis er sie wieder treffen könnte. Die beiden Großen, Walter und Ilse, entfremdeten sich immer mehr von ihm, und Bärbel hatte er erst zwei Mal jeweils für ein paar Tage gesehen. Im Sommer würde sie zwei Jahr alt. Wie sollte sie ihn jemals als Vater akzeptieren? Die Trennung von Frau und Kindern schien ihm die schwerere Strafe, mit seiner Degradierung zum Streife laufenden Schutzpolizisten war er ganz gut fertig geworden. Da konnte man wenigstens nicht so leicht in ein Fettnäpfchen treten, von denen genug in der Gegend herumstanden.

Rösen spürte, wie sehr die Trennung von seiner Familie an Daut nagte. Er versuchte, ihn aufzumuntern und gleichzeitig zu ihrer Arbeit zurückzukommen.

»Vielleicht ist es ja besser, dass Luise und die Kinder nicht in Berlin sind. Es ist die falsche Zeit für ein glückliches Familienleben. Womit wir beim Thema wären. Was hältst du von der Sache hier?«

Er deutete mit dem Daumen nach hinten Richtung Hauseingang. Daut nahm einen letzten Zug von seiner Zigarette, warf sie auf den Gehweg und drückte sie mit der Schuhspitze aus.

»Das bedeutet jede Menge Lauferei, würde ich sagen. Ohne Kopf dürfte die Identifizierung das größte Problem sein. Im Moment bleibt uns kaum etwas anderes übrig, als im Haus und in der Nachbarschaft zu fragen, ob jemand eine Frau im Alter zwischen zwanzig und vierzig, maximal fünfundvierzig Jahren vermisst. Vielleicht ist der Rest der Dame irgendwo anders aufgetaucht.«

»Dein Wort in Gottes Ohr, Axel. Ist dir sonst noch irgendetwas aufgefallen? Du hast sie ja schließlich gefunden.«

»Vor dem Luftangriff scheint der Karton noch nicht da gewesen zu sein. Es konnte sich wenigstens keiner der Hausbewohner und Nachbarn, die den Luftschutzkeller benutzen, daran erinnern. Der Luftschutzwart schwört auch tausend Eide, dass die Kiste erst während des Angriffs dort deponiert worden ist.«

»Dann ist der Mann, den wir suchen, auf jeden Fall ein abgebrühter Hund. Einen derart schweren Kasten bei völliger Dunkelheit durch die Stadt zu schleppen, während über dir die Bomber dröhnen, ist nichts für schwache Nerven.«

»Andererseits ist die Gefahr, entdeckt zu werden, nie geringer als in so einer Stunde. Kein Mensch auf der Straße, alle hocken in ihren Kellern. Augenzeugen brauchen wir wohl gar nicht erst zu suchen.«

Daut schlang die Arme um den Körper.

»Lass uns reingehen, Ernst. Mir ist kalt.«

»Geh du in den Keller und pass auf, dass keiner die Leiche anrührt. Ich fahre ins Präsidium und schicke dir die Techniker her. Anschließend kümmerst du dich darum, dass die kühle Dame in die Gerichtsmedizin kommt. Vielleicht können die Leichenschnippler noch etwas zur Identifizierung beitragen.«

Daut schlug die Hacken zusammen und führte die Hand an den Tschako.

»Zu Befehl, Herr Kriminalkommissar.«

Rösen schüttelte den Kopf. Warum traf er in der letzten Zeit nur so oft den falschen Ton, wenn er mit Daut redete? Es tat ihm leid, aber er winkte nur ab und ging davon.

Vier

Daut hielt im Keller Leichenwache und fror dabei entsetzlich. Nach zwei Stunden tauchten die Techniker auf, machten ein paar Fotos und suchten den Boden nach eventuellen Spuren ab. Erfolglos. Nach einer halben Stunde packten sie zusammen und waren verschwunden. Daut wartete auf den Leichentransporter. Als er eine weitere Stunde später immer noch nicht da war, reichte es ihm. Dann nahm er die Sache eben selber in die Hand.

»Willi«, sagte er zu dem vor dem Haus Wache haltenden Gisch, »wir können hier warten, bis wir schwarz werden. Die haben uns vergessen, oder alle Leichentransporter sind anderweitig im Einsatz. Wir brauchen einen Handwagen und eine Transportkiste. Unser unvollständiges Opfer ist ja nicht so schwer zu transportieren.«

»Eine Handkarre steht hinten im Hof beim Revier.«

Gisch hatte es kaum ausgesprochen, schon war er weg. Daut fragte den Blockwart, der sich im Hausflur herumdrückte, um ja nichts zu verpassen: »Wissen Sie, wo ich eine Kiste finde, die groß genug ist für den Torso?«

Der Mann überlegte angestrengt, zumindest deutete sein in strenge Falten gelegtes Gesicht auf gesteigerte Hirnaktivität hin. Daut wurde schon ungeduldig und wollte an einer der Haustüren klingeln, als der Blockwart eine Eingebung hatte.

»Der Möller hat eine Munitionskiste im Keller. Die müsste passen.«

Tatsächlich erwies sich Möllers Munitionskiste als groß genug. Der mit Eisen beschlagenen Kasten maß knapp einen Meter mal siebzig Zentimeter. Das sollte für den Oberkörper samt rechtem Arm reichen, die Frau war zum Glück nicht allzu groß gewesen. Der Blockwart schleppte die Kiste in den Keller und stellte sie neben den Torso. Anschließend trat er zwei Schritte zurück und schaute Daut erwartungsvoll an, der ihn anblaffte:

»Glauben Sie, ich schaffe das alleine?« Er hob den Arm mit der Prothese.

»Russland?«

»Nein, Frankreich. 1918.«

Daut stellte sich ans kopflose Ende der Leiche und legte seinen rechten Arm unter ihre Schultern. Mit der Holzhand stabilisierte er den Körper an der linken Seite. Dann bedeutete er dem Blockwart mit Kopfnicken, die Beinstumpfe zu greifen, wozu der sich erst nach einigen Sekunden durchringen konnte. Mit Schwung hoben sie den Leib in die Kiste. Schwieriger war es, den Arm so auf den Bauch der Frau zu platzieren, dass sich der Deckel schließen ließ. Zum Glück war die Leichenstarre noch nicht eingetreten oder hatte sich bereits wieder gelöst. Daut überlegte, wie der zeitliche Ablauf war, und glaubte sich zu erinnern, dass die Totenstarre etwa zwölf Stunden nach Eintritt des Todes voll ausgeprägt ist. Spätestens achtundvierzig Stunden später löste sie sich wieder, das Opfer dürfte also schon vor mindestens zwei Tagen ermordet worden sein.

Sie schleppten die Kiste nach oben und brauchten anschließend eine Zigarettenpause. Daut spendierte dem Blockwart eine Ernte 23, der sich dafür überschwänglich bedankte. Mehr Worte wurden nicht gewechselt, bis Gisch den Handkarren brachte.

»Und wohin damit jetzt?«, fragte der Blockwart.

»Rechtsmedizin.« Daut hatte keine Lust, Einzelheiten der Ermittlung in einem Mordfall mit dem Mann auszutauschen. Deshalb ergänzte Gisch: »Leichenschauhaus in der Hannoverschen. Aber wie willst du da hinkommen, Axel?«

»Na wie wohl!«

Daut bedeutete den beiden anderen, die Kiste auf den Handkarren zu stellen, ergriff die Deichsel und ging Richtung S-Bahnhof Kolonnenstraße. Die Bahn war wie immer überfüllt. Die Menschen drängten sich schon auf dem Bahnsteig, und als er mit dem Handkarren den Wagen betreten wollte, musste er sich Respekt verschaffen. Er sprach mit lauter Stimme einen etwa dreißig Jahre alten Mann an:

»Nun helfen Sie mir schon, Sie sehen doch, dass ich versehrt bin.«

»Müssen Sie denn auch Ihre ganzen Habseligkeiten mit der Bahn quer durch Berlin karren. Hätten se doch auch bei Muttern unterstellen können.«

Für einen Moment war Daut geneigt, den vorlauten Sprücheklopfer mit der Wahrheit zu konfrontieren, ließ es dann aber lieber. Das zweimalige Umsteigen klappte leidlich, zumindest aber ohne unverschämte Kommentare. Wie immer machte Daut die Luft in der U-Bahn zu schaffen, der Gestank schien ihm heute penetranter als sonst und verursachte einen leichten Würgereiz, den er nur kaum unterdrücken konnte. Deshalb war er nicht böse, als Lautsprecherdurchsagen die Passagiere informierten, dass der Verkehr zwischen Friedrichstraße und Oranienburger Tor unterbrochen war. Anscheinend gab es durch Erschütterung verursachte Schäden am Tunnel. Ganz so folgenlos war der nächtliche Angriff also doch nicht gewesen. Jetzt verschaffte er Daut die Gelegenheit, an die frische Luft hinaufzusteigen. Seinen »Leichenwagen« hinter sich her ziehend, spazierte er über die Friedrichstraße. Auch wenn dieses nie der belebteste Teil des einstigen Prachtboulevards gewesen ist, war es jetzt gespenstisch ruhig. Die Menschen schlichen mit gesenkten Köpfen an den grauen Klinik- und Bürogebäuden vorbei. Grau war überhaupt die vorherrschende Farbe der Zeit. Häuser, Straßen, Kleidung, ja selbst die Gesichter der Menschen, alles wirkte, als hätte jemand die Farben herausgewaschen. Als er die Oranienburger überqueren wollte, brausten drei Krankenwagen Richtung Charité.

Der Pförtner der Rechtsmedizin wies Daut an, in einem kleinen Verschlag am Eingang zu warten. Mit ihm saßen noch drei in sich gekehrte Frauen in dem Raum, den Blick zu Boden gesenkt. Warteten sie auf eine Todesnachricht? Weil kein Stuhl mehr frei war, nahm Daut auf der Kiste Platz. Er hätte jetzt gerne geraucht, traute sich aber nicht, um Erlaubnis zu fragen. Endlich wurde er aufgerufen. Ein junger Sektionsgehilfe öffnete die Kiste. Daut registrierte, dass sämtliches Blut aus seinem Gesicht verschwand, als er den verstümmelten Leichnam ansah. Sichtlich um Fassung bemüht, notierte er Dauts Angaben zu Fundort und -zeitpunkt auf einer Karteikarte. Die Konzentration auf diese Routinearbeiten ließ ihn die Fassung zurückgewinnen, die er allerdings von Neuem verlor, als er den ausgefüllten Zehenzettel anbringen wollte.

»Nehmen Sie doch einfach einen Finger«, versuchte Daut die Situation zu entkrampfen. Der Gehilfe nestelte das Stück Papier an den Mittelfinger der rechten Hand, griff dann wieder die Karteikarte und fragte ohne aufzublicken:

»Ermittelnder Kriminalbeamter?«

Nachdem Daut ihm Rösens Namen, Dienstgrad und Telefonnummer diktiert hatte, verließ er das Leichenschauhaus wie jedes Mal mit großer Erleichterung. Erst jetzt merkte er, wie müde er nach dieser schlaflosen Nacht war. Er beschloss, so weit wie möglich zu Fuß zu gehen, um halbwegs wach zu werden. Seine Schicht war ohnehin beendet, und niemand erwartete ihn vor sechs Uhr am Abend auf dem Revier. Direkt hinter der Kreuzung der Friedrichstraße mit der Behrensstraße stand eine Sperre. Der davor stehende Wachtmeister klärte ihn auf, dass vermutlich ein Blindgänger in einem brachliegenden Grundstück niedergegangen sei.

»Bevor der nicht entschärft ist, kommt hier niemand durch.«

Daut setzte seinen Weg über die Mauerstraße fort. Bis zum Bahnhof Kochstraße wollte er laufen und von dort nach Hause fahren. Kurz vor der Einmündung in die Zimmerstraße wäre er beinahe von einem Möbelwagen überfahren worden, der mit großer Geschwindigkeit in den Hof der alten Markthalle abbog, in der sich später das berühmte, inzwischen längst geschlossene Konzerthaus «Clou» befand. Daut wollte dem Fahrer die Meinung sagen, richtete seinen fast vom Kopf gerutschten Tschako und ging auf die

Einfahrt zu. Der Möbelwagen stand mit dem Heck zum großen Eingangsportal des ehemaligen Konzerthauses. Die Plane war hochgeschoben, und die Klappe hing herunter. Zwei SS-Unterscharführer standen rechts und links des Lkw, die Gewehre im Anschlag. Ein SS-Untersturmführer stand einige Meter abseits und brüllte Befehle: »Runter vom Wagen. Muss ich euch erst noch Beine machen, ihr faulen Säcke, ihr dreckiges Judenpack. Wird Zeit, dass wir auch die Letzten von euch wegschaffen. Dann wird gleich frischere Luft sein in Berlin.«

Während er schrie, schlug er sich mit der Reitpeitsche gegen die Stiefel. Vom Wagen kletterten Männer unterschiedlichen Alters, die jüngsten fast noch Kinder und die ältesten schon Greise. Alle rannten in gebückter Haltung in die Halle. Ein Mann verlor beim Herunterspringen seinen Hut. Seine leuchtend weißen Haare standen wie ein Kranz um seinen Kopf. Als er sich bückte, um die Kopfbedeckung aufzuheben, sauste die Peitsche des Offiziers auf seinen Rücken nieder. Der Mann fiel zu Boden.

»Habe ich dir gesagt, du sollst den Hut aufheben?«

Der Alte schaute nach unten, und selbst aus der Entfernung erkannte Daut die Panik in seinem Blick.

»Antworte!«, brüllte der Offizier.

»Nein«, flüsterte der Mann mehr, als er sprach.

»Lauter!«

»Nein.« Die Stimme des am Boden Liegenden zitterte, war aber deutlich zu vernehmen.

»Wie hast du einen deutschen Offizier anzusprechen?«

Der Mann überlegte einen Moment. Daut war geneigt, ihm den Dienstgrad seines Peinigers zuzurufen, der ihm anscheinend nicht geläufig war. Doch dann sagte der Alte korrekt: »Nein, Sturmführer.«

Der Offizier war immer noch nicht zufrieden.

»Sieh mich gefälligst an, wenn du mit mir sprichst.«

Kaum hob der immer noch auf der Erde kauernde Mann den Kopf, trat ihm der SS-Mann mit voller Wucht die Stiefelspitze ins Gesicht. Selbst Daut hörte den Knochen splittern. Der alte Mann stöhnte leise auf.

»Dir werden sie die richtigen Dienstgrade schon noch beibringen, Itzig! Aufstehen jetzt und rein mit dir.«

Der Alte erhob sich und taumelte in das Gebäude.

»Noch jemand ohne Fahrschein«, brüllte der Offizier und lachte.

Daut drehte sich um und ging.

Fünf

Daut stieg langsam die Treppe hinauf. War es die Müdigkeit einer Nacht ohne Schlaf, die seine Schritte so schwer machte, oder drückten ihn die Bilder nieder, die er vor einer Stunde beim alten Konzerthaus «Clou» gesehen hatte. Es war nicht das erste Mal, dass er Misshandlungen von Juden sah, und wenn er ehrlich war, hatte er sich in solchen Augenblicken immer schnell weggedreht. Bisher musste er nie selber bei einer solchen Aktion mitwirken, und er hoffte, dass er sich dieser Prüfung nie stellen musste. Er war sich nicht sicher, ob er sie bestehen würde. Jetzt wollte er nur schlafen. Es war zwölf Uhr Mittag, und so blieben ihm wenigstens sechs Stunden, ehe er sich für die Nachtschicht bereitmachen musste. Er hatte gerade den Treppenabsatz des ersten Stocks passiert, als er sie auf den Stufen sitzen sah. Augenblicklich hellte sich seine Miene auf. Carla war so etwas wie der Sonnenschein, der zufällig in sein Leben schien, als er an einem lauen Juniabend des vergangenen Jahres in einer Kette von Polizisten vor dem Ufa-Filmpalast stand, um das umjubelte Idol Zarah Leander vor allzu zudringlichen Verehrern zu schützen. »Die große Liebe« hatte Premiere, und Hunderte drängten sich vor dem Kinoeingang, um einen Blick auf die teuerste Filmschauspielerin Deutschlands zu werfen. Normalerweise wurde er zu solchen Einsätzen nicht eingeteilt, denn eine Hand reichte nicht, um in einer Absperrung sicheren Halt zu finden. An diesem Abend bestand kein Risiko einer gewalttätigen Auseinandersetzung, und Personal war wie immer knapp, also hatte der Revierhauptmann entschieden: »Daut geht diesmal mit.«

Eine Viertelstunde vor Beginn der Vorstellung war das Gedrängel so groß, dass die Polizisten einen Korridor bildeten, durch den sie nur gehen ließen, wer eine Eintrittskarte vorwies. Von hinten tippte ihm jemand auf die Schulter. Daut drehte sich um und blickte in ein fröhlich lächelndes, von dichten schwarzen Haaren umrahmtes Gesicht. Ihm fiel sofort auf, wie perfekt geschminkt die junge Frau - er schätzte sie auf höchstens dreißig Jahre - war. Ihre roten Lippen leuchteten wie ein Sinnbild einer anderen Zeit.

»Bitte, Herr Wachtmeister, ich habe meine Eintrittskarten zu Hause vergessen. Und dabei spiele ich doch mit in dem Film. Keine große Rolle, aber ich möchte so gerne dabei sein. Ist schließlich meine erste Premiere.«

Ihre Stimme klang erstaunlich stark und fest für eine derart kleine, zarte Person. Als Daut keine Reaktion zeigte, bedachte sie ihn mit einem Augenaufschlag, wie er ihn im wahren Leben noch nie gesehen hatte.

»So, so, Schauspielerin. Und das soll ich Ihnen jetzt glauben?«

Die Frau kramte in ihrer Handtasche herum.

»Einen Moment.«

Triumphierend präsentierte sie ihm ein postkartengroßes Foto. Daut brauchte eine Weile, um sie auf dem Bild zu erkennen. Was man doch beim Film aus einem Menschen machen konnte, dachte er fasziniert. Von der Fotografie blickte ihn eine Diva mit geheimnisvoll verschlossenem Blick an. Vor ihm stand eine fröhliche junge Frau mit offenem Lachen.

»Ha, Sie erkennen mich nicht. Das geht vielen so. Warten Sie.«

Sie drehte sich ins Halbprofil, legte den Kopf leicht in den Nacken und senkte die Lider halb über die Augen.

»Gut so?«

Daut musste lachen.

»Schauspielern können Sie, mein Fräulein. Vorbeilassen darf ich Sie trotzdem nur mit Eintrittskarte.«

Das Filmsternchen vor ihm legte den Kopf schief und verzog den Mund zu einem Flunsch. Daut wollte gerade sagen, dass ihr diese Grimasse nicht stand, als Bewegung in die Menge kam. Eine schwarze Mercedes-Limousine bog um die Kurve und hielt vor dem Filmpalast. Ein livrierter Page stürmte herbei, riss den hinteren Schlag auf und stellte sich kerzengerade neben den Wagen, als wolle er im nächsten Moment salutieren. Die Fotografen umringten das Auto, Blitze erhellten die Nacht.

»Zarah, Zarah!«, riefen die Reporter, um ein möglichst gutes Bild der Diva schießen zu könne. Die Leander richtete sich zu voller Größe auf und überragte die meisten Umstehenden nicht nur wegen der mehr als zehn Zentimeter hohen Absätze. Sie gewehrte den Fotografen, was sie wollten, und drehte sich geduldig nach allen Seiten. Als das Blitzlichtgewitter abnahm und die Reporter sich beruhigten, raffte sie ihr weißes, mit einem Pelz besetztes Cape und betrat die von den Polizisten gebildete Gasse. Daut spürte, wie sich die angebliche Schauspielerin hinter ihm mit beiden Armen auf seinen Schultern aufstützte und ihr Gesicht neben seines schob.

»Zarah! Hallo! Warte auf mich!«

Die Leander blieb stehen und drehte sich nach der Rufenden um.

»Ach, du bist es.«

»Kannst du dem freundlichen Herrn Wachtmeister bitte bestätigen, dass ich eine Eintrittskarte habe?«

Die weltbekannte Schauspielerin lächelte Daut an und sagte mit ihrer unverkennbaren leicht rauchigen Altstimme:

»Nun lassen Sie Carla schon durch, sie gehört zu mir.«

Daut drehte sich ein wenig zur Seite, damit die junge Frau an ihm vorbeikam. Er wollte ihr das Foto zurückgeben, doch sie sagte:

»Behalten Sie es. Vielleicht wollen Sie ja eines Tages ein Autogramm von mir.«

Selbstbewusst ist sie, dachte Daut und schaute den beiden eleganten Damen nach, die im Kino verschwanden. Als er sich wieder in die Reihe stelle, stieß sein Fuß gegen etwas Metallenes. Er bückte sich und hob ein Feuerzeug auf, in dessen goldene Vorderseite die Initialen C. M. eingeprägt waren. Er drehte die Fotografie um und las: »Carla May. Ufa-Schauspielerin«.

Am nächsten Tag erkundigte er sich nach Carlas Adresse und besuchte sie, um ihr das Feuerzeug zu bringen. Seitdem trafen sie sich gelegentlich. Carla neckte ihn damit, dass sie sich nur mit ihm traf, weil es in diesen Zeiten immer gut wäre, einen Polizisten zu kennen, und Daut genoss die unbeschwerten Stunden mit der fröhlichen, jungen Frau. So viele gab es davon in seinem Leben nicht mehr. Carla erzählte gern und viel und auch sehr Privates, während Daut die Rolle des Zuhörers zufiel. Bald wusste er mehr von ihr, als ihm lieb war.

Als er sie jetzt auf der Treppe sitzen sah, registrierte er sofort die Verzweiflung in ihrem Blick.
»Axel, endlich!«
Daut legte den Finger auf die Lippen. Dann hakte er sie unter, und sie stiegen schweigend die letzten Stufen bis zur Wohnungstür hinauf. »Bertha und Winfried Engelmann« stand über dem Klingelknopf. Daut schloss so leise wie möglich auf und blickte in die Wohnung. Die Luft schien rein zu sein, vermutlich hatte sich seine Vermieterin wie gewöhnlich zu einem Mittagsschläfchen hingelegt. Er öffnete die Tür und ging auf Zehenspitzen über den langen Korridor, an dessen Ende sich sein Zimmer befand. Erst als er die Tür geöffnet hatte, winkte er Carla. Sie hielt ihre Schuhe in der Hand und schlich auf Strümpfen durch die Wohnung. Als sie Dauts Zimmer betreten und er die Tür hinter ihr geschlossen hatte, prustete sie los.

»Als wären wir Backfische auf dem Weg ins erste Liebesnest.«
»Psst, nicht so laut, Carla. Die Alte hat einen sehr leichten Schlaf.«
Innerlich amüsierte sich Daut genauso über sein Verhalten. Aber die Witwe Engelmann, bei der er nach Luises Wegzug ins Münsterland als »möblierter Herr« untergekommen war, wachte wie ein Zerberus darüber, dass er keinen Damenbesuch hatte. Ihn beschlich langsam der Verdacht, sie stünde mit seiner Frau in Kontakt und überwache ihn in ihrem Auftrag.

Carla zog sich den klobigen Wintermantel aus, warf ihn nachlässig auf das mit einer geblümten Tagesdecke versehene Bett und setzte sich auf einen der beiden Holzstühle. Dauts Zimmer war ein schmaler, fünf Meter langer Schlauch, der trotz der wenigen Möbel überfüllt wirkte. Das Bett, der klapprige Kleiderschrank, ein quadratischer Tisch mit zwei Stühlen und der Plattenschrank mit dem Grammophon - das Einzige, was Daut aus der großen Wohnung in der Sedanstraße mitgenommen hatte - mehr Mobiliar gab es nicht. Durch das kleine Fenster an der Längsseite des Raumes fiel nur wenig Licht, zumal es auf den Innenhof hinausging.

»Du siehst hungrig aus, Carla, kommst mir eh jedes Mal dünner vor.«

»Die Rationen sind halt knapp, wenn einer nur eine Judenkarte hat.«

»Ich habe noch eine halbe Dauerwurst, und ein Kanten Brot müsste auch noch da sein. Ich schmiere uns schnell eine Stulle.«

In der Küche räusperte sich Daut leise, um den Kloß im Hals loszuwerden. Als Carla die »Judenkarte« ihres Mannes mit den knappen Rationen erwähnte, stand ihm sofort wieder der geschundene Mann am »Clou« vor Augen. Auch er war spindeldürr gewesen. Er schnitt zwei dicke Scheiben vom klebrigen Kastenbrot, legte sie auf einen Teller und klemmte sich die in Papier eingewickelte Hartwurst unter den Arm.

Carla aß hastig. Er wartete, bis sie den letzten Bissen geschluckt hatte, ehe er fragte:

»Du hast doch etwas auf dem Herzen, also raus damit.«

Sie wischte sich mit dem Handrücken über den Mund.

»Kurt ist verhaftet worden.«

»Wo? Wann?« Daut fragte es fast atemlos. Wieder sah er die Bilder vom »Clou« und hörte den alten Mann leise stöhnen.

»Heute Morgen bei Borsig. Ich hatte ihn noch angefleht, nicht zur Arbeit zu gehen. Es gab eine Warnung. Aber Kurt ...«

Sie sprach den Satz nicht aus, und Daut fragte nicht, wer sie gewarnt hatte. Er musste nicht alles wissen. Falsch, er wollte es nicht.

»Bitte, Axel, versuche herauszufinden, wohin sie Kurt gebracht haben. Ich muss es wissen, die Ungewissheit macht mich fertig.«

Daut verstand gut, was sie meinte. Er nickte ihr zu, streichelte kurz mit der Hand über ihren Arm.

»Ich mach uns dann mal noch ein Brot. Es hilft niemandem, wenn du vom Fleisch fällst.«

Sechs

»Axel, wachen Sie auf! Besuch für Sie.«

Daut versuchte, das Klopfen an der Tür zu ignorieren, aber es ging penetrant weiter.

»Aufwachen! Besuch!«

Die Engelmann gab nicht so schnell auf, also brummte er:

»Was zum Teufel ist denn?«

»Der Herr Kriminalkommissar ist hier. Er möchte Sie abholen. Er sagt, es sei wichtig.«

Daut brauchte einen Moment, bis er realisierte, dass es sich nur um Rösen handeln konnte. Die Engelmann kannte keinen anderen Kriminalkommissar, jedenfalls soweit er das wusste. Er brummte, dass er gleich kommen würde, setzte sich im Bett auf und sah auf die Uhr. Fünf vor vier. Er hatte also gerade einmal zwei Stunden geschlafen, nachdem Carla gegangen war. Er stieg in die Hose und zog sich das Hemd nachlässig an. Bevor er mit irgendjemandem sprechen wollte, brauchte er einen Schwung Wasser ins Gesicht und eine Rasur. Er schlurfte über den Flur ins Bad. Aus der Küche hörte er Gelächter. Daut empfand es immer noch als Geschenk, nicht über das Treppenhaus zur Toilette gehen zu müssen. Und die Badewanne war im Vergleich zu seiner früheren Wohnung der pure Luxus.

Nachdem er sich rasiert und die Uniform angezogen hatte, ging er in die Küche. Rösen saß mit der Witwe am Tisch.

»Frisch siehst du nicht gerade aus«, begrüßte ihn Rösen. Daut überhörte die Bemerkung und deutete auf die Kaffeetasse, die Rösen zum Mund führte.

»Vermutlich ist nicht das drin, was dem Gefäß seinen Namen gab. Ich nehme trotzdem gerne eine Tasse, Frau Engelmann, auch wenn ich dringend einen Wachmacher brauchen könnte.«

Bertha Engelmann erhob sich ächzend aus dem Stuhl und ging zum Küchenschrank.

»Dann will ich mal nicht so sein, Axel. Ein paar Bohnen werden sich wohl noch finden.«

Sie nannte ihn immer beim Vornamen, eine scheinbare Vertrautheit, die Daut zunächst gestört hatte. Inzwischen ignorierte er es, und jetzt, wo sie eine Kaffeedose wie eine Rassel hin und her schüttelte, war ohnehin der falsche Zeitpunkt für einen Rüffel.

Während seine Zimmerwirtin die Bohnen mahlte und das Kaffeewasser kochte, setzte sich Daut zu Rösen an den Tisch.

»Du hast anscheinend einen Stein im Brett bei der Dame, Axel. Mich hat sie mit Muckefuck abgespeist.«

Daut nestelte eine Zigarette aus der Packung. Dabei fiel ihm auf, dass er den verdreckten Handschuh über seiner Prothese noch nicht gewechselt hatte. Er bot Rösen eine Zigarette an, und beide nahmen schweigend einige Züge. Inzwischen erfüllte der Duft frisch gebrühten Kaffees den Raum, und weitere zwei Minuten später schlürften die beiden Männer das heiße Gebräu. Er war dünn und schmeckte trotzdem bitter, aber was machte das schon. Die Hauptsache war, dass es seine Wirkung tat.

Daut blickte Rösen über den Rand der Kaffeetasse an.

»Willst du mir nicht endlich sagen, warum du dich aus deinem warmen Büro hierher bemüht hast?«

»Im Auto, Axel. Wir haben jetzt genug Zeit vertrödelt.«

Daut verstand. Rösen wollte vor der Engelmann nicht sprechen. Er stand auf und hob seine Prothese.

»Der Kaffee kann eh noch ein bisschen abkühlen. Ich wechsle mal eben das Kleidchen meines teuersten Körperteils.«

Zehn Minuten später waren sie auf der Potsdamer Straße Richtung Norden unterwegs. Daut drehte die Seitenscheibe leicht herunter, er brauchte frische Luft, damit die Wirkung des Koffeins nicht sofort wieder verpuffte. Dann wendete er sich Rösen zu, der mit dem Schalthebel im Getriebe stocherte, um einen höheren Gang einzulegen.

»Also, was gibt es Neues?«

Rösen war immer noch vom hakenden Getriebe in Anspruch genommen und antwortete abgehackt:

»Wir fahren zum Leichenschauhaus. Anscheinend wurden noch mehr Leichenteile gefunden. Passen vielleicht zu unserer kopflosen Dame.«

»Schön für dich, Axel. Aber was habe ich damit zu tun? In einer Stunde beginnt meine Nachtschicht, du kannst mich also gleich hier rauslassen. Wenn ich zu Fuß gehe, schaffe ich es gerade noch, pünktlich zu sein.«

»Nichts da, mein Lieber. Ich habe Rudat klargemacht, dass wir für die Ermittlungen unbedingt Unterstützung benötigen. Daraufhin ordnete er an, dass Beamte des örtlichen Reviers, in dem die Leiche gefunden wurde, die Laufarbeit übernehmen und mögliche Zeugen aufsuchen und befragen.«

»Und wer sollen diese Leute sein?«, fragte Daut, obwohl er Rösens Antwort längst kannte.
»Mir reicht einer: Du.«

Sieben

Die Frau blickte auf, und ihre Augen weiteten sich vor Schreck. Sofort senkte sie den Blick wieder und zog den Kopf zwischen die Schultern, als wollte sie sich so klein wie möglich machen. Carla schloss die Tür zur Werkstatt und blickte sich im Raum um. Zwanzig Männer und sechs Frauen saßen auf Schemeln an langen, groben Holztischen. Einige hatten lederne Schürzen umgebunden, viele der Frauen trugen Kopftücher. Die meisten blickten konzentriert auf das Werkstück, an dem sie arbeiteten. Auf dem Tisch stapelten sich Borsten und Korpusse für die zu fertigenden Besen. Einige der Arbeiter aber hielten den Kopf aufrecht, schauten zum Teil an die Decke oder ins Leere. Ihre Hände arbeiteten schnell und routiniert. Carla wusste, dass diese Männer blind waren, aber natürlich gehört hatten, wie jemand den Raum betrat.

»Guten Tag, ich bin die Carla May. Ich war schon häufiger hier.«

Sie glaubte fast, das kollektive Aufatmen hören zu können, als alle sie erkannten. Die Angst, dass auch dieser sichere Zufluchtsort für Juden bedroht wäre, stand stets Raum.

»Ach du bist es, Carla.« Eine der Frauen stand auf, wischte sich die Hände an einer grauen Kittelschürze ab und begrüßte sie herzlich mit einer Umarmung. »Komm, ich bringe dich zu Charly.«

»Ich bin nicht hier, um Charlotte zu besuchen. Ich muss unbedingt mit Weidt persönlich sprechen.«

»Dann bringe ich dich gleich ins Büro, um diese Zeit diktiert er immer seine Briefe.«

Die Frau, Carla hatte ihren Namen vergessen, führte die Besucherin durch die Werkstatt und die sich anschließenden Lager- und Büroräume. Überall wurde gearbeitet, und jedes Mal, wenn sie einen neuen Raum betrat, sah Carla den gleichen ängstlichen Blick, der sich erst aufhellte, wenn man sie erkannte.

Otto Weidt saß hinter seinem blank polierten Schreibtisch, der von einer Hängelampe nur spärlich beleuchtet wurde. Er war ein hagerer Mann, und seine Kleidung - er trug stets einen seinem Status als Unternehmer angemessenen zweireihigen Anzug mit exakt gebundener Krawatte - schien eine Nummer zu groß. Seine aufrechte Gesinnung spiegelte sich in seiner Haltung. Mit geradem Rückgrat saß er auf einem unbequemen Holzstuhl, das Gesicht seiner Sekretärin zugewandt. Hätte man Carla gebeten, Otto Weidt zu beschreiben, sie hätte zuerst seine Ohren beschrieben, die für sein Gesicht viel zu groß schienen, so als müssten sie anatomisch ein Gegengewicht zum fehlenden Augenlicht bilden.

»Guten Tag, Herr Weidt«, sagte Carla sofort, nachdem sie den Raum betreten hatte, und nannte dazu ihren Namen. Weidt erkannte zwar die meisten Menschen am Klang ihrer Stimme, aber sie fand es unhöflich, ihn rätseln zu lassen.

Weidt wandte sich Carla zu. »Einen Moment bitte, ich möchte diesen Brief noch diktieren.«

Weidts Sekretärin deutete auf den zweiten Stuhl vor dem Schreibtisch, und Carla setzte sich. Der Brief war an das »Wehrmacht-Beschaffungsamt Bekleidung und Ausrüstung« gerichtet. Es ging um Probleme bei der Materialbeschaffung und Personalnöte. Weidt bat um eine längere Lieferfrist. Seine Blindenwerkstatt konnte nur deshalb für so viele Menschen zur Zuflucht werden, weil seine Produkte als kriegswichtig eingestuft waren. Auch an der Front brauchte man Bürsten und Besen. Als der Brief diktiert war, bat Weidt seine Sekretärin, ihn umgehend zu tippen. Nachdem sie den Raum verlassen hatte, wendete er sich Carla zu, ohne seine straffe, konzentrierte Körperhaltung aufzugeben.

»Kurt?«

»Ja, sie haben ihn abgeholt.«

Weidt schloss für eine Sekunde die Augen und lehnte sich im Sessel zurück.

»Ich habe davon gehört. Es gab heute Morgen anscheinend Massenverhaftungen in den Fabriken und Werkshallen. Meine Informanten widersprechen sich aber, was den Zweck der Aktion angeht und vor allem, was es für ‹Privilegierte› wie Kurt bedeutet.«

Fast hätte Carla laut losgelacht. Was für ein Hohn war es doch, wenn man bei Menschen wie Kurt, die mit einem nichtjüdischen Partner verheiratet waren, von privilegierten Juden sprach, angesichts der Tatsache, dass sie Zwangsarbeit verrichten mussten, eine Lebensmittelkarte mit minimalen Rationen bekamen und nicht einmal die Badeanstalt besuchen durften. Außerdem fürchteten sie jeden Tag mehr, ihre Wohnung zu verlieren und in ein sogenanntes Judenhaus ziehen zu müssen. Und doch stimmte die Bezeichnung, denn für Juden war es ein unschätzbares

Privileg, nicht in Viehwaggons gesteckt und gen Osten transportiert zu werden wie ihre Schwiegereltern.

Carla beugte sich über den Schreibtisch und legte ihre Hand auf Weidts Arm. »Sie wissen also nicht, wo sie meinen Mann hingebracht haben?«

Weidt schüttelte den Kopf. »Nein. Allerdings befürchte ich, dass sie jetzt tatsächlich alle Juden aus Berlin fortschaffen wollen. Goebbels hat angeblich angeordnet, die Stadt judenfrei zu machen.«

Carla hatte das befürchtet, und doch spürte sie, wie die Nachricht eine Schockwelle durch ihren Körper jagte. Für eine Sekunde wurde ihr schwarz vor Augen. Sie atmete zwei Mal tief durch. Weidt spürte ihre Beklemmung und sagte ruhig:

»Es wird Zeit, dass wir für Kurt eine andere Lösung finden. Ich glaube nicht, dass ihn die Ehe noch lange schützt. Im Gegenteil, vermutlich wird es sogar irgendwann für Sie gefährlich.«

»Ich weiß, aber Sie kennen Kurt. Er ist so starrköpfig und will partout nicht in ein Versteck.«

»Er wird sich schon noch eines Besseren besinnen. Ich strecke auf jeden Fall meine Fühler aus, es wird sich schon ein sicherer Ort für ihn finden lassen.«

Weidt stand auf und ging um den Schreibtisch herum, die rechte Hand zur Orientierung an der Tischkante entlangführend. »Kommen Sie, Charly freut sich bestimmt über Ihren Besuch. Vielleicht bringt Sie das auf andere Gedanken.«

Acht

Daut verspürte jedes Mal ein körperliches Unwohlsein, wenn er durch den langen Gang des Leichenschauhauses an der Hannoverschen Straße ging. Der Fußboden mit seinen freundlichen hellblauen und weißen Kacheln stand in einem seltsamen Gegensatz zur düsteren Atmosphäre des Gebäudes. Er blickte starr geradeaus und vermied es, durch die bodentiefen Fenster des Schautraktes in die Sektionsräume zu schauen, in denen sich Rechtsmediziner an Leichen unterschiedlichen Verwesungsgrades zu schaffen machten. Ihm reichte das Wissen, was dort geschah, um seinen Magen in Aufruhr zu versetzen – es zu sehen, wäre über seine Kraft gegangen. Kurz vor dem Eingang in den großen Sektionssaal kam ihnen der Rechtsmediziner entgegen. Dr. Rudolf Teske entsprach äußerlich in keiner Weise dem Bild eines Leichendoktors. Groß, schlank, das dunkelblonde wellige Haar zurückgekämmt und etwas länger als die gegenwärtige Mode es wollte und der Zeitgeist es forderte, ähnelte er eher einem Künstler oder, worauf sein federnder Gang schließen ließ, einem Sportler. Anstatt den Arm zum deutschen Gruß zu strecken, reichte er Rösen die Hand.

»Herr Kommissar, schön, Sie so wohlauf zu sehen. Ich sehe, Sie haben Verstärkung dabei.«

»Der Kollege Daut, Herr Doktor.«

Jetzt winkelte Teske den Arm nachlässig zum Gruß, man konnte nie sicher sein, wie eine allzu saloppe Art bei Repräsentanten des Staates ankam: »Heil Hitler, Wachtmeister.«

»Herr Doktor«, brummte Daut und sehnte sich dabei nach einer Zigarette, die den im gesamten Gebäude herrschenden Geruch nach Fäulnis und Formaldehyd erträglicher machte.

Teske drehte sich auf dem Absatz um und öffnete die Tür zum Sektionssaal.

»Dann wollen wir mal.«

Er ging mit weit ausholenden Schritten durch den Raum mit seinen gut zwei Dutzend Sektionstischen, von denen etwa die Hälfte belegt war. Teske steuerte direkt auf eine Bahre am Rand des Raumes zu, unter der ein völlig deplatziert wirkender, abgewetzter, brauner Koffer stand. Die auf der Bahre befindliche Leiche war abgedeckt, und der Mediziner tat den Polizisten den Gefallen, es zunächst dabei zu belassen.

»Da haben wir also den Oberkörper samt rechtem Arm, den Sie mir gebracht haben. Wie Sie sicher schon gesehen haben, handelt es sich um Teile einer weiblichen Leiche. Das Alter der Frau ist nur annähernd zu bestimmen: nicht wesentlich jünger als dreißig und nicht wesentlich älter als fünfzig.«

»Können Sie etwas zur Todesursache sagen, Doktor?« Rösen wollte endlich zur Sache kommen.

»Nun mal langsam, normalerweise interessiert euch Kriminale doch zuerst der Todeszeitpunkt. Zumal das eines der wenigen Dinge ist, über die ich in diesem Fall halbwegs gesicherte Auskunft geben kann. Die Frau starb spätestens vor etwa sechzig Stunden.«

Daut war insgeheim stolz, dass er den Todeszeitpunkt richtig geschätzt hatte, und ergänzte: »Also Donnerstagmorgen.«

Teske nickte. »Genau. Frühestens dürfte sie zwölf Stunden eher das Zeitliche gesegnet haben, was den möglichen Sterbezeitraum auf die Nacht vom vergangenen Mittwoch auf Donnerstag eingrenzt.«

»Todesart?« Rösen dauerte das Ganze einfach zu lange.

»Da haben wir ein Problem.« Der Doktor hob das Tuch über dem Körper an und schlug es mit einem Schwung zurück wie ein Magier im Varieté. Fast hätte Daut einen Trommelwirbel mit Tusch erwartet, zumal tatsächlich Zauberei im Spiel zu sein schien, denn unter dem Oberkörper der Frau lagen zwei Beine.

»Wie Sie sehen, ist unsere Dame inzwischen etwas vollständiger geworden. Die Beine gehören mit großer Wahrscheinlichkeit zum Oberkörper. Allerdings hilft uns das bei der Bestimmung der Todesursache nicht weiter. Der Körper ist nahezu vollständig ausgeblutet. Ob sie wegen dieses Aderlasses gestorben ist oder man ihre Adern erst nach dem Tod geöffnet hat, lässt sich nicht sagen. Anhand der Wundränder an den abgeschnittenen Körperteilen kann man davon ausgehen, dass die Frau schon tot war, bevor man Kopf und Beine abtrennte. Ziemlich fachmännisch übrigens und mit einem sehr scharfen Messer.«

Der Doktor deutete auf den rechten Oberschenkelstumpf der Frau. »Hier, fühlen Sie mal, sehr saubere Arbeit.«

Weder Rösen noch Daut machten Anstalten, seiner Aufforderung zu folgen. Stattdessen stellte Daut die Frage aller Fragen:

»Aber sie wurde ermordet, oder?«

Der Doktor hob theatralisch die Schultern. »Die Frage kann ich nicht beantworten. Andererseits: Warum sollte sich jemand die Mühe machen, eine tote Frau zu zerstückeln und die Teile in Berlin zu verstreuen, wenn er nicht ein Verbrechen vertuschen wollte. Bringen Sie mir den Kopf, dann kann ich vielleicht mehr dazu sagen.«

Rösen deutete auf den Koffer. »Und was ist damit?«

»Das gute Stück stand herrenlos auf Bahnsteig 8 des Lehrter Bahnhofs. Als der Bahnsteigwärter ihn öffnete, dürfte ihm ein gehöriger Schreck in die Glieder gefahren sein.

Teske macht eine Pause und fuhr dann im Tonfall eines Professors fort: „Fällt Ihnen bei den Beinen nichts auf, meine Herren?«

Daut und Rösen betrachteten die Gliedmaßen, zuckten aber nur mit den Schultern.

»Ich gebe zu, es ist eine gute Arbeit.«

Teske griff unter die Ferse des linken Fußes und hob ihn leicht an.

»Zählen Sie mal.«

Daut begriff es als Erster.

»Ein Zeh fehlt.«

Der Arzt ließ das Bein wieder fallen.

»Genauer der digitus pedis tertius oder auf gut Deutsch der mittlere Zeh. Wir haben es hier übrigens mit einer schon älteren, fachgerecht durchgeführten Amputation zu tun. Der Frau fehlte dieser Zeh sicher schon ein paar Jahre, womit ich Ihnen wenigstens ein körperliches Merkmal liefern konnte, das zur Identifizierung taugt.«

Der Doktor blickte die beiden Polizisten zufrieden an. Daut brummte: »War es das?«

»Ein bisschen Lob hätte ich jetzt schon erwartet für diese wichtige Erkenntnis«, antwortete Teske pikiert und deutete zum Ausgang: »Meine Herren, ich habe zu tun!«

Kaum hatten sie das Gebäude verlassen, zündeten sich Daut und Rösen Zigaretten an. Sie rauchten gierig, als hätten sie lange auf das beruhigende Nikotin verzichten müssen.

Rösen fand zuerst die Sprache wieder.

»Diese Leichenschnippler machen mich jedes Mal fertig mit ihrem Theater. Man sollte einfach auf die schriftlichen Berichte warten.«

Daut schnippte Asche auf die Erde.

»Lass mal gut sein, Ernst, die machen halt ihre Arbeit. Lass uns lieber überlegen, wie wir mit dem Fall vorankommen.«

»So es denn einer ist. Du hast doch Teske gehört. Er wollte sich nicht festlegen, ob wir es überhaupt mit einer gewaltsamen Tötung zu tun haben.«

»Ach komm, Ernst. Wie lange bist du bei der Mordermittlung? Wenn die Leiche nur in Teilen auftaucht, ist sie vorher nicht im Bett gestorben.«

»Hast ja recht, Axel. Also werde ich mal ins Präsidium fahren und mir die Vermisstenkartei vornehmen. Könnte mühselig werden, denn nach Luftangriffen werden immer viele als verschwunden gemeldet. Du befragst noch mal die Leute im Haus. Wenn wir Glück haben, kann sich ja doch jemand an eine Frau um die Vierzig mit einem fehlenden Zeh erinnern.«

Daut winkte ab: »Wer's glaubt ...«

»Nun ja, mein Lieber, das ist halt eine Sisyphusarbeit wie gemacht für einen einfachen Schutzmann.« Rösen lachte und schlug Daut auf die Schulter. »Dafür lade ich dich später ins Rübezahl ein. Wird Zeit, dass wir mal wieder einen zusammen trinken. Komm, ich fahre dich nach Schöneberg.«

Auch diesmal bockte der alte P 4, und Rösen gelang es wieder nicht ohne Probleme und Fluchen, die Gangschaltung zu betätigen. Als sie die »Linden« passiert hatten, bat Daut Rösen anzuhalten. »Ich steige hier aus.«

»Du weigerst dich doch sonst immer, mit der U-Bahn zu fahren, weil dir da unten schlecht wird.«

Daut war schon aus dem Wagen gestiegen, beugte sich aber noch einmal hinein.

»Was muss, das muss, sagte mein Vater immer. Und ich muss hier noch etwas in Erfahrung bringen.«

Er schlug die Tür zu und ging davon.

Neun

Das Gespräch mit Charlotte hatte Carla gut getan. Charly war so ein fröhlicher Mensch, sie fügte sich einfach in das Unabänderliche und versuchte, aus allem das Beste zu machen. Carla hatte das Gefühl, dass sie mittlerweile der gute Geist der Weidtschen Bürstenmacherei war. Die Büros und Werkstätten waren ihre Welt, alles außerhalb dieser Mauern war ihr verschlossen. Zu groß war die Gefahr, von einer Streife aufgegriffen zu werden. Es gab in letzter Zeit immer häufiger Personenkontrollen, und ohne Papiere wäre sie sofort aufgeflogen. Weidt hatte zwar einmal angedeutet, dass er Ausweise besorgen wolle, aber das war eher eine vage Hoffnung, und Charly richtete sich lieber in der Realität ein. Wenn Not am Mann war, arbeitete sie in der Besenbinderei mit, am liebsten aber kümmerte sie sich um die Ablage und das Archiv oder unterstützte Weidts Sekretärin. Sollte dieser Wahnsinn jemals zu Ende gehen, würde sie eine gute Büroangestellte werden. Mit ihrer Fröhlichkeit steckte sie die anderen an. Seit sie das Versteck hinter der Werkstatt bewohnte, wurde bei der Arbeit oft gesungen und gelacht. Hätte Kurt doch nur etwas vom Optimismus seiner kleinen Schwester.

Aber nicht nur wegen Charlys Lebensfreude hatte Carla neue Hoffnung geschöpft. Vor allem Weidts Versprechen, Kurt ein Versteck zu besorgen, ließ sie wieder Mut fassen. Jetzt musste sie zuallererst herausfinden, wohin sie ihren Mann gebracht hatten. Als sie die Blindenwerkstatt verließ, kam ihr eine Idee. Vor ein paar Wochen hatte sie

Horst Busch kennengelernt, der wie Kurt zur Zwangsarbeit bei Borsig verpflichtet worden war. Auch er war mit einer Nichtjüdin verheiratet. Sie hieß Ella und war eine rundliche Frau, der man sofort anmerkte, dass sie mit beiden Beinen auf dem Boden stand. Sie hatte Carla erzählt, dass es eine Telefon- und Nachrichtenkette von Frauen in »Mischehen« gab. »Falls mal was passiert ...«, hatte sie nur geraunt. Und jetzt war etwas passiert. Das Ehepaar Busch wohnte nur etwa eine Viertelstunde Fußweg vom Weidts Werkstatt entfernt. Als Carla an der Haustür klingelte, wurde nach wenigen Sekunden geöffnet.

»Ach du bist es, Carla. Komm rein. Jedes Mal, wenn es an der Tür läutet, springe ich wie von der Tarantel gestochen auf, weil ich hoffe, es wäre Horst. Dabei hat er doch einen Schlüssel. Wobei ... den können sie ihm ja auch abgenommen haben.«

Carla verstand sofort, dass Ella losplaudern musste, um ihre Angst und Unsicherheit zu kaschieren.

Ella führte Carla in die Küche, bot ihr einen Stuhl an und setzte sich selbst auf die Eckbank.

»Kurt also auch?« Es war weniger eine Frage als eine Feststellung.

Carla nickte. »Du kennst doch Otto Weidt. Er hat mich gestern gewarnt, dass irgendetwas passieren könnte. Aber Kurt musste ja seinen Dickkopf durchsetzen und zur Arbeit gehen.«

»So sind sie halt, unsere Männer.«

Ella strich sich eine vorwitzige Strähne aus der Stirn.

»Wir wissen nicht genau, was passiert ist. Nur dass sie fast alle Juden an ihren Arbeitsplätzen verhaftet haben. Ein paar Tausend Männer müssen das gewesen sein, die haben sie nicht in einem Gebäude unterbringen können. Auf jeden Fall sind einige in der Synagoge in der Levetzowstraße, im jüdischen Altersheim in der Großen Hamburgischen, im Wohlfahrtsamt in der Rosenstraße und im Clou.«

»Du meinst dieses alte Konzerthaus?«

»Genau.«

Ella schwieg und starrte auf den Tisch. Carla nutzte die Pause, die entscheidende Frage zu stellen:

»Werden Sie unsere Männer in den Osten bringen?«

Ella schaute Carla in die Augen. »Ich weiß es nicht. Aber ich habe Angst. Große Angst.« Ein paar Sekunden später schüttelte sie sich und sprang auf. »Ach was, wird schon nicht so weit kommen. Bisher hieß es doch immer, Juden in Mischehen seien sicher. Und sie brauchen doch jede Arbeitskraft.«

Ella ging an den Küchenschrank, nahm zwei Likörgläser und eine Flasche heraus. »Darauf müssen wir erst mal einen trinken.« Sie hob die Flasche hoch. »Aufgesetzter von meiner Mutter. Frag mich nicht, wie sie an das Zeug kommt.«

Sie füllte die Gläser mit der hellroten Flüssigkeit und prostete Carla zu. Carla erhob ebenfalls das Glas.

»Auf unsere Männer!«

Zehn

Vor dem Eingangsportal zum Clou stand ein einzelner SS-Sturmmann, das Gewehr locker über der Schulter. Daut ging direkt auf die Eingangstür zu, ohne ihn eines Blickes zu würdigen. Der Mann machte einen Schritt zur Seite.
»Stehen bleiben!«
»Ich habe da drin eine wichtige Ermittlung zu führen.«
»So siehst du auch aus! Als ob ein Schutzmann Ermittlungen führt.«
Daut richtete sich zu voller Größe auf und hakte den rechten Daumen im Koppel ein.
»Sturmmann ... wie ist Ihr Name?«
»Kramer, Herr Wachtmeister.« Er klang belustigt.
»Also gut, Sturmmann Kramer. Sie lassen mich jetzt da rein und mit dem zuständigen Offizier sprechen. Andernfalls informiere ich Hauptsturmführer Rösen von der Kriminalpolizei, wie unkooperativ man mich hier behandelt hat.«
Es war wie immer: die Erwähnung eines höheren SS-Dienstgrades schüchterte den jungen Schnösel ein. Er trat einen Schritt zur Seite und gab den Weg frei.

Durch einen düsteren Vorraum betrat Daut den einstmals verschwenderisch ausgestatteten Saal des Konzerthauses. Heute wirkte er trist wie eine Fabrikhalle. Von der prachtvollen Ausstattung war nichts mehr geblieben. Die Ummantelung der gusseisernen Säulen war abmontiert oder schwer beschädigt. Auch die Dachabhängung war entfernt und das ursprüngliche Scheddach der Markthalle sichtbar. Nur die Dimensionen waren die gleichen geblieben, früher fanden hier dreitausend Gäste an fein gedeckten Tisch Platz, und heute drängten sich genauso viele Menschen in den Seitennischen. Der Raum war von Gemurmel erfüllt, die Luft zum Schneiden.

Am Kopfende der Halle standen mehrere Schreibtische nebeneinander, vor denen eine Schlange von etwa hundert Personen wartete. Hinter den Pulten saßen vier SS-Offiziere. Daut ging an den Wartenden vorbei und steuerte direkt den Ranghöchsten an.

»Leiten Sie diese Aktion, Hauptsturmführer?«

Der Offizier schaute von einer Karteikarte auf, in die er die Daten eines vor ihm stehenden, etwa fünfzigjährigen Mannes eintrug.

»Wer will das wissen?«

Daut nahm Haltung an. »Wachtmeister Daut. Heil Hitler, Hauptsturmführer.«

»Stehen Sie bequem, Wachtmeister. Was kann ich für Sie tun?«

»Man hat mich hergeschickt, um festzustellen, ob sich ein gewisser Kurt May hier aufhält.«

Der SS-Mann hakte etwas auf der Karte ab und steckte sie in einen hölzernen Karteikasten. Nachdem er den vor ihm Stehenden mit einer arroganten Handbewegung weggeschickt hatte, sagte er zu dem neben ihm sitzenden Untersturmführer: »Übernimm du mal, ich muss mich um den Wachtmeister kümmern.«

»Alles klar, Michalke.«

Der Hauptsturmführer wandte sich erneut Daut zu.

»Also, Wachtmeister, was ist mit diesem, wie hieß er noch?«

»May. Kurt May.«

Daut spürte die Skepsis des Offiziers. Das Hierarchiegefälle zwischen ihnen war zu groß, er musste erst eine persönliche Beziehung herstellen.

»Michalke, habe ich das richtig gehört, Hauptsturmführer? Vielleicht kennen Sie ja meinen Onkel, Erwin Daut. Ist bei der Leibstandarte, und ich meine, mich zu erinnern, dass er von einem Kameraden Michalke erzählt hat.«

Der SS-Mann hörte aufmerksam zu.

»Daut, Daut ... wie lange ist Ihr Onkel denn schon bei der Truppe?«

»Von Anfang an. Er gehörte schon zur Stabswache.«

»Natürlich, habe von ihm gehört, muss aber länger her sein. Bin ja auch schon fast zwei Jahre an der Heimatfront eingesetzt.«

Es hatte geklappt, und Daut bat in Gedanken seinen Onkel Erwin um Verzeihung, der nie etwas mit dem Militär und schon gar nicht mit der NSDAP am Hut hatte und dem er jetzt eine Mitgliedschaft im ältesten, Hitler direkt unterstellten SS-Verband angedichtet hatte. Natürlich konnte Michalke seine Geschichte überprüfen. Aber nicht hier und jetzt, und in ein paar Tagen hatte er hoffentlich seinen Namen vergessen. Jetzt kam es darauf an, das frisch gewonnene Vertrauen ausnutzen, also fragte Daut:

»Worum geht es hier eigentlich? Was sind das für Leute hier?«

»Juden, allesamt wie sie da stehen, sitzen und liegen.«

Daut blickte sich im Saal um. »Sind ja nicht gerade wenige. Ich wusste gar nicht, dass es in Berlin überhaupt noch so viele von denen gibt.«

»Viel zu viele sind es noch. Aber jetzt machen wir reinen Tisch. In ein paar Tagen ist Berlin judenfrei.«

»Sie werden also weggebracht?«

»Keine Ahnung, was mit ihnen passiert. Wir haben nur den Auftrag, ihre Personalien zu erfassen und eventuell vorhandenes Vermögen zu verzeichnen.«

Daut merkte, dass Michalke das Interesse an ihm verlor. Er musste jetzt zum Punkt kommen.

»Haben Sie denn diesen Kurt May bereits erfasst?«

»Was wollen Sie von dem Mann?«

»So genau weiß ich das auch nicht, Hauptsturmführer. Ich glaube, man sucht ihn als Zeugen in einer Mordsache. Wenn ich ihn auftreibe, soll ich ihn ins Präsidium am Alex bringen.«

Michalke klappte den Karteikasten auf und rief den anderen SS-Männern hinter den Tischen zu: »Alle mal herhören. Wir suchen einen gewissen May, Kurt. Schaut mal, ob ihr den schon habt.«

Nachdem er seine Karten durchgeblättert hatte, blickte er die anderen an. Alle schüttelten mit dem Kopf. Missmutig stieg er auf den Stuhl und brüllte: »Herhören, Männer!« Augenblicklich verebbte das Gemurmel im Saal, und es war still wie in einer Kirche beim Hochamt.

»Gibt es unter euch einen Kurt May?«

Er wartete zwei Sekunden, stieg vom Stuhl und klappte seinen Karteikasten mit lautem Krachen zu.

»Ihren May haben wir hier nicht, Wachtmeister. Ist das denn auch ein Volljude? Nur mit denen müssen wir uns hier nämlich abgeben.«

Daut nickte. »Ich glaube schon. Wenn ich das richtig verstanden habe, lebt er in Rassenschande.«

»Na, dann ist ja alles klar.« Hauptsturmführer Michalke verzog das Gesicht zu einem Grinsen.

»Die Kanaillen wurden alle in die Rosenstraße gebracht.«

»Rosenstraße?«, fragte Daut.

»Ins jüdische Wohlfahrtsamt«. Michalkes zynischer Unterton beim letzten Wort war nicht zu überhören.

»Das wurde auch als Sammellager eingerichtet. Jetzt wird es den Itzigs nichts mehr nützen, dass sie sich mit einem deutschen Flittchen eingelassen haben.«

Elf

Die Gaststube im Rübezahl war wie so häufig in den letzten Monaten fast leer. Nur ein älteres Ehepaar saß an einem der runden Holztische in der Nähe des Ofens. Daut und Rösen hatten an einem Tisch in einer der Nischen im hinteren Teil der Gaststube Platz genommen. Es musste ja nicht jeder hören, was sie zu bereden hatten.

»Noch zwei Mollen?«

Irma nahm die leeren Biergläser vom Tisch. Dabei hatte sie nur Augen für Rösen, der ihr zärtlich den Arm tätschelte. »Auch wenn es nur eine dünne Plörre ist ...«

Die Bierqualität in den Kneipen war ein ständiges Diskussionsthema. Der Rohstoffmangel traf die Brauereien hart. Die meisten produzierten nur noch Dünnbier, und auch wenn das im Rübezahl ausgeschenkte »Berliner Kindl« noch als Schankbier bezeichnet wurde, hatte es an Geschmack und Alkoholgehalt eingebüßt. Die Serviererin beugte sich über den Tisch und sagte, als hätte sie eine konspirative Mitteilung zu machen: »Der Lorenz hat noch ein paar Flaschen Haase Gold im Keller. Ich schau mal, ob ich ihm zwei abluchsen kann.«

Rösens Augen strahlten. »Gutes Bier aus Breslau! Du bist ein Schatz! Gibt es denn auch noch was Leckeres zu essen?«

»Pökelrippe mit Sauerkraut oder ein Sülzkotelett mit Bratkartoffeln.«

»Ich nehme die Rippe. Und du, Axel?«

»Ich habe meine Marken nicht dabei«, brummte Daut, der bei der Aufzählung der Speisen gemerkt hatte, dass er seit Stunden nichts mehr in den Magen bekommen hatte.

»Das ist kein Problem, Axel. Ich lade dich ein. Also?«

Daut entschied sich für das Sülzkotelett, weil die Bratkartoffeln im Rübezahl sensationell gut waren. Zumindest als er sie vor einem Jahr zum letzten Mal gegessen hatte.

Nachdem die Bedienung gegangen war, bot Daut Rösen eine Zigarette an und fragte:

»Wie geht's euch denn so? Ihr wirkt ja immer noch wie Turteltäubchen ...«

Rösen lehnte sich zurück und nahm einen tiefen Zug. »Ich bin ein Glückspilz, Axel. Erst läuft mir die Frau davon, und ich denke, das war's wohl mit dem anderen Geschlecht, gehst du halt als Hagestolz durch den Rest deines Lebens. Und dann begegnet mir so ein Engel.«

Erst vor ein paar Monaten war Rösen bei Irma Hinrichs eingezogen. Ihr Mann war 1940 gefallen, als sein Jagdflugzeug über London abgeschossen wurde. Sie war zehn Jahre jünger als Rösen. Natürlich hatten sie sich im Rübezahl kennengelernt, wo Irma nach dem Tod ihres Mannes als Serviererin anfing und das so etwas wie Dauts Wohnzimmer war. Daran hatte sich bis heute nicht viel geändert.

Irma brachte das Bier, und die Männer schütteten das gut gekühlte Helle in ihre Gläser. »Wohl bekomm's!«

Nachdem sie sich den Schaum von den Mündern gewischt hatten, kam Rösen zum Dienstlichen.

»Hat die Befragung der Hausbewohner noch etwas ergeben?«

»Nichts außer Lauferei treppauf, treppab. Die meisten Leute haben sich nicht gerade gefreut, als ich vor der Tür stand. Ich habe selten so viele mürrische Menschen in so kurzer Zeit erlebt. Aber sie haben halt andere Sorgen.«

»Also nichts Konkretes über die Frau?«

»Gar nichts. Es hat niemand etwas Verdächtiges bemerkt, und es wird auch niemand vermisst.«

Rösen trank einen Schluck und warf dabei einen verliebten Blick auf Irma, die den Nachbartisch putzte.

»Vermisst ist ein gutes Stichwort. Ich habe mir die entsprechende Kartei vorgenommen. Die ist zwar gut gefüllt, aber keine Frau dabei, deren Beschreibung unserer Leiche ähnlich ist. Ist natürlich auch schwierig, weil meistens das Gesicht am detailliertesten beschrieben wird. Auf jeden Fall fehlt keiner Vermissten in unserer Kartei ein Zeh.«

»Was auch nichts heißen muss«, wandte Daut ein, »kann vor Aufregung oder auch durch Schlamperei vergessen worden sein.«

Irma kam mit zwei großen Tellern an den Tisch.

»Guten Appetit, Ihr zwei!«

Rösen sah Daut fragend an. »Noch eine Molle? Geht auf mich.«

»Ich weiß nicht, so hundemüde wie ich jetzt schon bin.«

»Ach komm, eine mehr haut dich auch nicht um.«

Rösen schob Irma die leeren Gläser hin, die lachend sagte: »Diesmal aber nur Kindl. Der Lorenz hat sich gerade schon angestellt, als müsste er seine letzten Ersparnisse aus dem Tresor holen.«

Die beiden Männer machten sich mit großem Appetit über ihre Speisen her.

»Sag mal, Ernst, ist das hier immer so leer?«

»Du weißt doch, wie das ist, das meiste gibt es nur noch auf Marken, und die spart man lieber, um sich überhaupt noch etwas Anständiges kaufen zu können.«

»Aber getrunken wird doch immer, oder?« Daut hob das Bierglas und prostete Axel zu. Rösen tat es ihm gleich, ehe er antwortete.

»Vermutlich mehr denn je, aber nicht mehr in Kneipen. Dafür feiert man wilde Feste daheim. Nachdem der Giftzwerg vom *Totalen Krieg* gebrüllt hat, ist doch jedem klar, dass es in der Katastrophe enden wird und Tommies und Amis uns in Schutt und Asche bomben. Da denken die Leute halt: Lasst uns die Bude auf den Kopf stellen, so lange sie noch steht.«

Daut hatte Goebbels Sportpalastrede nach dem Fall von Stalingrad am Radio gehört. Ihm lief noch heute ein Schauer über den Rücken, wenn er an das Gebrüll der Massen dachte.

Rösen deutete Irma mit zwei erhobenen Fingern an, dass ihre Gläser bereits wieder leer waren. Daut wehrte sich, dabei allerdings schelmisch grinsend:

»Meinst du nicht, du solltest etwas langsamer machen? Vielleicht hat Irma ja noch etwas mit dir vor.

Rösen winkte ab. »Sie geht heute Abend zu ihrer Mutter, die sich nach Luftangriffen immer so sehr fürchtet, dass sie nicht alleine im Haus sein mag. Das legt sich zum Glück nach ein paar Tagen. Heute Abend schaden ein paar wärmende Bierchen also nichts.«

Zwölf

Kurz vor zwölf schloss Daut die Wohnungstür auf. Nach den fünf oder sechs Bier fühlte er sich herrlich unbeschwert. Trotzdem bemühte er sich, leise zu sein und seine Zimmerwirtin nicht zu wecken. Vergeblich. Als er die Tür abschließen wollte, entglitt ihm der Schlüssel und fiel mit lautem Krachen zu Boden. Sekunden später riss Bertha Engelmann die Wohnzimmertür auf. Sie trug einen weiten, beigen Morgenmantel, unter dem das lange Nachthemd zu sehen war.

»Entschuldigen Sie, Frau Engelmann.«

Daut sah auf den ersten Blick, dass die Witwe geweint hatte.

»Geht es Ihnen nicht gut?«

Er machte zwei Schritte auf sie zu und wankte dabei leicht. Die Engelmann wedelte mit der Hand vor dem Gesicht.

»Mein Gott, was für eine Fahne. Wie viel haben Sie denn intus!«

Daut fühlte sich ertappt. »Nur ein paar Bierchen, Frau Engelmann.«

»Riecht eher nach einem halben Fass.«

Sie ging wieder zurück ins Wohnzimmer und rief von drinnen:

»Da sollten wir etwas vorsorgen, Axel, damit Sie morgen nicht mit einem furchtbaren Kater auf Verbrecherjagd gehen müssen.«

Daut zögerte. Es kam nur äußerst selten vor, dass die Engelmann ihn ins Wohnzimmer bat. Normalerweise trafen sie sich nur im Flur und in der Küche.

»Nun kommen Sie schon!«

Sie deutete auf den Sessel neben dem Sofa. Daut nahm Platz, und die Witwe goss ihm eine dunkle, fast schwarze Flüssigkeit ein, von der sie selbst wohl auch schon getrunken hatte.

»Der hilft gegen alles, hat mein Mann immer gesagt.«

Bertha Engelmanns Ehemann war schon vor zehn Jahren gestorben. »Abends ins Bett und morgens nicht mehr raus«, hatte sie Daut erzählt und auf seine Entgegnung »Was für ein schöner Tod« geantwortet: »Für den Toten vielleicht.«

Die Trauer um den Ehemann war aber nicht verantwortlich für ihre augenblickliche Melancholie. Sie sorgte sich um ihren Sohn Winfried, der an der Ostfront im Feld stand. Seit Wochen hatte sie keine Nachrichten von ihm und fürchtete das Schlimmste.

Daut nahm das Glas und roch daran.

»Bester Kräuterschnaps aus Düsseldorf, habe ich von meiner Schwester bekommen.« Daut nahm einen Schluck. Fast dickflüssig rann das Gebräu seine Kehle hinunter und hinterließ einen klebrig-süßen Nachgeschmack.

»Machen Sie mal das Radio aus, Axel.«

Erst jetzt bemerkte Daut das Rauschen und die Störgeräusche aus dem Lautsprecher der Goebbels-Schnauze auf der schmalen Anrichte neben dem Fenster.

»Haben Sie wieder Feindsender gehört, Frau Engelmann? Seien Sie bloß vorsichtig, Denunzianten gibt es überall.«

»Aber ich muss doch wissen, was mit meinem Winfried los ist. Und heute hat der Gefreite Hirnschal wieder einen Brief geschrieben.«

Sie schluchzte auf und hielt sich ein Taschentuch vor den Mund.

Daut verstand kein Wort. Wer war dieser Gefreite Hirnschal? Außerdem war er müde und hatte keine Lust, sich das Wehklagen seiner Zimmerwirtin über den Krieg im Allgemeinen und die Katastrophe von Stalingrad im Besonderen anzuhören.

»Ich geh dann mal ins Bett, Frau Engelmann. Muss morgen früh raus.«

Er stand auf und verließ das Zimmer, während sich die Witwe schweigend ein weiteres Glas eingoss.

Die Luft in Dauts Zimmer war abgestanden und stickig. Er öffnete das winzige Fenster, nahm eine Schallplatte aus dem Schrank und legte sie auf das Grammofon.

»Wieder einmal zu spät, Luise«, flüsterte er.

Aus dem Lautsprecher tönte leicht blechern und doch markant und unverkennbar die Stimme von Zarah Leander. »Ich weiß, es wird einmal ein Wunder geschehen ...«

Luise hatte ihm die Platte zu Weihnachten geschenkt. An den Festtagen hatte er natürlich keinen Urlaub bekommen, aber immerhin konnte er danach für vier Tage ins Münsterland reisen.

»Wie spielen das Lied jeden Abend um zehn. Du in Berlin und ich hier. Einverstanden?«

Er hatte nur stumm genickt, obwohl es gar nicht funktionieren konnte bei seinen ständigen Nachtschichten. Aber darauf kam es nicht an. Luise wollte ihn noch immer und trotz allem, was passiert war. Nichts anderes war wichtig. Daut setzte sich aufs Bett und lauschte der Musik fast andächtig.

»Und darum wird einmal ein Wunder gescheh'n, und ich weiß, dass wir uns wiederseh'n!«

Als das Lied beendet war, schob er die Platte vorsichtig in die Hülle zurück und flüsterte dabei:

»Morgen bin ich pünktlich, Luise. Aber was sollte ich heute machen, wenn Rösen mich nun einmal braucht. Und es ist ja auch besser, als mit Gisch auf Streife zu gehen.«

Er drehte sich um und schlug die Bettdecke zurück.

»Gute Nacht, Luise.«

Sonntag, 28. Februar 1943

Dreizehn

Es war um halb sechs Uhr am Morgen, als Daut aus einem tiefen Schlaf geweckt wurde. Er hatte, nachdem er zu Bett gegangen war, lange wach gelegen und war jetzt wie gerädert. Deshalb brauchte er einige Sekunden, bis er registrierte, dass seine Vermieterin gegen die Tür klopfte.

»Axel, wachen Sie auf. Draußen steht der Hauptwachtmeister Gisch. Er will Sie abholen.«

Was sollte das jetzt wieder. Die Absprache war doch klar. Daut war für die Mordermittlungen mit Rösen freigestellt, so jedenfalls hatte der ihm das gesagt. Reine Schikane vermutlich.

Daut quälte sich aus dem Bett und öffnete die Tür einen Spaltbreit. Die Engelmann stand im Morgenrock und mit wild vom Kopf abstehenden Haaren auf dem Flur. Man sah ihr den Kater an, den der Kräuterschnaps hinterlassen hatte.

»Guten Morgen«, brummte Daut und drängte sich an ihr vorbei in Richtung Bad.

»Sagen Sie dem Gisch, dass ich in zehn Minuten unten bin.«

Ärger auf dem Revier war das Letzte, was er gebrauchen konnte.

Eine Viertelstunde später trat Daut in einen trüben, nasskalten Morgen.

»Das wurde aber auch Zeit«, sagte Gisch und trat dabei von einem Bein auf das andere. »So langsam bekomme ich Eisfüße.«

Die beiden Uniformierten bogen in die Gotenstraße ab und gingen Richtung Bahnhof Kolonnenstraße.

»Tut mir leid, Willi, aber warum holst du mich überhaupt ab? Ich bin vom Revierdienst freigestellt und soll für die Kripo die Laufarbeit im Fall der aufgefundenen Leichenteile übernehmen.«

»Klar sollst du den Kriminalen die Drecksarbeit abnehmen, aber nach Feierabend. Jedenfalls hat mir das unser Chef so erklärt. Kriminaldirektor Rudat habe ihm da klare Anweisungen gegeben. Mit dem kannst du es wohl nicht so gut, oder?«

Natürlich Rudat, dachte Daut. Der hatte ihn immer noch auf dem Kieker. Wäre es nach dem Kriminaldirektor gegangen, hätte man Daut nach seinem Einspruch gegen die Versetzung zu einer Einsatzgruppe im Osten aus dem Polizeidienst entfernt, wenn nicht sogar ins Gefängnis gesteckt. Und Luise gleich mit, gab ja genug Gerüchte, dass sie zu der kommunistischen Zelle um diesen Harro Schulze-Boysen gehörte.

Vor Wut beschleunigte Daut seine Schritte, sodass Willi Gisch mit seinem verkürzten rechten Bein kaum Schritt halten konnte. Je schneller sie gingen, desto auffälliger humpelte er. Am Anfang hatte Daut sich manchmal darüber lustig gemacht und manchen Lacher geerntet, wenn er statt förmlicher Vorstellung sagte: »Hier kommen der Einarmige und der Lahme.«

Gisch war stinkwütend geworden und hatte sich solche Späße ein für alle Mal verboten. Er litt wie ein Hund, weil er wegen seiner Behinderung nicht als Soldat an die Front durfte.

Sie hatten inzwischen den Kaiser-Wilhelm-Platz erreicht, und Daut verlangsamte seine Schritte, damit Gisch aufschließen konnte. Es half alles nichts, er musste auf den Streifengängen mit ihm klarkommen.

Sie waren gerade gemütlichen Schrittes in die Akazienstraße eingebogen, als ein höchstens dreißig Jahre alter Mann aus einer Toreinfahrt trat. Er sah sich gehetzt um. Als er die Polizisten erblickte, überquerte er eilig die Straße.

»Stehen bleiben, Bürschchen!«, brüllte Gisch.

Junge Männer fielen auf, und Gisch kontrollierte in solchen Fällen immer die Papiere. Er sah in jedem einen potenziellen Deserteur und Vaterlandsverräter.

Der Mann blieb stehen, wandte ihnen aber weiterhin den Rücken zu. Als Daut und Gisch ihn erreicht hatten, drehte er sich langsam um und hielt sich die rechte Hand vor die Brust, als wäre sie verletzt. Oder wollte er etwas aus der Innentasche des abgewetzten, braunen Mantels holen? Eine Waffe? Gisch sah die Gefahr auch und rief atemlos:

»Hände hoch!«

Der Mann hob langsam die Arme. Gisch lachte auf.

»Na, sieh mal einer an, ein Sternenträger.«

Gisch nahm einen Bleistift aus seiner Tasche und schob ihn unter den Judenstern auf der linken Brust des Mannes.

»Und dann auch noch locker angenäht. Wolltest ihn wohl gerade abreißen, was?«

Daut wollte die Situation entspannen und sagte ruhig und sachlich: »Die Papiere!«

Der Mann, dessen Augen panisch von links nach rechts schauten, als hoffe er, jemanden zu entdecken, der ihm in dieser ausweglosen Situation zu Hilfe käme, holte ein drei Mal gefaltetes Papier aus der Tasche und reichte es Daut, der laut vorlas. »Bruno Rosenberger, wohnhaft ...«

Gisch unterbrach ihn hämisch: »Bruno *Israel* Rosenberg, so viel Zeit muss sein.«

Er griff den Mann unter den Armen. »Du bist festgenommen, Freundchen.«

Daut winkte ab. »Ach komm, Willi. Der Mann hat Papiere, scheint alles in Ordnung zu sein.«

Gisch versuchte, sich so groß zu machen, wie er konnte, und blaffte zurück: »Was heißt hier in Ordnung. Hast du den gestrigen Tagesbefehl vergessen? Alle Juden sind festzunehmen. Ausnahmslos. Und hier haben wir es mit einem besonders schönen Exemplar der Söhne Israels zu tun.«

Er riss Daut den Ausweis aus der Hand, stopfte ihn in die Manteltasche, nestelte die Handschellen vom Koppel und legte sie dem Mann an.

»Warum zitterst du denn so, Itzig? Angst brauchst du nicht zu haben. Solltest lieber dankbar sein, schließlich spendieren wir dir eine kostenlose Zugfahrt in den Osten.«

Diesmal war es Daut, der langsam ging und hinter den beiden zurückblieb.

Vierzehn

»Das ist schon der Dritte heute Morgen. Anscheinend trauen sie sich alle wieder auf die Straße.«

Revierhauptmann von Grätz nahm dem jungen Mann die Handschellen ab und führte ihn in den Zellentrakt. In der Tür drehte er sich noch einmal um.

»Ach übrigens, Daut, da hat jemand für Sie angerufen. Sie sollen sich so schnell wie möglich im Präsidium am Alex melden.«

Daut schnaubte vor Wut in Richtung seines Partners Willi Gisch: »Sag ich doch, dass ich freigestellt bin.«

Er drehte sich schwungvoll um und verließ das Revier. Die Tür ließ er mit einem lauten Krachen ins Schloss fallen.

In der U-Bahn war es voll und stickig wie immer. Als Kriminalkommissar hatte er zu jeder Zeit auf einen fahrbaren Untersatz zurückgreifen können, als Wachtmeister stand einem selbstverständlich kein Fahrzeug zu. Immerhin war er jetzt mehr an der frischen Luft und hatte dank der täglichen Streifengänge seinen Bierbauch abgebaut. So schlank war er seit seiner Jugend nicht mehr gewesen, Luise hatte ihn bei seinem Weihnachtsbesuch sogar damit geneckt. »Dir fehlt wohl meine gute Küche«, hatte sie lachend gesagt, und er hatte genickt, obwohl sie beide wussten, dass sie keine gute Köchin war.

Eingeklemmt zwischen zwei älteren Damen, die wie die meisten Frauen auch noch ältlich gekleidet waren, als wäre der Alltag nicht so schon trist genug, brütete Daut vor sich hin. In der letzten Zeit haderte er häufiger mit seinem

Schicksal. Hätte er die Versetzung zu einer Einsatzgruppe im Osten nicht einfach akzeptieren sollen? Wahrscheinlich stimmten die Schauermärchen von Massenerschießungen jüdischer Zivilisten durch Polizisten in SS-Uniform ja gar nicht, die Luise bei ihren Freunden, dem Ehepaar Neeb, gehört hatte. Bei denen gingen doch die Kommunisten ein und aus. Nichts als Propaganda das Ganze. Außerdem wäre er nach ein paar Monaten zurück nach Hause gekommen, hätte eine hübsche Sonderzahlung kassiert und säße jetzt in einem warmen Büro am Alex. Stattdessen hatte er Widerspruch auf Widerspruch gegen seine Versetzung eingelegt, immer wieder auf seine fehlende Hand hingewiesen und auf seine Meriten als Frontsoldat in Flandern 1918. Er hatte so lange insistiert, bis sie ihn degradierten. Und jetzt fuhr er halt U-Bahn, und Luise saß im fernen Münsterland. Wobei das eine mit dem anderen wenig zu tun hatte. Seine Frau musste auf jeden Fall weg aus Berlin, das hatte man ihnen unmissverständlich klargemacht. Ihr Kontakt zu den Neebs, vor allem aber zum Ehepaar Schulze-Boysen, hätte sie leicht ins Gefängnis bringen können. Auf dem Dautschen Bauernhof war sie aus der Schusslinie - im doppelten Wortsinn. Bei jedem Luftalarm war Daut froh, dass sie nicht in Berlin war, auch wenn er sie und die Kinder oft schmerzlich vermisste.

Am Spittelmarkt stieg eine junge Frau zu. Sie hielt den Kopf gesenkt und presste sich eine abgenutzte, dunkelbraune Ledertasche vor den Bauch. Sechster Monat, schätzte Daut mit dem Kennerblick des dreifachen Vaters. Er wollte gerade aufstehen, um der werdenden Mutter seinen Platz anzubieten, als er den Judenstern an ihrem fadenscheinigen Mantel sah. Juden war es verboten, in der U-Bahn zu sitzen. Daut schaute auf den Boden zwischen seine Schuhe. Auch alle anderen wendeten den Blick ab. Sogar die Gespräche in der Bahn schienen leiser geworden zu sein.

Kurz bevor sie den Bahnhof »Märkisches Museum« erreichten, erhob sich ein mindestens siebzig Jahre alter Mann von seinem Sitz, drängte sich durch die im Gang stehenden Fahrgäste Richtung Ausgang und rempelte die Jüdin an, als der Zug abrupt bremste. Er murmelte eine leise Entschuldigung und steckte der Frau einen Apfel in die Manteltasche. Daut hatte die anrührende Szene hilfloser Solidarität beobachtet und hoffte, dass kein Denunziant im Waggon war, der den Wachtmeister aufforderte, gegen den Mann tätig zu werden. Zum Glück schwiegen alle Fahrgäste.

Als Daut im Präsidium eintraf, war Rösen außer sich.

»Wo hast du gesteckt, Axel? Wie sollen wir mit dem Fall vorankommen, wenn ich ständig hinter dir herlaufen muss?«

»Ich war auf Streife, wo sonst? Habe dir doch gesagt, dass ich Frühschicht habe.«

»Und ich habe dir gesagt, dass du zu meiner Unterstützung abkommandiert bist.«

Daut zuckte mit den Schultern. »Rudat sieht das anders. Er hat meinem Revierhauptmann erklärt, dass ich die Befragungen in der Mordsache gefälligst in meiner Freizeit zu erledigen habe. Der Herr Kriminalrat hat mich wohl immer noch auf dem Kieker.«

Rösen atmete einmal tief durch und zündete sich eine Zigarette an.

»Mit Rudat werde ich noch einmal sprechen, aber das ist jetzt egal. Es gibt Neuigkeiten. Ein gewisser Werner Grahn hat heute Morgen seine Frau auf einem Revier in Moabit als vermisst gemeldet. Vom Alter her könnte es stimmen. Ich habe einen Wachtmeister bei ihm vorbeigeschickt, und er hat ihn zu Hause angetroffen. Er müsste gleich hier sein.«

Daut hatte gerade Tschako und Mantel abgelegt, als Werner Grahn das Büro betrat. Er trug einen braunen, gerade geschnittenen Kamelhaarmantel und eine dicke Wollmütze, die er sich hastig vom Kopf nahm. Der rechte Arm steckte in einer Schlinge.

Nachdem Rösen die Personalien notiert hatte - Grahn war zweiunddreißig Jahre alt, in Werder an der Havel geboren und verheiratet - zeigte Daut auf den Arm und die verbundene Schulter.

»Schussverletzung?«

»Granatsplitter. Vier Wochen habe ich damit im Lazarett gelegen.«

»Und jetzt sind Sie auf Genesungsurlaub?«

Daut wusste, dass einem verwundeten Soldaten nach vier Wochen Lazarettaufenthalt ein einwöchiger Heimaturlaub zustand.

»So ist es, Herr Wachtmeister. In ein paar Tagen geht es zurück in den Osten. Vorher wollte ich aber noch meine

Frau besuchen, ich war zwei Mal bei ihr, aber sie war nicht zu Hause.«

Rösen blickte sichtlich irritiert. »Was heißt hier besuchen? Wir sprechen doch von Ihrer Ehefrau, oder?«

Grahn blickte zu Boden. »Richtig, aber wir leben schon eine Weile getrennt.«

»Das geht uns nichts an«, sagte Daut, der in Wahrheit brennend an den Gründen für die Trennung interessiert war, aber spürte, dass er im Moment nicht viel darüber erfahren würde. »Aber warum ist es so ungewöhnlich, dass Ihre Frau nicht zu Hause ist? Vielleicht ist sie verreist, raus aus Berlin? Wäre doch verständlich.«

Grahn schüttelte den Kopf. »Sie kann nicht so einfach wegfahren.«

»Was soll das heißen?«, fragte Rösen ungeduldig.

»Nun ja«, druckste Grahn herum, »sie kann die Stadt nicht verlassen. Sie ist Jüdin.«

Rösen stieß einen leisen Pfiff durch die Zähne aus, den Grahn als Aufforderung nahm, weiterzusprechen.

»Martha und ich sind schon zehn Jahre verheiratet und haben eine Tochter, Rita. Das Mädchen ist evangelisch getauft, müssen Sie wissen. Nicht dass ich viel mit der Kirche am Hut habe, aber dafür habe ich gesorgt. Die Kleine wohnt bei meinen Eltern in Werder an der Havel, das ist sicherer.«

Grahn schluckte und presste die Lippen aufeinander, als hätte er jetzt genug gesagt.

Daut und Rösen warteten ein paar Sekunden, aber als er nicht wieder zu sprechen begann, kamen sie zum entscheidenden Punkt. Rösen fragte so nebensächlich wie möglich:

»Hat Ihre Frau besondere Merkmale, die wir in die Vermisstenanzeige aufnehmen sollten? Körperliche Besonderheiten vielleicht?«

Über Grahns Gesicht huschte ein Lächeln.

»Sie ist eine schöne Frau. Eine sehr schöne.«

Daut mischte sich ein.

»Der Kollege meint eher etwas, das Ihre Frau eindeutig identifizieren könnte. So etwas wie ein Muttermal oder eine Behinderung.«

Daut hob seine Handprothese hoch.

Grahn stutzte. Er spürte die unangenehme Wendung des Gesprächs.

»Doch, so etwas gibt es. Martha fehlt ein Zeh am linken Fuß.«

Die beiden Polizisten sahen sich an. Daut hob die Augenbrauen und wollte etwas sagen, aber Rösen brachte ihn mit einer Handbewegung zum Schweigen. Er zog die Schreibtischschublade auf und kramte zwei Fotos des Fußes der Leiche hervor. Im Grunde genommen reichte Grahns Aussage, so viele Vermisste mit amputiertem Zeh dürfte es kaum geben. Andererseits konnte ein bisschen mehr Gewissheit nicht schaden. Gerade als Rösen die Fotos vor Grahn auf den Tisch legen wollte, wurde die Tür aufgerissen und Rudat betrat den Raum. Er brauchte zwei Sekunden, ehe er die Situation erfasst hatte, dann platzte es aus ihm heraus:

»Daut, Sie hier? Hatte ich nicht eindeutig gesagt, dass ich Sie in diesen Mauern nicht mehr sehen will!«

Rösen stand auf. »Herr Kriminalrat, Sie wissen doch, dass der Wachtmeister Daut vom örtlichen Revier abgeordnet...«

Er konnte den Satz nicht beenden, denn Rudat brüllte im Kasernenton:

»Sie haben anderes zu tun, Wachtmeister Daut. Sie müssen sofort in die Rosenstraße. Einsatz!«

Fünfzehn

Daut war die kurze Strecke vom Alexanderplatz in die Rosenstraße zu Fuß gegangen. Rudat war stinkwütend gewesen und hatte noch hinter ihm hergebrüllt.

»Bilden Sie sich bloß nicht ein, dass Sie jemals wieder als Kriminalpolizist arbeiten werden. Solange ich hier noch etwas zu sagen habe, können Sie sich das von der Backe putzen.«

Warum er so eilig in der Rosenstraße gebraucht wurde, hatte Rudat ihm nicht verraten. Der Straßenname kam ihm allerdings irgendwie bekannt vor. Als Daut von der Kaiser-Wilhelm-Straße zum Einsatzort kam, traute er seinen Augen nicht. Ungefähr hundert Menschen, die meisten von ihnen Frauen, standen auf dem Bürgersteig nicht weit von einer Litfaßsäule entfernt, die höchstens zur Hälfte mit Plakaten versehen war. So viele Veranstaltungen, für die sich Werbung lohnte, gab es nicht mehr in der Stadt, also prangten meistens nur Parteiankündigungen und Aufrufe zur Wachsamkeit und Verdunkelung an den Säulen, von denen es in Berlin angeblich dreitausend gab. Wie eine graue Wand standen die Frauen dort in ihren farblosen Mänteln und Hüten, der allgegenwärtigen Uniform der tugendhaften und still leidenden deutschen Frau. Schweigend blickten sie auf ein Haus auf der gegenüberliegenden Straßenseite. Davor standen drei Polizisten, der Eingang wurde zusätzlich von einem SS-Mann bewacht. Willi Gisch war auch dabei. Als er Daut angetrabt kommen sah, winkte er ihn zu sich.

»Kommst du auch endlich! Du meinst wohl, du bist etwas Besseres und musst dir hier nicht die Beine in den Bauch stehen.«

Daut verkniff es sich, auf diese Bemerkung zu antworten.

Der Ruf einer Frau zerriss die Stille.

»Gebt uns unsere Männer zurück.«

Einige Frauen klatschten Beifall. Leise, aber vernehmlich. Sekunden später wieder eine Frauenstimme, diesmal lauter.

»Wir wollen unsere Männer wiederhaben.«

Erneut brandete Beifall auf, und jetzt klatschten fast alle Frauen.

»Was zum Teufel ist hier los?«, entfuhr es Gisch. Bevor Daut etwas sagen konnte, hörte er eine Frau seinen Namen rufen. Er erkannte die Stimme zunächst nicht. Dann rief sie noch einmal.

»Axel!«

Daut drehte sich um und sah Carla, die sich aus der Gruppe gelöste hatte und ihm von der Seite zuwinkte. Langsam überquerte er die Straße.

»Bist du verrückt? Das hier ist eine Demonstration, und selbst eine Schauspielerin wie du sollte wissen, dass öffentliche Kundgebungen in jeder Form verboten sind.«

Carla reagierte nicht auf Dauts Worte.

»In dem Haus da drüben sind unsere Männer. Vielleicht ist Kurt auch dabei - ich weiß es nicht.«

Daut wurde wütend.

»Selbst wenn dein Mann da drin ist, kannst du nichts für ihn tun. Wenn ihr Frauen hier noch länger herumsteht und

Parolen ruft, bringt ihr euch in Teufels Küche, ach was, ihr bringt euch in Lebensgefahr.«

»Was sollen wir denn sonst machen, Axel? Sie haben alle Juden in der Stadt verhaftet, auch diejenigen, die in Mischehen leben so wie Kurt und ich. Das können sie doch nicht tun.«

Carla musste verrückt geworden sein. Natürlich konnten *sie* das tun. So wie *sie* alles tun konnten. *Sie* hatten die Macht über Leben und Tod.

»Carla, geh nach Hause. Bitte! Das hat doch keinen Zweck hier. Sie werden Kurt schon wieder laufen lassen.«

Warum hatte er das nur gesagt? Um Carla zu beruhigen, klar. Aber es war eine Lüge, das wusste er. Goebbels wollte ein judenfreies Berlin, und niemand würde ihn daran hindern. Schon gar nicht ein paar demonstrierende Frauen.

»Ich bleibe hier!«

Carla sprach die drei Worte in einem trotzigen Ton, den Daut noch nie bei ihr gehört hatte.

»Ich bleibe wenigstens so lange, bis ich weiß, ob Kurt in diesem Haus da ist.«

»Mensch, Carla!«

Daut wurde ungeduldig. Seine Kollegen schauten schon zu ihm herüber. Die Schauspielerin sah zu ihm auf.

»Du könntest doch versuchen, in das Haus zu kommen. Dich werden sie bestimmt reinlassen, schließlich bist du Polizist.«

Es war zwecklos, mit Carla zu diskutieren, wenn sie sich etwas in den Kopf gesetzt hatte. Also ließ Daut sie wortlos stehen und ging zurück zu den anderen Polizisten.

»Was hast du denn so lange mit der Kleinen zu schaffen gehabt? Sei bloß vorsichtig mit diesen Judenflittchen.«

Daut ging auf die Bemerkung nicht ein, sondern stellte eine sachliche Frage.

»Was ist das überhaupt für ein Haus, vor dem wir hier stehen?«

»Das ist irgendeine jüdische Behörde.«

Gisch drehte sich zu den anderen Polizisten um.

»Wisst ihr, was für ein Amt in dem Gebäude ist?«

Ein älterer, sehr kleiner, aber dafür umso dickerer Hauptwachtmeister antwortete.

»Irgendeiner hat, glaube ich, von einem Wohlfahrtsamt gesprochen. Oder war es Arbeitsamt? Irgendeine jüdische Behörde halt, die es in ein paar Wochen nicht mehr geben wird.«

Als niemand auf seine Bemerkung einging, setzte er hinzu und begann schon, während er sprach, zu lachen: »In ein paar Wochen gibt es nämlich auch für dieses Amt keine Klienten mehr.«

Daut nutzte die einsetzende Heiterkeit und ging auf den SS-Mann am Eingang zu. Er beschloss spontan, noch einmal den Trick anzuwenden, der im Konzerthaus Clou so gut funktioniert hatte. Auch diesmal nahm ihm der Wachhabende die Geschichte ab, und Daut betrat das Gebäude. Das äußerst mulmige Gefühl in der Magengegend ignorierte er.

Sechzehn

Eigentlich wollte Rösen Grahn nur die Fotos zeigen. Aber er brauchte eine Identifizierung, und weil er nach Grahns Vernehmung das sichere Gefühl hatte, dass es sich bei der zerstückelten Leiche um dessen Frau handelte, fuhr er mit ihm ins Leichenschauhaus. Teske nahm sie bereits am Eingang in Empfang. Er hatte jede Arroganz abgelegt und benahm sich gegenüber dem Zeugen ausgesprochen höflich. Vermutlich wollte er ihm die schreckliche Situation erleichtern, soweit das überhaupt möglich war. Rösen hatte befürchtet, dass die Identifizierung im großen Sektionssaal stattfinden würde, aber der Rechtsmediziner führte sie in einem kleinen Raum abseits des Haupttraktes durch, in dem sich nur eine einzige Bahre befand. Teske hatte die Leichenteile so auf den Tisch gelegt, dass man den Eindruck gewinnen konnte, unter dem Tuch befände sich ein vollständiger, menschlicher Körper. Der Doktor lupfte das Tuch nur so weit, dass der linke Fuß sichtbar wurde. Grahn starrte darauf, ohne etwas zu sagen. Erst als sich Rösen nach einer halben Minute räusperte, nickte er.

»Es könnte Martha sein.«

Rösen wurde ungeduldig.

»Was heißt hier könnte. Sie werden doch wohl noch Ihre Frau erkennen.«

»Natürlich«, stammelte Grahn. Aber dieser Fuß ... Es kann doch noch andere Frauen geben, denen dieser Zeh fehlt.«

Er schaute Teske hilfesuchend an.

»Ich möchte ihr Gesicht sehen.«

Der Arzt schüttelte schweigend den Kopf.

Grahn wurde kreidebleich und schwankte, als würde er im nächsten Moment umkippen.

»Ist es so schlimm?«

Rösen legte dem Mann einen Arm um die Schultern und führte ihn aus dem Raum. Im Vorraum, der als eine Art Wartezimmer genutzt zu werden schien, war ein Dutzend Stühle an der Wand aufgereiht.

»Setzen Sie sich. Soll ich Ihnen etwas zu trinken holen?«

Grahn schüttelte den Kopf und verbarg ihn anschließend zwischen den Händen.

Rösen hatte sich vorgenommen, es ihm schonend beizubringen, aber jetzt schien ihm das auf einmal nicht mehr möglich.

»Sie können das Gesicht Ihrer Frau nicht sehen, weil wir den Kopf noch nicht gefunden haben.«

Grahn nahm die Hände vom Gesicht und griff sich an die Schulter, als würde sein Schmerz sich an der Verwundung manifestieren. Er gab keinen Laut von sich, nur eine einzelne Träne zeigte sich im rechten Auge. Er wischte sie weg und fuhr sich mit dem Handrücken über den Mund.

»Was wollen Sie noch wissen?«

»Wo hat Ihre Frau gewohnt.«

In einer kleinen Wohnung in der Kohlberger Straße. Was heißt klein, eigentlich ist sie zu groß für sie, seitdem Rita bei meinen Eltern lebt. Aber Martha wollte nicht umziehen. Manchmal kommt die Kleine zu Besuch und bleibt über Nacht, da wollte sie nicht nur in einem Zimmer wohnen.

Rösen zog einen Block aus der Tasche und machte sich Notizen.

»Kohlberger Straße ... Nummer?

»Zwölf.«

Rösen hatte den Straßennamen noch nie gehört.

»In welchem Bezirk?«

»Im Wedding.«

»Und wie zum Teufel kommt ein Teil der Leiche dann auf die Rote Insel?«, entfuhr es Rösen.

Grahn schaute nicht auf, sondern starrte wie schon die ganze Zeit auf den Boden. Sein Gesicht war kreidebleich. Bevor er ohnmächtig wurde, nahm Rösen den Faden einer sachlichen, polizeilichen Befragung wieder auf.

»Arbeitete Ihre Frau?«

»Natürlich. Als Jüdin blieb ihr doch gar nichts anderes übrig.«

Rösen wartete, ob Grahn von sich aus weitersprach. Als er schwieg, fragte er nach der Arbeitsstelle.

»Bei OSRAM. In der Packerei. Da wird man sie vermissen. Sie war fleißig. So fleißig.«

Siebzehn

Daut lief durch das weiträumige Gebäude. Niemand interessierte sich für einen Wachtmeister, der Tür für Tür öffnete, sich suchend im Raum umblickte und hin und wieder fragte, ob jemand einen gewissen Kurt May gesehen hatte.

Die Atmosphäre war bedrückend. Die hier untergebrachten Behörden und Ämter der jüdischen Gemeinde - darunter auch die Kleiderkammer für Bedürftige - hatten früher regen Publikumsverkehr. Deshalb gab es nicht nur kleine Büros, sondern auch einige größere Räume von fünfzig Quadratmetern und mehr. Die Fußböden waren fast vollständig mit Matratzen belegt, und überall herrschte eine drangvolle Enge. Die Menschen lagen oder saßen dicht an dicht. Die Luft war oft zum Schneiden, dazu kam der Gestank von Exkrementen. Zwar gab es auf jedem Flur eine Toilette, aber das reichte bei Weitem nicht. In die Räume der Frauen hatte man deshalb Eimer für die Notdurft gestellt.

Aus einem Zimmer hörte Daut Gebrüll. Die Tür wurde aufgerissen, und ein schon älterer Mann stolperte heraus, das Gesicht blutüberströmt. Mit vor Schreck aufgerissenen Augen ging er hastig und an die Wand gedrückt an Daut vorbei, der eine Weile brauchte, ehe er begriff, dass die Uniform dem Mann Angst einflößen musste.

Daut öffnete die Tür zu einem weiteren Büro, sah sich diesmal aber einer ganz anderen Szene gegenüber. Mehrere SS-Männer und Gestapoleute saßen um einen Schreibtisch herum, hinter dem ein SS-Hauptsturmführer auf einem Sessel mit hoher Rückenlehne geradezu thronte. Der Raum war mit Zigarettenqualm vernebelt, neben Kaffeetassen standen mehrere überquellende Aschenbecher auf dem Tisch und dem niedrigen Büroschrank, der das einzige weitere Möbelstück war. Der Hauptsturmführer schnauzte Daut sofort an.

»Was wollen Sie denn hier drin? Sorgen Sie lieber dafür, dass die Bagage da draußen verschwindet.«

Daut bemühte sich, so ruhig wie möglich zu bleiben, grüßte vorschriftsmäßig und sagte dann sein Sprüchlein auf vom Obersturmbannführer Rudat, in dessen Auftrag er in einer Mordsache den Zeugen Kurt May suche.

Der SS-Hauptsturmführer griff zum schwarz glänzenden Telefonapparat und wählte eine Nummer. Während er dem Freizeichen lauschte, fingerte er eine Zigarette aus der Packung. Daut holte sein Feuerzeug aus der Manteltasche, entzündete es und hielt es dem Offizier entgegen. Mit der brennenden Zigarette im Mundwinkel fragte er, auf Dauts Prothese zeigend: »Schon länger her?«

»1918.«

Der SS-Mann nickte anerkennend. Endlich meldete sich jemand am anderen Ende der Leitung, und er fragte, ob ein Kurt May erfasst sei. Kurze Zeit später hielt er die Hand auf die Sprechmuschel.

»Wie schreibt der sich? Wie der Monat?«

»Nein, Hauptsturmführer, wie der Schriftsteller.«

Während er auf die Antwort wartete, kritzelte der SS-Mann Strichmännchen auf einen Notizblock.

Von draußen hört man die Rufe der Frauen: »Gebt uns unsere Männer zurück!«

Der Hauptsturmführer blaffte ins Telefon.

»Was dauert das so lange. Kann doch nicht so schwer sein, nach einem Namen zu suchen. Rufen Sie mich an, wenn Sie wissen, ob er der Kerl hier ist oder nicht.«

Er warf den Hörer auf die Gabel.

Einer der anwesenden Gestapoleute, ein dürrer Schlacks mit zu viel Pomade im Haar und einem nach Führers Art gekürzten Schnäuzer, regte sich über die immer lauter gerufenen Parolen der Frauen auf.

»Man sollte endlich etwas zur Beruhigung der Situation unternehmen. Das kann doch so nicht weitergehen. Der Gauleiter ist informiert und entsetzt.«

Es reichte, Goebbels nur zu erwähnen, um Unruhe unter den Anwesenden zu erzeugen. Seinen Zorn wollte niemand auf sich ziehen. Der Hauptsturmführer schlug mit der Faust auf den Tisch.

»Wissen Sie, was das Beste zur Beruhigung dieser Flittchen da draußen ist: ein Maschinengewehr.«

Zu seiner eigenen Verwunderung hielt Daut nicht den Mund, sondern mischte sich ein. Noch mehr erstaunte ihn, dass die Männer ihn reden ließen, ihm sogar aufmerksam zuhörten.

»Als Gauleiter würde Dr. Goebbels die Frauen ohne Zweifel am liebsten sofort von der Straße jagen. Wenn es nötig ist, auch mit Waffengewalt.«

»Genau«, rief der Gestapomann.

Daut hob die Hand zum Zeichen, dass er weitersprechen wollte.

»In seiner Funktion als Propagandaminister hingegen ...«

Er ließ den Satz unvollendet im Raum stehen. Alle schwiegen. Daut hatte erreicht, was er wollte. Sie waren unsicher geworden, ob eine gewaltsame Räumung die Zustimmung der Parteiführung finden würde, oder ob sie sich damit nicht etwa selbst in die Schusslinie brächten. Jetzt musste er ihnen nur noch eine Alternative aufzeigen.

»Am besten wäre es, die Situation zu entspannen und die Frauen dazu zu bringen, die Straße freiwillig zu räumen. Geben Sie ihnen das Gefühl, dass es ihren Männer hier drin gut geht. Genehmigen Sie den Frauen, Pakete mit Lebensmitteln für ihre Männer abzugeben. Und vor allem sorgen Sie dafür, dass den Frauen die Hausschlüssel, Lebensmittelkarten und so weiter ausgehändigt werden, die ihre Männer mit sich führen. Die meisten werden dann ganz sicher nach Hause gehen und Pakete packen.«

Die Männer schwiegen, keiner wollte als Erster seine Meinung äußern. Alle warteten auf den Hauptsturmführer als Ranghöchsten. Er atmete tief ein und nickte Daut anerkennend zu.

»Nicht schlecht, Wachtmeister. Vertrauensbildende Maßnahmen.«

Er kam nicht dazu, weiterzusprechen, denn das Telefon klingelte. Das Gespräch war kurz, und Daut ahnte das Ergebnis.

»Tut mir leid, Wachtmeister. Der Mann, den Sie suchen, ist nicht hier. Noch nicht, müsste ich sagen, denn in den nächsten Stunden bringt man uns noch einige Dutzend, die fälschlicherweise in anderen Sammelstellen gelandet sind. Aber jetzt entschuldigen Sie uns, wir haben zu tun.«

Als Daut wieder ins Freie trat, hatte sich die Situation eher verschärft als entspannt. Die Zahl der Frauen war gewachsen, und sie standen jetzt nicht nur starr auf der anderen Seite der Straße, sondern gingen auf und ab. Carla winkte ihm zu.

»Und? Ist Kurt da drin?«

»Nein. Könnte aber gut sein, dass er in den nächsten Stunden hergebracht wird.«

Carla schaute ihn niedergeschlagen an.

»Aber etwas anderes habe ich erreicht.«

Daut trat einige Schritte zurück und stand mitten auf der Fahrbahn.

»Alle mal herhören. Sie dürfen für Ihre Männer Päckchen mit Lebensmitteln packen. Die übergeben Sie dann den Wachhabenden, die dafür sorgen, dass Ihre Männer sie auch erhalten. Wenn Ihr Mann den Hausschlüssel oder die Lebensmittelkarten bei sich trägt, teilen Sie das ebenfalls den Wachhabenden mit. Man wird Ihnen diese Gegenstände aushändigen.«

Kaum hatte Daut seine kleine Ansprache beendet, setzte ein Gemurmel ein, das er nicht richtig deuten konnte. Einige der Frauen misstrauten diesem Angebot anscheinend.

»Die wollen uns nur hier weghaben. Nicht mit uns. Wir bleiben hier.«

Andere machten sich sofort auf den Weg nach Hause, um das Nötigste für den Liebsten zusammenzupacken. Ein paar bedrängten bereits den SS-Mann am Eingang, der sichtlich überfordert schien.

Ein Lastkraftwagen bog in die Straße ein und hielt vor dem Sammellager. Die Polizisten bildeten einen Kordon und drängten die Frauen, die mit dem Wachmann diskutierten, zurück. Daut ignorierte Gischs Rufe, er möge sich einreihen. Die Plane des Lkw wurde hochgeschlagen und die Pritsche heruntergelassen. Etwa zwanzig Männer und einige Frauen kletterten aus dem Wagen und liefen geduckt ins Haus.

Carla sprang in die Höhe.

»War das Kurt? Der mit dem grauen Jackett? Er könnte es gewesen sein. Sag doch etwas, Axel!«

»Ich weiß es nicht, Carla. Vielleicht war er dabei, vielleicht auch nicht.«

Carla flehte mit beinahe weinerlicher Stimme:

»Ich muss es wissen, und dann hole ich ihn da raus. Hilfst du mir dabei, Axel? Bitte versprich mir, dass du mir dabei hilfst.«

Daut nickte, obwohl er von der Sinnlosigkeit überzeugt war.

Carla wurde immer aufgeregter.

»Wir können auch Zarah bitten. Sie hat ja auch Balz geholfen, da wird sie uns auch beistehen.«

Daut ahnte, wen sie mit »Zarah« meinte, einen Balz kannte er allerdings nicht, obwohl ihm der Name bekannt vorkam.

Carla war jetzt völlig aufgedreht.

»Zarah kommt heute nach Berlin. Morgen gibt sie eine Abendeinladung. Ganz kleiner, intimer Kreis. Ich bin eingeladen, und du musst mich begleiten, Axel. Bitte, ich kann das nicht alleine. Du hast doch einen guten Anzug, oder? Egal, du kannst alles anziehen, nur nicht diese scheußliche Uniform. Morgen Abend, Axel. Versprochen?«

»Versprochen«, antwortete Daut und fragte sich, auf was er sich da eingelassen hatte.

Achtzehn

Als Rösen auf dem Revier in der Gothaer Straße eintraf, wollte Daut gerade nach Hause gehen. Man hatte ihn vorerst von der Rosenstraße abgezogen. Von Grätz hatte Wind davon bekommen, dass sein Wachtmeister ohne Aufforderung das Sammellager betreten und dem Leiter der Aktion auch noch gute Ratschläge erteilt hatte. Der Revierhauptmann hasste nichts mehr als Eigenmächtigkeiten und Insubordination. Er hatte Daut in einer fünfminütigen Strafpredigt abgekanzelt, dessen Laune dementsprechend war.

Auch Rösen war nicht gerade bester Stimmung.

»So langsam bin ich es leid, ständig hinter dir herzufahren. Wenn du das nächste Mal in meinem Büro bist, läufst du nicht einfach so davon, ohne dass ich weiß, wie und wo ich dich erreichen kann.«

»Was heißt hier weglaufen! Der Befehl von Rudat war doch klar, oder?«

»Rudat hat dir doch nichts mehr zu befehlen, oder? Früher hast du dich doch auch nicht an seine Anordnungen gehalten. Es hätte doch völlig gereicht, wenn du das Büro verlassen und draußen gewartet hättest.«

Die beiden Männer schwiegen einen Moment und ließen ihren Ärger verrauchen. Daut hatte sich als Erster beruhigt.

»Wohin fahren wir eigentlich?«

»In die Wohnung von Martha Grahn im Wedding.«

Während Rösen den Wagen durch Berlin Mitte Richtung Norden steuerte, informierte er Daut über die Identifizierung der Leiche durch den Ehemann. Inzwischen hatte er auch einige weitere Informationen über die Tote zusammengetragen. Martha Grahn war die Tochter von recht wohlhabenden Kaufleuten. Sie besaßen im ostpreußischen Allenstein ein Konfektionsgeschäft, das 1938 arisiert wurde.

Rösen machte in seinem Bericht eine Pause, als wolle er dem nächsten Satz eine besondere Bedeutung geben.

»Vor ein paar Monaten wurden sie in den Osten gebracht. Du weißt, was das heißt.«

»Selbst ich höre manchmal Radio London.«

Erst vor ein paar Monaten hatte Daut eine Ansprache Thomas Manns aus London gehört, in der er von Massentötungen durch Giftgas gesprochen hatte. Vielleicht war das nur Propaganda. Aber würde sich Mann dafür hergeben?

Rösen ging nicht weiter auf das Thema ein, sondern setzte seinen sachlichen Bericht fort.

»Martha heiratete 1932 eben jenen Werner Grahn, der sie heute identifiziert hat. Sie bezogen eine gemeinsame Wohnung im Wedding. Grahn arbeitete als Maurer, ist aber sei Beginn des Krieges Soldat.«

Nach ein paar Sekunden setzte er entschlossen hinzu:

»Und weißt du was, irgendwie ist der Mann nicht koscher.«

Rösen bog in die Kolberger Straße ab und parkte direkt vor einem heruntergekommen wirkenden Mietshaus mit der Hausnummer zwölf.

Vor der Tür zog Rösen einen Schlüsselbund aus der Tasche, den Grahn ihm noch im Leichenschauhaus gegeben hatte.

Die Wohnung lag im dritten Stock. Die Luft war stickig und abgestanden, hier war tagelang nicht mehr gelüftet worden. Das elektrische Licht im Flur funktionierte nicht. Daut öffnete die Wohnzimmertür, um Licht im fensterlosen Korridor zu haben. An der Garderobe hing ein dunkelblauer, für die Jahreszeit viel zu leichter Staubmantel. Auf die Hutablage hatte jemand eine zerlesene Ausgabe der »BZ am Mittag« gelegt. Daut nahm das Blatt herunter. Es war die Ausgabe vom 22. Februar, sie lag also vermutlich schon über eine Woche dort.

Die beiden Polizisten betraten das spärlich möblierte Wohnzimmer. In der Mitte ein kleiner, runder Tisch mit einer karierten Tischdecke, davor zwei ungepolsterte Holzstühle. In der rechten Ecke stand ein Ohrensessel, dessen Armlehnen stark abgewetzt waren, dahinter eine Stehlampe mit braunem Lampenschirm. Die rechte Seitenwand wurde von einer Anrichte fast vollständig eingenommen. Gegenüber befand sich ein Kohleofen. Alles wirkte bieder und penibel aufgeräumt.

Daut wischte mit einem Finger über die Anrichte.

»Entweder war die Grahn eine Sauberkeits- und Ordnungsfanatikerin, oder hier hat jemand nach ihrem Tod gründlich geputzt.«

Rösen drehte sich um die eigenen Achse.

»Irgendetwas fehlt hier, aber ich weiß nicht was.«

Auch Daut sah sich noch einmal um.

»Das Radio«, mutmaßte er. «Heutzutage steht doch in jeder Wohnung eine Goebbelsschnauze.«

»Es sei denn, du bist Jüdin«, warf Rösen ein.

Daran hatte Daut nicht gedacht. Juden war der Besitz von Radioapparaten schon seit über drei Jahren verboten.

Sie gingen weiter durch die Wohnung. Überall das gleiche Bild. Alles ordentlich und sauber, nicht ein Staubkorn zu sehen. Im Schlafzimmer war das Bett gemacht. In der Küche stand kein einziges Geschirrteil in der Spüle, alles war ordentlich in den Schränken verstaut.

»So hinterlässt man eine Wohnung, wenn man verreisen will.«

Man merkte Rösen die Enttäuschung an. Sie hatten bisher keine einzige Spur, und die Wohnung gab auch nichts her.

Daut brachte es auf den Punkt:

»Sieht mir nicht so aus, als wäre hier ein Mord begangen worden. Und eins steht fest: Zwei Leichen wurden hier wohl kaum fachmännisch zerlegt worden. Ich denke, die Techniker brauchen wir hier nicht.«

Daut öffnete die Wohnungstür, während Rösen noch einmal ins Wohnzimmer ging und eine gerahmte Fotografie von der Anrichte nahm, auf der eine Frau mit einem Mädchen fröhlich in die Kamera lächelte.

»Jetzt wissen wir wenigstens, wie unser Opfer ausgesehen hat.«

Zurück im Auto, überlegten sie, noch zum OSRAM-Werk zu fahren, in dem Martha Grahn gearbeitet hatte. Rösen winkte ab.

»Erstens ist Sonntag, und zweitens haben wir noch ein anderes Problem an der Backe. Wenn Rudat richtig Wind von der Sache bekommt und erfährt, dass unser Opfer Jüdin war, wird er uns wohl kaum freie Hand bei den Ermittlungen lassen. Auf jeden Fall wird er darauf bestehen, dass wir die Kollegen von der Prinz-Albrecht-Straße informieren. Und was die dann entscheiden ... Am besten fahren wir ins Präsidium und schreiben erst mal einen Bericht.«

»Du vielleicht, Ernst. Mich bringst du aber vorher nach Hause. Mir reicht es für heute mit meiner Aushilfstätigkeit als Kriminaler.«

Neunzehn

Carla blickte sich um. Es dämmerte bereits, und trotzdem hatte die Zahl der Frauen nicht abgenommen. Im Gegenteil, sie hatte das Gefühl, dass es eher noch mehr geworden waren.

Insgesamt vier Mal war in den vergangenen Stunden ein Lastkraftwagen vorgefahren. Jedes Mal waren zwanzig bis dreißig Menschen ins Gebäude gelaufen. Erkennen konnte man niemanden, die Polizisten schotteten die Sicht auf die Neuankömmlinge ab.

Ihr war kalt. Andere Frauen hatten eine Decke mitgebracht und sich darin eingewickelt. Sie konnte nur die Arme um den Körper schlingen.

»Hier, trink!«

Eine alte Frau reichte ihr einen Tonbecher, aus dem es verführerisch dampfte.

»Ist zwar nur dünner Muckefuck, aber immerhin heiß.«

Carla trank in kleinen Schlucken, um sich nicht den Mund zu verbrennen. Selten hatte ihr ein Gerstenkaffee so gut geschmeckt.

»Ist dein Mann da drin?«, fragte die hilfsbereite Frau.

Carla nickte, während sie in den Becher pustete.

»Und auf wen warten Sie?«

»Kannst mich ruhig duzen«, antwortete die Alte und lächelte Carla an, wobei ihre von Falten umrahmten Augen aufblitzten. »Ich stehe hier für meinen Schwiegersohn. Meine Tochter ist nach Hause gegangen, um ihm ein Paket zu packen und uns wärmere Kleidung zu holen. Es soll kalt werden heute Nacht.«

»Da! Schaut!«

Der Ruf hallte von den Hauswänden zurück. Augenblicklich verstummten alle Gespräche. Die Frauen schauten zum kleinen Fenster über dem Eingang hinauf, hinter dem sich ein Schatten bewegte. Winkte da jemand? Tatsächlich! Da stand ein Mann und winkte. Carla winkte zurück wie die meisten der Frauen.

»Gerd«, schrie eine Frau. »Gerd, bist du das?«

Die Silhouette hinter der Glasscheibe verschwand.

Carla gab der alten Frau den Becher.

»Danke!«

»Du solltest dir etwas Wärmeres anziehen.« Die betagte Dame nahm ein Stück Stoff von Carlas Mantel zwischen Daumen und Zeigefinger. »Mit dem Fähnchen hier gewinnst du zwar den Schönheitswettbewerb der Rosenstraße, überstehst aber kaum die Nacht.«

Die Frau hatte recht. Carla fror trotz des wärmenden Getränks immer noch so sehr, dass sie zu schlottern begann. Sie musste in ihre Wohnung gehen und sich umziehen. Aber vorher brauchte sie Gewissheit, ob Kurt inzwischen im Sammellager war.

Langsam löste sie sich aus der Gruppe und ging auf den wachhabenden SS-Mann zu. Erst als sie sich ihm näherte, sah sie, wie jung er war. Fast ein Kind mit Pickeln im Gesicht. Er schaute sie ängstlich an.

»Guten Abend.« Carla versuchte, sein Vertrauen zu gewinnen.

»Vielleicht können Sie mir helfen, Herr Soldat.«

Sie strich sich eine Haarsträhne aus dem Gesicht. Der Jüngling folgte ihrer Hand mit seinen Augen.

»Ich bin sogar sicher, dass Sie mir helfen können.«
»Was wollen Sie?«

So sehr er sich auch um einen harten, festen Ton bemühte, hörte Carla doch die Unsicherheit aus seiner Stimme.

»Mein Mann hat heute Morgen unsere Lebensmittelkarten mitgenommen, und jetzt kann ich nichts einkaufen. Ich muss doch morgen etwas zu essen haben.«

Was für eine blöde Lüge. Natürlich hatte Kurt die Karten nicht mitgenommen, er hätte ja mit ihren Karten gar nicht einkaufen können. Juden war nur noch der Zutritt zu speziellen Geschäften gestattet, und das auch nur wenige Stunden am Tag.

Der Soldat aber fragte - und diesmal gelang es ihm schon besser, militärisch zu klingen:

»Wie heißt Ihr Mann?«
»Kurt May. Bitte ...«

Carla berührt den Wachmann leicht am Arm.

Er drehte sich rasch um und betrat das Gebäude.

Carla blieb wie angewurzelt vor der Tür stehen, argwöhnisch von den Polizisten beobachtet, die auf der Stelle trampelten, um sich die Füße zu wärmen.

Nach fünf Minuten kam der SS-Mann zurück. Er drückte ihr einen gefalteten Zettel in die Hand.

»Mehr kann ich nicht tun.«
»Danke.«

Carla flüsterte fast und ging langsam zu den anderen Frauen zurück. Sie traute sich kaum, den Zettel aufzufalten.

Es war nur ein Satz, hastig mit einem Bleistift auf einen von einem Formular abgerissenen Papierfetzen geschrieben, aber Carla erkannte die Handschrift sofort.

»Es geht mir gut. Kurt.«

Sie faltete den Zettel vorsichtig zusammen und steckte ihn in die Manteltasche.

Alles wird gut, dachte sie und wunderte sich im gleichen Augenblick über ihre Gewissheit.

Zwanzig

Die Wurststulle lag ihm schwer im Magen. Daut griff unter das Bett und zog den Kasten hervor, in dem er seine Schätze aufbewahrte. Zum Glück bekam er regelmäßig Pakete von seinem Vater, das Angebot in den Berliner Geschäften wurde nicht nur immer eintöniger, sondern auch von Woche zu Woche ungenießbarer. Meistens enthielten die Fresspakete aus dem Münsterland eine Hartwurst, seltener ein Stück Schinken, aber immer eine Flasche Schnaps. Ob Luise davon wusste? Er schaute in die Kaffeetasse. Sie war halbwegs sauber, und er goss sich einen Schluck von dem Selbstgebrannten ein. Die klare Flüssigkeit rann angenehm warm seine Kehle hinunter. Bevor er den Karton zurück in sein Versteck schob, nahm er den letzten Brief heraus. Luise schrieb ihm ein Mal in der Woche, immer sonntags, so bekam er ihre Nachricht dienstags, spätestens mittwochs. Manchmal war es nur eine Seite, oft aber auch viel mehr. Den längsten Brief hatte sie am Tag nach dem Tod ihres Vaters geschrieben, eine neun Seiten lange Abrechnung mit ihrer Kindheit. Der Brief vom letzten Sonntag war dagegen fast heiter. Alltagserlebnisse einer Mutter auf dem Lande. Ohne den Brief aus der Hand zu legen, schlief Daut ein.

»Axel, aufwachen.«
Daut öffnete die Augen. Es war dunkel. Er tastete nach seiner Armbanduhr. Zehn nach acht.
»Axel, nun wachen Sie schon endlich auf. Ihr Kollege, der Gisch, meint, es sei dringend.«

Für einen Moment glaubte Daut, in einer Art Zeitschleife gefangen zu sein und ständig das Gleiche zu erleben. Die Engelmann gab aber keine Ruhe, und so schwang er die Beine aus dem Bett. Dabei trat er fast in den Karton mit der Wurst und der Schnapsflasche und schob ihn mit den Füßen unter das Bett. So schnell es ging, zog er sich die Uniform an, und zehn Minuten später verließ er die Wohnung.

»Na endlich!« Gisch war hörbar genervt. »Mir geht das wirklich auf den Geist, dass ich dich jedes Mal zum Dienst abholen muss.«

»Ganz meinerseits«, brummte Daut, der nachzurechnen versuchte, wie viele Stunden er in den letzten Tagen geschlafen hatte.

»Was gibt es diesmal so Wichtiges, von dem der Herr Revierhauptmann meint, dass ihr es nicht ohne meine Hilfe schaffen könnt.«

Gisch überhörte die Ironie und antwortete kurz angebunden.

»Einsatzbefehl.«

»Das dachte ich mir. Geht es ein bisschen genauer?«

»Schon wieder Ärger mit dem Judenpack. Es wird Zeit, dass wir da endgültig aufräumen.«

Als sie am Revier ankamen, stand ein Mannschaftswagen bereit. Acht Kollegen saßen frierend auf der offenen Pritsche, entsprechend fielen die Begrüßungen und Kommentare aus, nachdem Daut als Letzter aufgestiegen war. Auch Revierhauptmann von Grätz war dabei.

Kaum war die Klappe geschlossen, brauste der Fahrer los. Gisch wäre fast von der Bank gerutscht.

»Mensch, Egon, mach langsam. Oder wartet deine Olle im warmen Bette?«

Als die Polizisten in der Rosenstraße vom Wagen sprangen, bot sich ihnen eine gespenstische Szenerie. Trotz Dunkelheit und Kälte standen immer noch ein paar Dutzend Frauen eng beieinander auf dem Bürgersteig. Die meisten hatten sich zusätzlich zu ihren Wintermänteln noch in Decken gehüllt, einige wärmten ihre Hände in Pelzmuffs, die zum Teil schon bessere Zeiten gesehen hatten.

Vor dem Eingang hielt wie immer ein SS-Mann Wache, allerdings hatte ein bulliger, vierzigjähriger Rottenführer das Jüngelchen des Nachmittags ersetzt. Vor der Mauer des Wohlfahrtsamtes lagen Pakete unterschiedlicher Größe, manche wie ein Geschenk verpackt, andere nachlässig zusammengeschnürt.

»Nun bringt endlich die Päckchen rein. Werden ja noch ganz nass.« Die Stimme der Frau klang heiser.

Von Grätz baute sich vor seiner Mannschaft auf.

»Gitter vom Wagen holen und Zaun aufstellen.«

Die Männer bildeten eine Kette, und nach wenigen Minuten war ein Zaun zwischen den Frauen und dem Gebäude mit der Hausnummer zwei errichtet.

Die Frauen äußerten zwar nicht laut, aber deutlich ihren Unmut.

»Was soll das denn jetzt?« - »Wo sollen wir denn jetzt die Pakete abgeben?« - »Lasst einfach unsere Männer frei, dann sind wir weg.«

Daut hatte gerade den letzten Bolzen am Gitter eingeschlagen, als er Carla in der Menge sah. Er zeigte mit der Hand in Richtung Litfaßsäule und ging, um kein Aufsehen zu erregen, betont langsam über die Straße.

Carla war sichtlich aufgeregt, ihre Wangen waren gerötet, und sie trat von einem Fuß auf den anderen.

»Er ist hier, Axel.«

Sie griff in die Manteltasche und reichte Daut den Zettel.

»Das ist gut, aber jetzt geh nach Hause, Carla. Du musst schlafen.«

Carla senkte den Kopf. Sie wusste, dass Daut recht hatte, denn die Müdigkeit drückte sie fast zu Boden.

Daut wollte gerade zurück zum Mannschaftswagen gehen, als die durch ein Megafon verzerrte Stimme des Revierhauptmanns die Straße beschallte.

»Herhören! Wir fordern Sie auf, die Straße umgehend zu räumen. Andernfalls werden wir mit Zwangsmaßnahmen gegen Sie vorgehen. Also: Räumen Sie die Straße!«

Von Grätz ließ das Sprachrohr sinken, hob es dann aber noch einmal an den Mund und sagte viel leiser.

»Nun geht schon nach Hause.«

Tatsächlich kam Bewegung in die Gruppe. Die Frauen diskutierten miteinander. Eine große, schlanke Blondine in einem viel zu weiten Ledermantel löste sich von der Gruppe.

»Gut, wir gehen. Aber wir kommen wieder. Morgen. Übermorgen. So lange, bis unsere Männer und Söhne frei sind. Und wir werden jeden Tag mehr werden.«

Die Gruppe löste sich auf, und langsam leerte sich die Straße.

Von Grätz drehte sich zu seinen Leuten um.

»Hier gibt es nicht mehr viel zu tun. Zwei Mann sollten reichen. Gisch und Daut, Sie halten Wache.«

»Jawoll, Herr Revierhauptmann!«, brüllte Gisch, als freute er sich, dass er sich die Nacht um die Ohren schlagen durfte.

Wann schläft der Kerl, dachte Daut, der sich insgeheim fragte, wie er diese Nacht durchhalten sollte.

Montag, 1. März 1943

Einundzwanzig

Daut zerknüllte das leere Zigarettenpäckchen. Wie viele Glimmstängel hatte er in dieser Nacht schon geraucht? Er hatte sie nicht gezählt, und genutzt hatte es auch nichts, er war hundemüde. Zum Glück dämmerte der Morgen, und es bestand die Hoffnung, dass sie bald abgelöst würden.

Es war die ganze Zeit ruhig gewesen. Die Frauen hatten bis auf eine Handvoll Standhafte die Nacht zu Hause verbracht. Seit einer Stunde kamen mehr und mehr Protestierende zurück. Die meisten brachten Pakete für ihre inhaftierten Angehörigen mit und warfen sie über den Zaun.

Ein Auto bog mit hoher Geschwindigkeit von der Kaiser-Wilhelm-Straße ein und hielt direkt von dem Zaun. Rösen sprang aus dem Wagen und schnauzte Gisch an:

»Warum lassen Sie Ihren Kollegen Daut nicht endlich in Ruhe. Er ist von Kriminalrat Rudat für die Ermittlungen in der Mordsache Grahn abgestellt.«

Er winkte Daut heran, der in den P 4 kletterte, ehe Gisch antworten konnte, dass ihn das alles nichts anging.

Rösen fuhr mit durchdrehenden Reifen an.

»Guten Morgen, Axel. Die Frage, ob du gut geschlafen hast, erübrigt sich ja wohl.«

»Hast du was zu rauchen für mich?«

Rösen fingerte ein Päckchen Nil aus der Jackentasche und reichte es Daut.

»Du auch?«

Rösen nickte, und Daut entzündete zwei Zigaretten.

Als sie in die Neue Friedrichstraße abbogen, sahen sie Carla auf dem Bürgersteig. Sie trug ein Päckchen unter dem Arm und hatte eine vollgepackte Tasche dabei.

Rösen nickte ihr zu, aber sie erkannte ihn nicht.

»Ist das nicht die kleine Schauspielerin? Hast du eigentlich was mit der?«

»Lass mich mit so einem Quatsch in Ruhe. Ich bin hundemüde und will nur eins: schlafen.«

»Daraus wird nichts, mein Lieber. Wir fahren jetzt zuerst zu Grahn und fühlen ihm ein bisschen auf den Zahn. Ich kann mir nicht helfen, aber der Typ ist irgendwie nicht koscher. Außerdem sollten wir dringend Martha Grahns ehemaligen Kollegen bei OSRAM einen Besuch abstatten. Es würde uns ja schon helfen, den Tatzeitpunkt einzugrenzen, wenn wir wüssten, wann sie zum letzten Mal zur Arbeit erschienen ist. Wenn wir Glück haben, hatte sie Freunde oder Bekannte, die uns in Sachen Motiv weiterbringen.«

Er drehte sich zu Daut um, der mit geschlossenen Augen in seinem Sitz zusammengesunken war.

»Wenn ich dich so anschaue, brauchst du aber erst einen Kaffee und ein ordentliches Frühstück.«

Daut rieb sich die Augen. »Red keinen Mumpitz, als ob du einen ordentlichen Kaffee auf den Tisch bringen könntest.«

Rösen lachte kurz auf.

»Lass dich überraschen.«

Sie hielten vor der Wohnung von Rösens Freundin Irma Hinrichs. Als Rösen die Wohnungstür öffnete, glaubte Daut an eine Täuschung seiner Geruchsnerven. Anscheinend war er so übermüdet, dass er fantasierte. Es roch nach kräftigem, frisch gebrühtem Kaffee.

Während sie im Flur die Mäntel an der Garderobe aufhängten, rief Rösen nach Irma.

»Ich bin in der Küche, kommt rein.«

Als Daut den Küchentisch sah, glaubte er im Schlaraffenland zu sein. Aus den Tassen dampfte der tiefschwarze Kaffee, und offenbar gab es noch mehr davon, denn eine selbst gehäkelte, dunkelrote Stoffmütze hielt eine Kanne warm. Auf einem Holzbrettchen lag ein Viertel Pfund Butter, neben jedem Teller stand ein Eierbecher, es gab einem Korb mit frischem Brot und ein Glas Kirschmarmelade.

Alma begrüßte Daut fröhlich.

»Setz dich und lass es dir schmecken. Möchtest du noch etwas Käse? Ich habe da noch ein Stück Tilsiter.«

Als er den ersten Bissen von dem frischen Brot mit herzhaftem Käse aß, spürte Daut, wie hungrig er war. Er langte ordentlich zu und war froh, dass es bei belanglosen Plaudereien über das Wetter und die schlesische Sitte blieb, zum gekochten Ei ein kleines Stück Butter auf den Eierlöffel zu nehmen.

Eine gute Stunde später fuhren Rösen und Daut vor dem Gebäude in der Perleberger Straße unweit des Poststadions vor, in dem Werner Grahn mit seiner Freundin im Hinterhaus wohnte.

Alma Winkelbauer öffnete die Tür. Vermutlich war sie noch nicht lange wach, denn sie trug einen abgewetzten Morgenmantel und blickte die Polizisten, die nach ihrem

Freund fragten, aus verquollenen Augen an. Sie kontrollierte nervös den Sitz des Stoffgürtels, ehe sie die Beamten ins Haus bat.

»Werner ist vor einer halben Stunde weggegangen. Er trifft sich oft mit Kameraden.«

Rösen wollte keine Zeit verlieren.

»Können Sie uns sagen, wo wir ihn finden?«

»Nein, ich habe keine Ahnung, wo er hingegangen ist. Ich bin ja selbst nur deshalb hier, weil das Haus mit dem Friseursalon, in dem ich seit vielen Jahren arbeite, beim letzten Luftangriff beschädigt wurde. Alle Fenster sind zersprungen, und bei der Kälte können wir da jetzt unmöglich arbeiten.«

Rösen machte Anstalten zu gehen, aber Daut hielt ihn zurück.

»Kennen Sie die Frau Ihres Freundes?«

»Martha, die Jüdin? Nein! Und die will ich auch nicht kennen. Mit denen hat man ja besser nichts zu tun.«

Sie kontrollierte mit einem stechenden Blick die Wirkung ihrer Worte auf die beiden Polizisten. Mit gesenkter Stimme ergänzte sie:

»Obwohl, es ist natürlich schrecklich, was mit ihr passiert ist. Stimmt das, was der Werner erzählt hat? Ist sie tatsächlich zerstückelt worden?«

Rösen ging nicht auf die Frage ein.

»Wann ist ihr Freund denn aus dem Lazarett nach Berlin gekommen?«

Alma überlegte einen Moment, wobei sie einen Finger theatralisch an den Mund legte.

»Warten Sie, heute ist Montag« - sie nahm die Hand vom Mund, ergriff die Revers des Morgenmantels und zog sie enger zusammen - »und in der Nacht von Freitag auf Samstag war doch der Luftangriff, wo die Scheiben des Salons zu Bruch gegangen sind.«

Rösen ging die Frau mit ihrer umständlichen Erzählung auf den Wecker.

»Kommen Sie zum Punkt, Frau Winkelbauer. Wir haben noch anderes zu erledigen.«

Die Angesprochene war sichtlich beleidigt und wendete sich Daut zu.

»Eins steht fest: Am Tag, nachdem Werner heimgekommen ist, musste ich noch arbeiten. Das weiß ich deshalb genau, weil es mir schwer fiel, am Morgen aus dem Bett zu kommen. Wir hatten so gut wie nicht geschlafen, wenn Sie verstehen, was ich meine, Herr Wachtmeister.«

Rösen stöhnte auf. »Ihr Liebesleben interessiert uns nicht.«

Alma Winkelbauer achtete nicht auf ihn, sondern sprach weiter nur zu Daut.

»Es gab so viel zu bereden, wir haben uns doch ein halbes Jahr nicht gesehen.«

Daut nickte ihr aufmunternd zu. »Und das heißt?«

»Das heißt, dass der Werner am Donnerstag zurückgekommen sein muss.«

»Da sind Sie ganz sicher?«

»Ja, freilich, Herr Wachtmeister«.

Die Fahrt zum OSRAM-Werk draußen am Sternberg dauerte mindestens eine halbe Stunde. Rösen und Daut nutzten die Zeit, die Konsequenzen aus Alma Winkelbauers Aussage zu diskutieren. Daut brachte es auf den Punkt.

»Schade, dass der Rechtsmediziner keine eindeutige Aussage zum Todeszeitpunkt machen kann. Auf jeden Fall ist Grahn nicht entlastet, im Gegenteil.«

Bei OSRAM angekommen, fragten sie den Pförtner nach der Personalabteilung. Das Werksgelände war eine einzige Baustelle, die Fabrikationshallen wurden erweitert.

»Hoffen wir, dass es hilft«, sagte Rösen, während die beiden Polizisten in Richtung Verwaltungsgebäude gingen.

»Was meinst du?«

»Na, dass dem einen oder anderen ein Licht aufgeht.«

Der Personalchef Heinrich Kruck, ein wohlbeleibter Sechzigjähriger, der seine Glatze unter den wenigen quer gekämmten Haaren zu verbergen versuchte, empfing sie in einem muffigen, nach abgestandenem Zigarettenqualm riechenden Büro. Auf allen Möbeln waren Aktenordner und Mappen verteilt, und Kruck musste erst zwei Stühle freiräumen, damit sich Rösen und Daut setzen konnten. Sie fragten ohne Umschweife nach Martha Grahn, und der Personalchef bat seine Sekretärin, die Grahnsche Personalakte zu holen.

Kruck rückte einige Gegenstände auf seinem Schreibtisch gerade und legte zwei, drei Briefe in einen ohnehin schon überquellenden Ablagekorb.

»Sie können sich nicht vorstellen, wie schwierig es heute ist, vernünftige Arbeitskräfte zu bekommen. Sicher, die Männer tun ihren heldenhaften Dienst an den Fronten, aber wir haben hier schließlich auch eine Aufgabe zu erfüllen.«

Kruck schaute Rösen und Daut abwechselnd an, als warte er auf Zustimmung. Als die Polizisten schwiegen, setzte er seinen Gedanken fort.

»Manchen Arbeitsplatz können Frauen übernehmen, aber doch nicht alle. Jetzt haben sie uns auch noch die Juden abgeholt. Ich habe mich diesbezüglich beschwert, aber ob es was bringt? Wir können nur hoffen, dass wir genug Ausländer zugewiesen bekommen, obwohl es mit denen viel mehr Ärger gibt als mit den Juden.«

Kruck schnaubte einmal und beugte sich über den Schreibtisch, als habe er eine konspirative Mitteilung zu machen.

»Sabotage, sage ich nur. Aber darüber soll ja geschwiegen werden, passt den hohen Herren nicht.«

Fräulein Klinger betrat ohne anzuklopfen das Büro und legte eine schmale Aktenmappe auf den Schreibtisch. Daut beobachtete, wie Kruck die Augen fast verrenkte, um einen Blick auf die in der Tat wohlgeformten Beine seiner Sekretärin zu werfen, die einen Zettel auf die Mappe legte.

»Das lag noch in der Ablage und ist nicht in den Personalbogen eingetragen.«

Kruck warf zuerst einen kurzen Blick in die Akte und las dann die Notiz auf dem Zettel.

»Nichts Besonderes, die Grahn hat in der Packerei gearbeitet und sich ganz gut angestellt. Allerdings scheint sie in den letzten Tagen nicht zur Arbeit erschienen zu sein. Ich kann ja mal in ihrer Abteilung anrufen, ob sie heute ...

Daut sprang auf.

»Vielen Dank, aber davon überzeugen wir uns gerne persönlich.«

Im großen Saal der Packerei arbeiteten rund einhundert Leute, hauptsächlich Frauen, die Glühlampen in Pappkartons steckten. Daut registrierte einige verwirrte und viele ängstliche Blicke, als sie durch die Halle liefen. Rösen startete einen Testballon und fragte eine Arbeiterin nach Martha Grahn. Sie schüttelte energisch den Kopf.

»Nix verstehen.«

Die nächste angesprochene Packerin zeigte auf einen groß gewachsenen Mann in einem grauen Kittel am Anfang der Tischreihe.

»Am besten fragen Sie den Chef.«

Als Rösen und Daut auf den Vorarbeiter zugingen, trat er in den Gang und kam ihnen humpelnd entgegen.

»Dienstunfähig«, murmelte Rösen. Das erklärte, warum so ein stattlicher, junger Mann nicht an der Front war.

Kruck hatte Holten, den Vorarbeiter, per Telefon über den Besuch der Polizisten informiert, und so kam er sofort zur Sache.

»Martha Grahn ist seit Donnerstag nicht mehr zur Arbeit gekommen.«

Rösen sah sich in der Halle um, und deshalb übernahm Daut das Gespräch.

»Ist es ungewöhnlich, dass Frau Grahn nicht zur Arbeit erscheint?

»Natürlich ist das ungewöhnlich. Die Frau war Jüdin, oder wussten Sie das noch nicht?

Daut nickte nur, und Holten fuhr fort:

»Wenn die hier nicht auftaucht, können wir jederzeit dafür sorgen, dass sie ruckzuck auf einem Transport in den Osten ist. Und da ist die Arbeit allemal nicht so angenehm wie hier.«

»Gibt es jemanden, der die Grahn hier näher kannte?«

Holtens rechter Mundwinkel zuckte, und er wandte den Blick für eine Sekunde zur Decke.

»Ich glaube, der Quint aus der Buchhaltung hat sich häufiger mit ihr unterhalten.«

Rösen, der bisher gelangweilt wirkte, war auf einmal hellwach.

»Wie heißt der Mann, und wo finden wir ihn?«

Holten räusperte sich und wartete eine Sekunde, ehe er antwortete.

»August Quint. Er ist Buchhalter. Aber er hat heute frei, weil seine Tochter heiratet. In diesen Zeiten! Das ist doch verrückt, oder?

Auf dem Rückweg zum Auto beschlossen Rösen und Daut, im Personalbüro Erkundigungen über August Quint einzuholen. Kruck war nicht im Büro, was den Polizisten ganz recht war. Sekretärinnen erwiesen sich oft als auskunftsfreudiger, und Helene Klinger war zudem ein erfreulicher Anblick. Daut schätzte sie auf Mitte zwanzig. Entgegen der herrschenden Doktrin, dass eine deutsche Frau sich nicht schminkt, hatte sie einen dezenten Lippenstift aufgelegt und zeigte beim Lachen blitzend weiße Zähne. Rösen kam direkt zur Sache.

»Ist August Quint beliebt in der Firma?«

Helene Klinger schien von der Frage überrascht und stutzte merklich, ehe sie antwortete.

»Er ist Witwer und hat eine Tochter, Marianne. Er hat es bestimmt nicht leicht gehabt, das Mädchen alleine zu erziehen. Deshalb ist er auch so glücklich, dass sie einen Mann gefunden hat. Sie heiraten übrigens heute.«

»Das wissen wir schon«, knurrte Rösen ungehalten. »Meine Frage haben Sie aber noch nicht beantwortet.«

Die Sekretärin stutzte, als könnte sie sich nicht erinnern, und sagte dann, jedes Wort deutlich betonend:

»Doch. Ich denke, dass er beliebt ist.«

Im Auto schwiegen die beiden Polizisten zunächst, als müssten sie das Gehörte zunächst rekapitulieren.

»Komisch«, sagte Daut mit einer Zigarette im Mundwinkel, »beide, die Klinger und der Vorarbeiter, haben sich genau überlegt, was sie uns über diesen Quint erzählen. Als gäbe es da etwas, über das sie schweigen müssen.«

Rösen war wie so oft erstaunt über die genaue Beobachtungsgabe seines Kollegen.

»Jetzt, wo du es sagst. Wir sollten dem Quint mal gründlich auf den Zahn fühlen. Aber erst haben wir noch etwas anderes vor.«

Daut schaute fragend zur Seite.

»Was gibt es denn so Wichtiges?«

Rösen tätschelte sich den Bauch.

»Ich habe Kohldampf, mein Lieber. Jetzt gib es erst einmal was Ordentliches zwischen die Zähne.«

»Ich bin immer noch satt nach dem opulenten Frühstück.«

»Wart's ab, der Hunger kommt beim Essen.«

Zweiundzwanzig

Carla blickte sich um. Die Rosenstraße stand voller Menschen. Sie drängten sich auf dem Bürgersteig, und an einigen Stellen mussten sie sogar auf die Straße ausweichen. Wie viele es waren? Die Zahl Tausend machte die Runde. Carla konnte das nicht glauben, aber zählen konnte sie die Protestierenden auch nicht mehr. Und es kamen immer noch welche dazu. Obwohl es nicht mehr so kalt war wie am Abend zuvor, hakten sich manche unter, um sich gegenseitig zu wärmen, aber auch, um sich Mut zuzusprechen. Denn sie hatten Angst. Um ihre Männer und um sich selbst. Immer wieder riefen sie - mal vereinzelt, mal im Chor:

»Gebt uns unsere Männer zurück. Wir wollen unsere Männer wiederhaben.«

Aus dem Gebäude des jüdischen Wohlfahrtsamtes, dessen Name seiner jetzigen Funktion Hohn sprach, gab es schon länger keine Reaktion. Vor einigen Stunden hatten SS-Männer die von den Frauen über den Zaun geworfenen Pakete aufgesammelt und ins Haus gebracht. Draußen blieb ihnen nur die Hoffnung, dass sie ihre Adressaten auch erreichten.

Ein Motorrad mit Beiwagen bog mit hoher Geschwindigkeit in die Rosenstraße und stoppte mit einer Vollbremsung vor dem Zaun, kurz darauf folgte ein Lkw. Aus dem Seitenwagen kletterte ein SS-Obersturmführer. Erstaunlich jung sah er aus, Carla meinte fast, die Pickel auf seinem Gesicht zu sehen. Warum schickten sie nur solche Jüngelchen, gab es keine gestandenen Männer mehr für Einsätze im Reich?

»Absitzen!«

Er hatte eine Fistelstimme, der jede Autorität fehlte. Außerdem überschlug sie sich fast.

Vier SS-Männer sprangen von der Ladefläche. Von oben wurden zwei Maschinengewehre heruntergereicht, und zwei weitere Männer kletterten vom Lkw. Sie schleppten die schweren Schnellfeuerwaffen zur Litfaßsäule und stellten sie auf einen Ständer. Hinter jedes Gewehr hockte sich ein Mann, ein anderer hielt den Munitionsgurt, und ein dritter stand wie unbeteiligt daneben.

Der Offizier baute sich breitbeinig und mit in die Hüften gestemmten Händen zwischen den beiden MGs auf. Was bedrohlich wirken sollte, empfand Carla als komisch. Als spielte das Jüngelchen Krieg. Dabei war er viel zu jung für dieses Spiel.

Er kreischte mit seiner Fistelstimme:

»Räumen Sie sofort die Straße!«

Niemand rührte sich. Im Gegenteil, die Frauen rückten langsam, aber stetig enger zusammen. Eine Mauer des Schweigens.

Die Stimme des Obersturmführers erreichte noch größere Höhen und überschlug sich jetzt endgültig.

»Zum letzten Mal: Räumen Sie die Straße - oder ich lasse schießen.«

Totenstille, nur das Räuspern des Soldaten am rechten MG, gefolgt von einem geflüsterten Fluch, der eher ein Flehen war.

»Verdammte Scheiße, nun geht schon endlich.«

»Schnauze!«, brüllte der Offizier und stolzierte nervös zwischen den beiden Gewehren auf und ab.

In die Gruppe der Frauen kam fast unmerklich Bewegung. Die auf der Straße Stehenden drängten nach hinten, und alle rückten zusammen und hakten sich beieinander ein. Eine alte Frau aus der zweiten Reihe rief: »Wir bleiben hier!«

»Genau!«, schrie Carla und wunderte sich über ihre tiefe und feste Stimme. Ihre Nachbarin ergänzte: »Wir gehen erst, wenn unsere Männer aus dem Haus kommen.«

Carla hatte die Frau nie zuvor gesehen. Sie drückte ihre Hand, und beide lächelten.

Wie von einem unsichtbaren Dirigenten geleitet, erhob sich ein vielstimmiger Chor.

»Gebt uns unsere Männer zurück!« - »Wir wollen unsere Männer wiederhaben!«

Wieder und wieder riefen sie die Parolen. Immer lauter, immer mutiger schleuderten sie den Soldaten ihre Forderung entgegen.

Der Offizier lief mit seltsam zögernden Schritten zwischen den beiden Maschinengewehren auf und ab. Seine Finger waren in ständiger Bewegung, mal knetete er jeden einzelnen, dann wieder rieb er seine Handflächen. Ruckartig griff er sich an die Mütze, als wollte er sie herunterreißen, hielt aber doch inne und legte sich nur die Handfläche auf den Kopf. Dabei straffte sich sein Körper wie der einer Marionette, an dessen Fäden der Spieler zu ruckartig gezogen hatte.

»Aufsitzen!«

Er brüllte lauter als zuvor, und seine Stimme war mindestens eine Oktave tiefer.

»Aber dalli!«

Die Soldaten schulterten die Maschinengewehre und rannten zum Lkw. Der Mann vom rechten MG blickte sich um, als er auf die Ladefläche des Wagens stieg. Carla sah, dass er lächelte.

Dreiundzwanzig

Daut räkelte sich gemütlich in seinem Sitz, als Rösen den P 4 in die Hermann-Göring-Straße Richtung Potsdamer Platz lenkte.

»Sag mal, Ernst, was ist los bei euch? Habt ihr irgendwelche Beziehungen, von denen ich nichts weiß und vermutlich auch nichts wissen möchte? Wie kommt ihr nur an die ganzen Fressalien? Ich kann mich nicht erinnern, wann ich das letzte Mal so gut gegessen habe. Rehbraten! An einem Montag! Und zum Nachtisch Pralinen.«

Er leckte sich in Gedanken an die Schlemmerei der letzten Stunden über die Lippen. Rösen lachte.

»Du hättest Irmas Angebot, ein paar davon mit nach Hause zu nehmen, ruhig annehmen können. Ansonsten gilt: Was du nicht weißt, macht dich nicht heiß. Wir sind da neulich auf einen kleinen Schatz gestoßen. Sagt dir *Tüten-August* etwas?«

»Das kommt mir bekannt vor. War das nicht der Spitzname von dem Feinkosthändler, der unsere Großkopfeten gegen entsprechende Bezahlung mit allem belieferte, was sich nur denken lässt? Ist der Kerl nicht vor Kurzem aufgeflogen? Die Affäre war doch Stadtgespräch.«

»Wenn die Berliner eins nicht mögen, dann sind es Bonzen, die sich den Wanst vollschlagen, während sie selbst trocken Brot essen und Ersatzkaffee trinken sollen.«

Rösen bremste scharf ab, weil ein Pferdefuhrwerk aus einer Toreinfahrt kam und die Straße blockierte.

»Vor ein paar Tagen haben wir diesen August Nöthling hops gehen lassen und dabei ein kleines, aber fein bestücktes Lager entdeckt, von dem, wie es aussieht, niemand etwas wusste. Wein, Sekt, Cognac, alles nur vom Feinsten. Zwei Zentner Rehfleisch, zweihundertfünfzig Kilo Geflügel, je hundert Kilo Wurst und Schinken, zwanzig Pfund echter Bienenhonig und, halt dich fest, fünfzehn Pfund Pralinen. Alles allererste Sahne, oder hast du irgendwelche Beschwerden?«

»Keine«, antwortete Daut und setzte dann lachend hinzu: »Außer dass ihr mich nicht schon früher eingeladen habt.«

»Wir mussten erst mal sicher sein, dass uns keiner auf die Schliche gekommen ist. Auf Nöthlings Kundenliste standen fünf Minister, ein paar Staatssekretäre, zwei Feldmarschälle und jede Menge Offiziere. Da ist Vorsicht geboten. Aber so, wie es dir geschmeckt hat, hast du jetzt bei Irma einen Stein im Brett. Sie freut sich garantiert, wenn du uns öfter besuchst.«

Rösen stoppte den Wagen vor dem Haus Vaterland am Potsdamer Platz. Sie betraten das Haus durch den Haupteingang. In der riesigen Mittelhalle waren nur wenige Menschen zu den einzelnen Restaurants unterwegs. Mittags besuchten die meisten Gäste die Rheinterrasse, in der preiswerte Gedecke angeboten wurden. Daut erinnerte sich an einen Besuch mit Luise und den Kindern vor drei Jahren. Er musste lächeln, als er an Walters Begeisterung über das Rheinpanorama dachte, das die Attraktion des Restaurants war. Daut hatte einen Kellner gefragt, ob sie sich die Anlage von hinten ansehen durften. Sechs Meter tief war das Panorama. Es zeigte das Rheintal bei Sankt Goar mit der Burg Rheinfels. Auf dem Wasser vor dem dreidimensionalen Bild wurden Modellschiffe gezogen, und ein Modellflugzeug der Lufthansa zog an einem unsichtbaren Seil seine Bahn.

Rösen fragte einen Kellner, der mit einem Tablett leerer Gläser in Richtung Küche unterwegs war, wo die Hochzeitsgesellschaft Quint feiere.

»Ich glaube, im Löwenbräu.« Er zeigte auf die gegenüberliegende Seite der Halle.

Als die Polizisten sich dem bayerischen Restaurant näherten, hören sie fröhliches Stimmengewirr. Rösen stieß die Tür auf. Die Tische im Saal standen locker, und die Emporen waren nicht besetzt. Daut schätzte die Zahl der Gäste auf fünfzig bis sechzig. Kellnerinnen in bayerischer Tracht servierten Getränke oder legten Speisen nach. Der Luftzug der geöffneten Tür ließ die Kristalle der imposanten Lüster leicht klirren. Auch in diesem Restaurant gab es ein, wenn auch kleineres, Panoramabild einer Alpenlandschaft.

Daut stieß Rösen leicht in die Seite und flüsterte: »Ich glaube es nicht. Zwei Mal am Tag sehe ich Speisen wie im Schlaraffenland.«

Rösen räusperte sich vernehmlich. Augenblicklich erstarben die Gespräche, und alle Gäste drehten die Köpfe in Richtung der beiden Fremden.

»Entschuldigen Sie, wir müssen nur kurz Herrn Quint sprechen. August Quint.«

Ein wohlbeleibter, dabei aber recht kleiner Mann mit einer Glatze und einem Oberlippenbart erhob sich und legte die Serviette zur Seite.

»Lasst euch nicht stören. Vermutlich hat nur irgendjemand falsch geparkt.«

Mit einem erlösenden Lachen nahmen die Hochzeitsgäste ihre Unterhaltungen wieder auf. Quint ging langsam auf die Polizisten zu, dabei immer wieder dem einen oder anderen zunickend.

Zwei Meter vor Daut blieb er stehen und hob den Arm zum Gruß.

»Heil Hitler, Herr Wachtmeister.«

Er ließ den Arm sinken, machte einen Schritt auf die Polizisten zu und keifte leise, wobei er Speichel wie Sprühregen verteilte.

»Was fällt Ihnen ein, diese Feier zu stören.«

Er führte beide Hände an die Revers seines feinen, schwarzen Gehrocks. Dabei hob er den rechten Jackenaufschlag wie zufällig an. Weder Daut noch Rösen konnten das darunter angesteckte Parteiabzeichen übersehen.

Rösen riss das Gespräch an sich.

»Es tut uns leid, aber wir haben ein paar Fragen, die keinen Aufschub dulden. Sie kennen eine gewisse Jüdin namens Martha Sarah Grahn?«

Daut hob die Augenbrauen. Bis jetzt hatte Rösen niemals den Namenszusatz gebraucht, der Juden vorgeschrieben war. Als er die Reaktion des Angesprochenen bemerkte, zog er in Gedanken den Hut vor seinem Kollegen, denn er hatte Quint sofort in die Defensive gedrängt.«

»Natürlich kenne ich sie. Sie ist eine Mitarbeiterin bei OSRAM, die ich, nun, mit der ich hin und wieder geschäftlich zu tun habe.«

Quint gewann seine Sicherheit zurück.

»Ich wüsste nicht, was an der Frau so wichtig sein soll, dass Sie in diese Feier hereinplatzen.«

»Die Frau ist tot. Sie wurde ermordet.«

Quint wurde blass und vergrub die Hände in den Hosentaschen. Rösen wollte etwas sagen, aber Daut war schneller.

»Morgen, Herr Quint. Acht Uhr in der Früh, oder sagen wir besser halb neun, wir sind ja keine Unmenschen, und nach dieser Feier werden Sie etwas länger schlafen wollen. Also acht Uhr dreißig im Präsidium am Alexanderplatz. Fragen Sie nach Kriminalkommissar Ernst Rösen. Und seien Sie pünktlich.«

Als sie das Haus Vaterland verließen, schnauzte Rösen Daut an:

»Was sollte das? Bis jetzt haben wir so gut wie keine Informationen über Martha Grahn, und du fällst mir hier ins Wort, als ich anfangen will, ihm etwas aus der Nase zu ziehen.«

»Mach mal halblang, Ernst. Du hast genauso gut wie ich gesehen, dass er Parteimitglied ist. Und die Feier sah nicht nach armen Leuten aus. Quint wird das wohl kaum von seinem Gehalt als Buchhalter bezahlen, also dürfte die Familie seines Schwiegersohns wohlhabend sein, und das bedeutet fast immer auch einflussreich. Wir wollen doch keinen unnötigen Ärger. Und wenn wir morgen mehr erfahren, ist das auch noch früh genug.«

Vierundzwanzig

Der 170er Benz hatte auch schon bessere Tage gesehen. Die Lederpolster waren abgewetzt, die rechte Fensterkurbel war abgebrochen und der Rückspiegel fast blind. Außerdem stank es gewaltig nach billigen Zigarren. Der Droschkenkutscher musste Kettenraucher sein, zum Glück war er nicht so geschwätzig wie die meisten Taxifahrer der Stadt.

Daut zog die Hosenbeine seines schwarzen Anzugs glatt. Er war ihm wie seine gesamte Kleidung zu weit geworden, aber er besaß nur diesen einen. Gut, dass er wenigstens seine Holzhand dem Anlass entsprechend in feinstes Nappaleder gekleidet hatte.

Carla saß in die Ecke ihres Sitzes gedrängt. In ihrem schwarzen Mantel und dem Hut mit den keck hochstehenden Krempen sah sie vornehm aus wie eine große Dame. Sie redeten kaum etwas, bis der Wagen vor der Villa in der Max-Eyth-Straße in Dahlem stoppte. Daut zahlte den Fahrpreis. Die Tür wurde von einem Dienstmädchen geöffnet, das ihnen die Mäntel abnahm. Erst jetzt sah Daut, wie aufregend Carla gekleidet war. Wann hatte er das letzte Mal eine so elegante, schöne Frau gesehen. Sie trug ein bodenlanges Abendkleid aus Satin. Die eine Hälfte schwarz, die andere Hälfte glänzend weiß, lag es eng an ihrem Körper und betonte jede Rundung. Über der rechten Brust zog eine große, filigrane Silberbrosche in Form eines Schmetterlings die Blicke auf sich. Obwohl das Kleid am Hals hochgeschlossen war, ging von Carla eine erotische Anziehungskraft aus, die Daut zuvor nie bemerkt hatte. Neben seiner Begleiterin fühlte er sich in seinem zu großen Anzug wie ein Pennäler bei der ersten Tanzstunde.

Das Hausmädchen ging voraus und öffnete die Tür zum Salon. Die Feier war schon in vollem Gange. Fünfunddreißig oder vierzig Gäste saßen oder standen in dem großen Raum, der von einem pechschwarzen, glänzenden Flügel beherrscht wurde.

Kaum hatten sie den Raum betreten, kam ein junger, sehr schlanker Mann, Daut schätzte ihn auf Mitte dreißig, in einem abgewetzten Anzug auf sie zu und begrüßte Carla mit einem Handkuss.

»Wunderbar, dich zu sehen, meine Liebe.«

Daut hatte das Gefühl, dieses markante Gesicht mit der ausgeprägten Unterlippe schon einmal gesehen zu haben, aber ihm fiel der Name nicht ein. Der Mann hakte Carla unter, drehte sich kurz zu Daut um und verschwand mit ihr in Richtung einer kleinen Bar, auf der zahlreiche Karaffen standen, vermutlich gefüllt mit den edelsten, für normalsterbliche Bürger unerreichbaren Cognacs und Whiskeys.

Daut nestelte ein zerknautschtes Päckchen Ernte 23 aus der Jacketttasche. Es dauerte eine Weile, bis er eine Zigarette so weit herausgeschüttelt hatte, dass er sich das Ende zwischen die Lippen stecken und sie so aus der Packung ziehen konnte. Er verfluchte seine Unbeholfenheit. Obwohl er seit einem Vierteljahrhundert mit dieser Holzhand lebte, fühlte er sich in solchen Momenten immer noch unwohl. Er steckte das Zigarettenpäckchen zurück in die Tasche und fingerte nach seinem Feuerzeug.

»Darf ich Ihnen helfen?«

Die Stimme ließ ihn erstarren. Tausend Mal hatte er sie gehört. In großen Kinosälen und daheim, wenn er abends allein auf seinem Bett saß und die Schallplatte sich auf dem Plattenteller drehte. Für einen Moment wagte er nicht aufzusehen, aus Angst, es könne nur eine Täuschung sein. Aber es war tatsächlich Zarah Leander, die ihm ein brennendes Feuerzeug unter die Nase hielt. Dauts Hand zitterte, als er die Zigarette in die Flamme hielt und einen tiefen Zug nahm.

»Sie müssen Axel sein, Carlas Beschützer.«

Offenbar hatte Carla ihr erzählt, wer sie an diesem Abend begleiten würde und dass Kurt inhaftiert worden war.

»Was glauben Sie ist der Zweck dieser Verhaftung? Will man die Menschen einschüchtern, oder bringen sie jetzt auch die letzten Berliner Juden in die Lager?«

Daut erschrak über die offene, direkte Frage. So etwas war man in diesen Tagen nicht gewohnt.

»Schwer zu sagen, Frau Leander.«

Sie legte ihm die Hand auf den rechten Oberarm.

»Zarah, bitte. Aber Sie sind Polizist, Sie haben Kontakte. Wer, wenn nicht Sie, weiß, was hier geschieht.«

»Ich glaube, dass Sie den Einfluss der Ordnungskräfte in diesem Land überschätzen. Aktionen wie diese laufen so diskret wie möglich ab. Eins aber scheint mir sicher: Eine Verhaftungswelle dieser Größenordnung muss von langer Hand geplant sein. Die meisten der beteiligten SS-Leute stammen von der Leibstandarte Adolf Hitler, und die wird nur bei besonders wichtigen Operationen eingesetzt.«

»So, so, die Leibstandarte ...« Die Leander hob beide Brauen, was ihre Augen noch größer erscheinen ließ. Dabei verzog sie ihren Mund zu einem breiten Lächeln. Sie hakte ihren Arm bei Daut ein, er spürte den edlen Stoff des beigen Kleides an seiner Hand.

»Wie dem auch sei, Sie müssen den beiden helfen. Carla ist eine äußerst talentierte Schauspielerin, und sie liebt ihren Kurt. Versprechen Sie es mir? Sie finden bestimmt Mittel und Wege.«

Daut nickte stumm - was sollte er auch tun. Der Leander widersprechen? Unmöglich. Zarah führte ihn ans andere Ende des Raumes.

»Kommen Sie, Sie sollten sich zu unseren Künstlern gesellen.«

Sie brachte ihn an den Tisch, an dem Carla mit dem jungen Mann saß, der sie vom Entrée weg entführt hatte. Carla stellte ihn als Michael Jary vor und zeigte dann auf seinen Tischnachbarn.

»Und hier haben wir den zweitwichtigsten Mann in meinem Leben. Ohne Bruno wären meine Lieder nichts, und ohne meine Lieder ...«

Der Angesprochene erhob sich und deutete eine Verbeugung an.

»Balz, Bruno Balz, angenehm.«

Daut wunderte sich über die Förmlichkeit, er hatte bisher immer geglaubt, Künstler gäben nichts auf Konventionen.

Zarah deutete auf die Dame neben dem Dichter.

»Zum Schluss habe ich noch die Freude, Sie mit Brunos Angetrauter Selma bekannt zu machen.«

Daut glaubte, Spott in der Stimme zu hören. Aber konnte man bei Schauspielerinnen seinen Sinnen trauen?

Die Leander legte ihren Arm um Dauts Schulter, eine Berührung, deren Intimität ihn für einige Sekunden aus der Fassung brachte.

»Darf ich vorstellen: Axel Daut, für diesen Abend der Beschützer unserer wunderbaren Carla. Und jetzt amüsiert euch«.

Sie klatschte in die Hände und schwebte davon.

Daut setzte sich zwischen Carla und Jary, der das unterbrochene Gespräch mit Balz wieder aufnahm. Es ging um Lieder und Rhythmen. Daut verstand nichts davon, war aber froh, keine Konversation machen zu müssen, sondern seinen Gedanken nachhängen zu können.

»Sie haben ja noch gar nichts zu trinken, mein Lieber«.

Balz sprang auf und kam nach kurzer Zeit mit einem großzügig gefüllten Cognacschwenker zurück an den Tisch.

»Es kann einen schon ganz schön fertigmachen, mit einer lebenden Legende zu sprechen. Trinken Sie erst mal einen ordentlichen Schluck.«

Daut stürzte den Cognac in einem Zug herunter und saß zwei Sekunden mit geschlossenen Augen da.

»Das war meine Rettung.«

Alle lachen und applaudierten. Der Alkohol entspannte Daut sofort. Er lehnte sich in seinem Sessel zurück und lauschte der Unterhaltung. Es ging um die kommende Premiere von Zarah nächstem Film. »Damals« würde in drei Tagen im Ufa-Filmpalast uraufgeführt werden. Alle waren sich einig, dass es ein großer Erfolg werden würde. Michael Jary wandte sich an Daut:

»Wenn die Leute wüssten, dass sie danach eine Weile auf unsere Freundin verzichten müssen ...«

Ehe er den Satz vollenden konnte, warf Balz ein:

»Vielleicht wäre das eine Idee, Michael. Man sollte die Leute nicht fragen, ob sie den totalen Krieg wollen, sondern ob sie die Leander sehen wollen. Und wenn sie voller Verzückung Ja brüllen, eröffnen wir ihnen trocken: Kein Problem, sie kommt zurück. Aber erst, wenn der Krieg zu Ende ist.«

Selma, Balz' Angetraute, beugte sich nach vorne und stieß fast eine Sektschale vom Tisch.

»Hört auf damit! Anstatt solche Reden zu schwingen, solltet ihr dem Führer dankbar sein. Wo wären wir denn ohne ihn?«

Was für ein seltsames Paar, dachte Daut, das von Zara anzüglich gesprochene »Angetraute« noch immer im Ohr. Carla sah seinen fragenden Blick und neigte sich zu ihm.

»Selma ist Brunos Ehefrau, aber er, nun ja ...«

Während sie nach dem richtigen Wort suchte, griff Balz ein.

»Ich denke, Carla versucht, Ihnen die etwas verworrenen Beziehungen hier am Tisch zu erklären. Dabei ist es ganz einfach. Ich liebe Männer, was wiederum den hohen Herren nicht gefällt, die mich darum schon das eine oder andere Mal ihre besondere Gastfreundschaft haben spüren lassen. Und ich musste dieses reizende Geschöpf aus altem pommerschen Bauerngeschlecht heiraten, meinen Augapfel, meinen Morgenstern. Denn merke: Es kann im Deutschen Reich nicht sein, was nicht sein darf!«

Selma sprang wütend auf, im gleichen Moment ertönte Zarahs Altstimme.

»Guten Abend, meine Freunde. Ich freue mich, euch alle so wohlauf und fröhlich zu sehen. Fast alle, denn einer fehlt. Kurt hatte ein besonderes Treffen mit einigen Mitgliedern der Leibstandarte des Führers. Ich habe die Herren ja anders in Erinnerung.«

Alle lachten herzhaft, Daut verstand schon wieder nichts. Carla brachte ihren Mund an sein Ohr und flüsterte:

»Du kennst doch Zarahs Film, ›Die große Liebe‹?«

»Natürlich«, antwortete Daut ebenfalls flüsternd. »Wer kennt den nicht.«

»Erinnerst du dich an die Szene, in der Zarah *Ich weiß, es wird einmal ein Wunder geschehen* singt?«

Daut spürte einen Kloß im Hals und nickte stumm.

»Die Chordamen um sie herum, das sind gar keine Damen. Das sind verkleidete Männer von der Leibstandarte. Es ließen sich keine Statistinnen finden, die groß genug waren, und da mussten halt die SS-Männer einspringen. Die Szene wurde so geschickt gefilmt, dass bis heute niemand dahintergekommen ist.«

Daut hätte fast laut losgelacht. Hitlers ganzer Stolz in Frauenkleidern. Zarahs Rede lenkte ihn zum Glück ab.

»Ihr wisst, warum ich in Berlin bin. In ein paar Tagen gibt es eine Premierenfeier.«

Balz rief dazwischen: »Wenn die Tommies noch ein paar Kinos stehen lassen.«

Das Gelächter war diesmal nicht ganz so laut und fröhlich. Zarah hob die Hand, und sofort waren alle still.

»Es wird euch nicht wundern, dass ich auch in diesem Film das eine oder andere Lied zum Besten gebe. Weil ihr ihnen in den nächsten Wochen kaum entgehen könnt, eure Volksempfänger werden sie euch um die Ohren blasen, dürft ihr euch heute Abend etwas wünschen. Was möchtet ihr hören?«

Niemand traute sich, einen Titel zu nennen. Daut schon gar nicht, obwohl er natürlich am liebsten ... Dann eine Stimme, Daut kannte sie nicht.

»Waldemar.«

Augenblicklich riefen alle Anwesenden im Chor:

»Waldemar. Waldemar.«

Mit einer beinahe zärtlichen Geste bat Zarah Michael Jary an den Flügel und stimmte das bekannte Lied an. Den Refrain sangen alle mit:

»Er heißt Waldemar und hat schwarzes Haar,
er ist weder stolz noch kühn, aber ich liebe ihn.«

Daut konnte den Blick nicht von der Sängerin abwenden. Was für eine Ausstrahlung diese Frau hatte. Ihre dunkle Stimme brachte die Luft im Raum zum Schwingen, und hier, bei ihren Freunden, gab sie dem Lied eine andere Bedeutung. Wahrscheinlich war sie unterschwellig schon immer da gewesen, aber Daut verstand sie erst jetzt, und als Zarah der Textzeile *Seine Heimat ist Berlin, aber ich liebe ihn* ein leises *trotzdem* hinzufügte, jagte es ihm einen Schauer über den Rücken.

Mit dem letzten Ton setzte frenetischer Applaus ein. Balz sprang auf, rannte zur Bar und stellte einen mit Eis gefüllten Sektkübel auf den Flügel. Mit großer Geste holte er eine Flasche Bommerlunder aus dem Eis und goss ein Whiskyglas halb voll. Mit einer Verbeugung reichte er es Zarah, die es in einem Zug leerte. Dabei warf sie den Kopf mit ihrem wallenden Haar in einer Art Triumpfgeste nach hinten. Die Gäste tobten.

»Wir wollen mehr! Zugabe.«

Zarah gebot mit einer herrischen Geste Ruhe. Sie schaute direkt in Dauts Richtung, der inzwischen mit Carla alleine am Tisch stand, Selma war gegangen. Die Leander sah ihn mit leicht schräg gestelltem Kopf und nach unten geneigtem Kinn fragend an. Er sollte sich ein Lied wünschen, und dabei hatte er immer noch einen Kloß im Hals und flüsterte mehr, als er sprach: »Bitte, singen Sie *Ich weiß, es wird einmal* ...«

Weiter kam er nicht, weil alle anderen enthemmt einfielen.

»Wunder! Wunder!«

Balz schenkte ihr noch ein Glas ein. Sie nippte nur daran und nickte Jary zu, der zu spielen begann. Vom ersten Ton des Liedes an ließ Zarah den Blick auf Daut gerichtet. Sie sang allein für ihn, als wüsste sie, was dieses Lied ihm bedeutete. Nur mit Mühe konnte er die Tränen zurückhalten. Als sie die letzte Zeile beendet hatte, spielte Jary am Flügel einfach weiter, als müsste er die Melancholie vertreiben. Zarah lachte, trank das Glas leer und rief:

»Na gut, wenn es dem Michael heute Abend so gefällt, dann hört ihr auch noch ein neues Lied.«

Zum zweiten Mal versank Daut in dieser einmaligen Stimme, die so nah und klar war und die er nie wieder ohne die Verzerrung der Kinolautsprecher oder das Knistern der Schallplattennadel hören würde.

Daut kannte das Lied nicht. *Jede Nacht ein neues Glück* war ein beschwingtes, fröhliches und freches Stück, das Zarah wie ein sinnlicher Vamp sang. Kaum war der letzte Ton verklungen, begannen die Sirenen zu heulen.

»Na, das passt ja prima zum Titel«, rief Balz lachend und griff den Sektkübel.

Alle blieben relativ gelassen, applaudierten sogar noch, ehe sie Richtung Ausgang gingen. Die Angriffe auf Berlin waren bisher glimpflich verlaufen, und hier in Dahlem wären sie ohnehin sicher. Warum sollten die Tommies Bomben für Villen verschwenden.

Wieder war es Balz, der die Initiative ergriff.

»Also gut, geordneter Rückzug in den Keller. Dabei aber die Verpflegung nicht vergessen!«

Es dauerte nicht lange, bis allen klar war, dass es diesmal anders war. Dieser Angriff war nicht harmlos. Dieses Mal meinten es die Engländer ernst. Sie hörten die Flak ununterbrochen schießen. Die Bomber dröhnten direkt über ihnen. Es dauerte nicht lange, bis die ersten Bomben krachend explodierten. Nicht weit weg, wie sie alle gehofft hatten, sondern in der Nachbarschaft. Und dann dieses Heulen, das man nur hörte, wenn die Bombe direkt auf einen zuflog. Die Explosion ließ die Wände des Kellers erzittern. Zwanzig Sekunden später noch eine zweite Bombe. Wieder wackelten die Wände. Danach trat Stille ein. Niemand sagte etwas. Alle lauschten, wagten kaum zu atmen, um das geringste Geräusch von draußen wahrnehmen zu können. Sie warteten zehn Minuten, dann verließen sie den Keller. Daut ging mit Balz und einigen weiteren Männern nach draußen.

»Verdammt«.

Daut blickte nach oben. An einer Ecke brannte der Dachstuhl. Er übernahm sofort das Kommando und wies Balz an, die Leiter zu holen, die an einem Schuppen an der Einfahrt stand. Kaum lehnte sie an der Hauswand, kletterte Daut aufs Dach. Oben angekommen, sah er, dass die Nachbarvilla vollständig in Flammen stand. Der Himmel im Norden war hell erleuchtet. Berlin brannte. Es dauerte einige Sekunden, bis die Panik nachließ. Er durfte nicht darüber nachdenken, was im Zentrum passierte, sondern musste sich darauf konzentrieren, das Feuer vor ihm zu löschen.

»Decken! Bringt mir Decken!«

Balz und die anderen liefen ins Haus, und eine Minute später reichten sie Daut Löschdecken aufs Dach. Er kroch so nah wie möglich an den Brandherd. Zum Glück hatte sich das Feuer noch nicht weit ausgebreitet, wenn er schnell genug war, konnte er es unter Kontrolle bringen. Er arbeitete konzentriert und hätte fast das Brummen überhört. Balz brüllte:

»Sie kommen zurück!«

Daut blickte zum Himmel. Zwei, nein, drei Bomber näherten sich von Westen. Er schlug wie wahnsinnig auf die Glut ein. Um ihn herum Stille, unvermittelt von einem Geräusch durchschnitten, leise zuerst, aber schnell lauter werdend. Daut erkannte das todbringende Heulen einer ausgeklinkten Bombe. Er schaute nach unten. Alle rannten ins Haus. Zarah schrie: »In den Keller. Alle. Schnell!«

Daut wusste, dass es für ihn zu spät war. Er presste seinen Körper aufs Dach und krallte die Finger der rechten Hand unter eine Dachpfanne. Er hob leicht den Kopf und blickte in den Himmel. Es sah aus, als würde der Bomber mit den Flügeln wackeln wie zu einem makabren Gruß. Daut verlor den Halt und rutschte das Dach herunter. Gleißendes Licht umgab ihn, ehe die Explosion sein Trommelfell zerriss.

Dienstag, 2. März 1943

Fünfundzwanzig

»Trinken wir auf das Glück des kühnen Recken.«

Wie durch Watte hörte Daut die unverkennbare, rauchige Stimme. Hoffentlich waren seine Trommelfelle nicht geplatzt. Direkt nach dem Fliegerangriff war er völlig taub in den Keller gewankt. Er sah Carlas zu einem entsetzten Schrei geöffneten Mund, hörte aber nichts. Jetzt, fast zwei Stunden später, drangen die Geräusche gedämpft zu ihm, als wollte ihn jemand vor dem Krach der Welt beschützen. Er hatte das schon einmal erlebt, 1918. Als er damals nach Tagen wieder erwachte, fehlte ihm die Hand. Diesmal war er heil geblieben. Fast jedenfalls. Er verzog das Gesicht vor Schmerz, als Carla sein aufgeschlagenes Knie mit Jod betupfte. Was für eine entwürdigende Situation. Er saß in einem Sessel, der Anzug durchnässt und verschmutzt, das rechte Hosenbein bis zum Oberschenkel hochgezogen. Vor ihm kniete eine aufregend attraktive, junge Frau und verarztete ihn. Direkt neben ihm, keine dreißig Zentimeter entfernt, saß in einem mit beigem Samt bezogenen Sessel die größte Diva der Zeit, einen champagnerfarbenen Morgenmantel über dem Dekolletee nur nachlässig geschlossen. In einem eigenwilligen Kontrast zu diesem legeren Erscheinungsbild standen die eleganten und vermutlich sündhaft teuren, hochhackigen Schuhe. Zarah hatte die langen Beine entspannt übereinandergeschlagen, womit sich Daut ein Blick auf ihre Oberschenkel bot, von dem alle männlichen Kinogänger träumten. Sie sah ihn mit ihren großen Augen an und nippte von Zeit zu Zeit an einem Glas mit Kümmelschnaps. Auch wenn ihre Stimme Daut nur gedämpft erreichte, hatte er das Gefühl, als richte sich jede Zelle seines Körpers auf sie aus.

»Sie sind ein Held! Und Helden wie Sie werden gebraucht.«

Daut räusperte sich, denn er hatte lange geschwiegen und wollte auf keinen Fall, dass seine Stimme schwach klang.

»Das hätte jeder getan, und im Übrigen hat es nichts genützt. Der Dachstuhl ist hin.«

Zarah ließ sich Zeit mit der Antwort.

»Was macht das schon. Das Haus ist nur gemietet, und in ein paar Tagen reise ich nach Schweden. Endgültig.«

Sie beugte sich nach rechts zu einem Tischchen, nahm zwei Zigaretten aus einem silbernen Etui, entzündete sie und reichte eine davon Daut, der sich kaum traute, sie zwischen die Lippen zu stecken.

»Ich kann gehen, meine Rolle in diesem Land ist zu Ende. Aber Sie, Axel, Sie werden hier noch gebraucht. Von dieser so famosen jungen Frau zum Beispiel und ihrem Mann. Helfen Sie Ihnen, Axel. Wenn Sie etwas brauchen, lassen Sie es mich wissen. Mehr kann ich nicht mehr tun.«

Daut wollte protestieren, wollte sagen, wie sehr die Menschen ihrer Lieder bedurften in dieser finsteren Zeit, was sie ihm ganz persönlich bedeuteten, aber Zarah legte ihm einen Finger auf die Lippen.

»Pssst.«

Langsam zog sie ihn weg und hinterließ eine brennende Spur auf seinem Mund.

Sie rief den Chauffeur, lehnte sich in den Sessel zurück und schloss die Augen.

Die kalte, metallene Haut des Mercedes beschützte die Passagiere vor dem Inferno. Carla starrte durch die Scheibe nach draußen und krallte ihre Finger direkt oberhalb der Prothese in Dauts Arm. Er legte seine Hand auf ihre. Der teure Handschuh, Luises Weihnachtsgeschenk, war völlig versenkt und an mehreren Stellen aufgerissen. Wie ein Sinnbild der Stadt, schoss es Daut in den Kopf. Der Chauffeur musste mehrmals umkehren und sich einen anderen Weg suchen. Je näher sie dem Zentrum kamen, desto größer waren die Verwüstungen. Ganze Straßenzüge standen in Flammen. Vielstöckige Bauten waren zusammengestürzt zu Steinhalden. Von anderen Gebäuden standen die Frontfassaden wie potemkinsche Häuser, die Fenster durch Flammen gespenstisch erleuchtet, als fände dahinter ein Totentanz statt. Überall kletterten Menschen über die Trümmerberge auf der verzweifelten Suche nach verschütteten Verwandten und Freunden. Schreie hallten durch die Nacht und überdeckten das Furcht einflößende Knistern des Feuers. Je länger sie unterwegs waren, desto unerträglicher stank es selbst im Auto. Berlin war in Minuten zu einem Schreckensort geworden, von dem aus man direkt in die Hölle schaute. Ach was, es war die Hölle.

Carla legte die Stirn an die Scheibe.

»Das ist ihre Rache für die Verhaftung der Juden.«

Daut überlegte, ob er Carla diesen tröstlichen Glauben, die Welt interessiere sich für das Schicksal ihres Mannes, lassen sollte. Er konnte es nicht.

»Das glaube ich nicht. Sie wollen uns einfach zeigen, dass sie die Macht haben, alles zu zerstören.«

Je näher sie Carlas Wohnung kamen, desto geringer wurden die Schäden, und in ihrer Straße hatte man den Eindruck, es sei nichts geschehen. Nachdem Carla das Haus betreten hatte, bat Daut den Chauffeur, ihn ins Sedanviertel zu fahren. Auch hier herrschte eine trügerische Normalität. Er rannte die Treppen zur Engelmannschen Wohnung hinauf. Die Witwe saß im Wohnzimmersessel, auf dem Tisch stand eine Flasche Kräuterschnaps, von dem sie schon einige Gläser getrunken zu haben schien, denn sie hatte Mühe, fehlerfrei zu artikulieren.

»Was haben wir für ein Glück gehabt. Die armen Schweine in Mitte. Die armen Schweine.« Dabei nickte sie ununterbrochen.

Daut ging in sein Zimmer, zog den verdreckten Anzug aus und die Uniform an. Den Handschuh über der Prothese wechselte er nicht, er war eh nicht mehr zu retten. Nach einem Blick ins Wohnzimmer - die Engelmann war inzwischen im Sessel eingeschlafen - fuhr er mit dem Fahrrad zum Revier.

»Mensch, Daut, gut, dass Sie kommen. Wir können jeden Mann gebrauchen.«

Es war das erste Mal, dass der Revierhauptmann ihn mit Handschlag begrüßte. Diese Nacht änderte alles.

»Haben Sie schon einen Überblick über die Schäden?«, fragte Daut.

Von Grätz schüttelte den Kopf.

»Wir wissen nur, dass mehrere Tausend Wohnungen zerstört sind.«

»Wie viele Tote?«

»Hunderte.«

Von Grätz klang sachlich, doch Daut sah die Tränen in seinem Gesicht.

Sechsundzwanzig

Rösen wurde immer nervöser. Es war bereits halb zehn, und Daut ließ immer noch auf sich warten, obwohl sie sich für acht Uhr verabredet hatten. Rösen hatte mehrfach Dauts Revier in der Gotenstraße angerufen und erfahren, dass Axel dort mitten in der Nacht aufgetaucht war. Man hatte ihn nach Charlottenburg geschickt. Das Viertel hatte es besonders schwer getroffen, vor allem rund um den Kurfürstendamm waren viele Häuser zerstört. Die Schutzpolizei war für die Absperr- und Sicherungsmaßnahmen zuständig, und sie brauchten dort jeden Mann. Selbstverständlich packten die Polizisten auch bei Rettungs- und Bergungsarbeiten mit an, räumten Trümmer beiseite, um Eingeschlossenen zu helfen. Das war nicht ungefährlich, immer wieder wurden Helfer selbst zu Opfern und unter herabstürzenden Trümmern begraben.

Rösen wollte gerade zum Hörer greifen, um sich noch einmal auf dem Revier zu erkundigen, als die Tür aufging und Daut das Büro betrat.

»Wie siehst du denn aus, Axel?«

Daut ließ sich schwer atmend auf einen Schreibtischstuhl fallen. Seine Uniform war dreckig, am Mantel fehlten zwei Knöpfe, der Spiegel des Tschakos war abgerissen, vom Handschuh über seiner Prothese, sonst immer penibel ordentlich und sauber, gar nicht zu reden.

Am meisten erschreckte Rösen der körperliche Zustand seines Kollegen. Daut blickte aus leeren Augen starr vor sich hin. Die Lippen waren rissig und aufgesprungen, eine Augenbraue sah aus, als wäre sie versenkt.

»Hast du was zu trinken?«, fragte Daut mit ausdrucksloser Stimme.

Rösen ging zum Waschbecken neben der Tür und füllte ein Wasserglas. Daut trank es in einem Zug und hielt ihm dann das leere Glas erneut hin.

»Und jetzt noch etwas für die Nerven.«

Rösen zog ein Schreibtischfach auf und nahm die für Notfälle wie diesen dort deponierte Flasche Cognac aus dem beschlagnahmten Bestand von *Tüten-August* heraus. Er füllte das Glas bis zur Hälfte, und wieder stürzte Daut es in einem Zug herunter. Er wischte sich mit dem Handrücken den Mund ab.

»Bei dir zu Hause alles in Ordnung?«

Rösen nickte und gab sich einen Ruck. Jetzt war nicht die Zeit, Trübsal zu blasen, sie hatten einen Fall zu klären.

»Hier allerdings geht alles drunter und drüber. Dieser Quint ist bis jetzt nicht aufgetaucht. Wir sollten schleunigst zu ihm fahren.«

Daut schaute Rösen an, als verstünde er nicht, wovon der Kollege sprach. Er beugte den Kopf nach vorne und schaukelte ihn schweigend von links nach rechts und zurück. Ohne in dieser verstörenden Bewegung innezuhalten, sagte er:

»Das ist nicht dein Ernst, oder? Weißt du eigentlich, was da draußen passiert ist? Bist du heute schon sehenden Auges durch die Stadt gefahren? Es gibt Stadtviertel, da steht kein Stein mehr auf dem anderen, und unter den Trümmern liegen die Toten. Zweihundert? Dreihundert? Niemand weiß es. Es kann sein, dass wir nie erfahren werden, wie viele Menschen in diesem Massengrab, das sich Reichshauptstadt nennt, begraben sind. In der letzten Nacht wurde Berlin endgültig eine der Hauptdarstellerinnen in der großen Tragödie. Und du hast keine anderen Sorgen, als den Mörder einer einzigen Frau zu suchen, einer Jüdin zudem. Als ob das heute irgendjemanden interessiert.«

Als hätten die Worte alle Kraft gekostet, stoppte Daut das Kopfschütteln, streckte die Beine von sich und lehnte sich mit geschlossenen Augen zurück. Rösen stand von seinem Stuhl auf und ging im Büro auf und ab.

»*Mich* interessiert das, Axel, und du solltest es auch zu deiner Sache machen. Wenn selbst wir jedem Unrecht in dieser Stadt freien Lauf lassen, wer soll dann noch für das kleine bisschen Schutz sorgen, auf das die Menschen ein Anrecht haben und das nur wir ihnen garantieren können? Das ist unser Beruf, Axel. Deiner und meiner! Die Trümmer zu beseitigen und die Toten zu bestatten, ist die Aufgabe anderer. Wir haben uns darauf zu konzentrieren, den Mörder einer Frau zu finden. Dass die Ermordete eine Jüdin ist, interessiert mich nicht, aber zu deiner Beruhigung: ich habe einen Bericht an die Geheimen geschickt. Und wenn dieser Parteigenosse Quint nicht in der nächsten halben Stunde hier aufläuft, werden wir beide zu ihm fahren.«

Rösen wollte sich gerade wieder setzen, als es an der Tür klopfte. Noch bevor er »Herein« sagen konnte, wurde sie geöffnet, und Quint betrat den Raum. Als er Daut in seinem derangierten Zustand erblickte, blieb er an der Tür stehen.

»Komme ich ungelegen? Dann gehe ich gerne wieder.«

Rösen zeigte auf den freien Stuhl vor dem Schreibtisch.

»Wir haben schon auf Sie gewartet. Angesichts der Ereignisse der letzten Nacht will ich von einer Ordnungsstrafe wegen Ihrer Verspätung absehen.«

Er nahm einige Blätter Papier aus einer Schublade und begann, Quints Personalien zu notieren. Daut hatte sich derweil aufrecht hingesetzt und hielt immer noch das leere Glas in der Hand.

Als die Formalien erledigt waren, kam Rösen zur Sache und fragte Quint, was er über Martha Grahn wisse.

»Da gibt es nicht viel zu sagen. Sie war eine fleißige Frau, wie fast alle Juden, die bei uns arbeiten. Viele sind es ja nicht mehr, aber die sind anstellig. Sie haben halt Angst, dass sie auch weggebracht werden. Und was dort im Osten mit ihnen passiert ...« Er zuckte ganz leicht mit den Schultern.

»Was wissen Sie über das Privatleben von Martha Grahn?«

»So gut wie nichts. Sie hatte wohl eine Tochter, den Namen habe ich vergessen. Ich glaube, das Mädchen lebte nicht bei ihr. In letzter Zeit hatte ich das Gefühl, dass die Grahn Angst hatte. Sie war vor der Deportation ja nur durch ihren arischen Mann geschützt, und in der Ehe schien es zu kriseln.«

Daut mischte sich so unvermittelt in die Befragung ein, dass Quint erschrak und ruckartig den Kopf nach hinten drehte.

»Aha, das haben Sie also gemerkt, obwohl Sie sonst keinerlei Kontakt zu ihr hatten und privat nichts von ihr wussten.«

»So etwas merkt man doch - so als Mann.«

Quint zwinkerte Daut zu, der auf diesen Versuch einer Männerkumpanei zornig reagierte.

»So, so, als Mann! Sie hat Ihnen also gefallen, die Frau Grahn? So eine alleinstehende Frau, und dann auch noch mit einem Kind. Die braucht halt Schutz, nicht wahr? Und Sie hatte ja auch einiges zu bieten, so rein körperlich, meine ich. Da vergisst man schon mal, dass sie Jüdin ist.«

Quint sprang auf und schob dabei den Stuhl einen Meter nach hinten.

»Das muss ich mir von einem Wachtmeister nicht bieten lassen.«

Er schnaubte verächtlich und stützte sich mit beiden Händen auf die Schreibtischplatte.

»Herr Kommissar, weisen Sie den Mann zurecht. Ich bin ein ehrbarer Bürger, Mitglied der Partei und tue zudem als Zellenleiter meine Pflicht. Der Gauleiter Dr. Goebbels hat mich erst kürzlich persönlich belobigt.«

Rösen lächelt Quint an.

»Das müssen Sie verstehen, der Wachtmeister hat eine schlimme Nacht hinter sich und außerdem seit Tagen nicht richtig geschlafen. Setzen Sie sich wieder hin.«

Rösen wartete, bis Quint den Stuhl herangezogen und Platz genommen hatte, ehe er die Befragung fortsetzte.

»Ich verstehe Sie also richtig: Sie hatten keinerlei privaten Kontakt zur Grahn, haben Sie nie in ihrer Wohnung besucht, haben sie nie eingeladen und sind auch nicht mit ihr ausgegangen?«

Quint sprang schon wieder auf, sein Kopf lief puterrot an.

»Jetzt fangen Sie auch noch an! Wollen Sie mir eine Rassenschande unterstellen? Ich muss mir das auch von Ihnen nicht bieten lassen.«

Er stand auf, deutete eine leichte Verbeugung in Rösens Richtung an, bedachte Daut mit einem bösen Blick und verließ den Raum.

Rösen atmete tief durch.

»Den haben wir ganz schön aufgescheucht.«

Daut stand auf und nahm die Türklinke in die Hand.

»Hoffentlich hilft es was, der Typ gefällt mir nämlich ganz und gar nicht.«

Er öffnete die Tür und sagte im Hinausgehen:

»Ich brauch jetzt erst mal Wasser und Seife.«

Siebenundzwanzig

Charlotte weinte hemmungslos. Otto Weidt stand hilflos daneben und versuchte seit zehn Minuten erfolglos, sie zu beruhigen.

»Wir werden für Kurt alles Erdenkliche tun. Du wirst sehen, dass am Ende alles gut ausgeht. Carla ist ja auch noch da.«

»Was soll das heißen, es wird gut ausgehen. Sie haben ihn verhaftet und eingesperrt. Sie werden ihn aus Berlin fortschaffen, und ihr wisst genauso gut wie ich, was das heißt.«

Charlotte hatte die Worte von Schluchzern unterbrochen mehr ausgespuckt als gesprochen. Jetzt richtete sie sich auf, holte tief Luft, als müsse sie eine letzte Anstrengung hinter sich bringen, und schrie in Carlas Richtung:

»Bei einem Juden heißt das: sie töten ihn.«

Carla, die bisher ruhig auf dem Bett in Charlottes Versteck gesessen hatte, sprang auf. In ihrem Kopf tobten die Gedanken. Am besten wäre es, sie würde Charlotte so antworten, wie sie es in den letzten Jahren in solchen Fällen immer getan hatte. Es wäre so einfach zu sagen: Wie kommst du nur darauf. Ja, sie schaffen die Juden in den Osten, weil dort Arbeitskräfte fehlen und viel freies Land ist.

Vielleicht würde es Charlotte wenigstens für den Moment beruhigen, aber sie konnte es nicht. Sie glaubte nicht mehr daran. Es war ein Ammenmärchen. Radio London hatte vor Kurzem mehrmals berichtet, was tatsächlich passierte. Sie hatten von den Transporten gesprochen, bei denen Tausende starben, ehe sie überhaupt die Lager erreichten. Von Hunger und Seuchen war die Rede gewesen, von Massenerschießungen. Und dann fiel dieses Wort, das ihr seitdem nicht mehr aus dem Sinn ging. Dieser Begriff, den sie als Kind gehört hatte, als die Oma den Kammerjäger holen musste, weil sich Ungeziefer - waren es Läuse oder Wanzen, sie wusste es nicht mehr - in ihrem Schlafzimmer festgesetzt hatte. Ein junger Mann - Carla erinnerte sich an ihr Erstaunen, als sie ihn sah, denn einen Kammerjäger hatte sie sich alt und hässlich vorgestellt - installierte in allen Zimmern der Wohnung silberne Blechbüchsen. Die Großmutter musste für einen Tag und eine Nacht bei ihrer Tochter, Carlas Mutter, unterkommen. Oma brachte sie an diesem Abend zu Bett, und Carla erzählte ihr, wie sehr sie sich vor den Wanzen - oder waren es Läuse - ekelte. Die Oma streichelte ihr übers Haar.

»Das brauchst du jetzt nicht mehr. Diese hässlichen Tiere werden vergast, und schon morgen sind sie alle tot.«

Jetzt waren die Juden das Ungeziefer. Schädlinge waren sie, ihr Mann Kurt, ihre Schwägerin Charlotte.

Weidt sah Carlas Verzweiflung, sprach aber erst in sachlichem Ton mit Charlotte.

»Noch ist nichts passiert, mein Kind. Wir wissen, dass sie Kurt ins Wohlfahrtsamt gebracht haben. Das ist ein gutes Zeichen, denn dorthin bringen sie nur Juden, die mit Nichtjuden verheiratet sind. So lange er in Deutschland ist, gibt es eine Chance. Es nützt nichts, wenn wir jetzt verzweifeln.«

Charlottes Tränen schienen zu versiegen. Sie beruhigte sich langsam, ohne dass die Traurigkeit aus ihrem Blick verschwand.

Weidt legte seine Hand auf Carlas Arm.

»Lass uns in die Werkstatt gehen, ich möchte dir etwas zeigen.«

Carla verstand, er wollte sie alleine sprechen, denn Charly durfte das Büro nicht verlassen. So sehr Weidt seinen Mitarbeitern auch vertraute, das Versteck konnte durch ein unbedachtes Wort jederzeit auffliegen. Besser niemand wusste von der geheimen Kammer hinter dem Bücherschrank.

In der Werkstatt setzten sich Carla und Weidt möglichst weit weg von den Arbeitern auf zwei niedrige Hocker. Carla beobachtete den blinden Mann, wie er mit den Händen das Holz betastete und an einer unebenen Stelle hängen blieb. Sein Gesichtsausdruck war konzentriert, als gäbe es für diesen Augenblick nichts Wichtigeres, als diesen Hocker und den Holzsplitter, der sich gelöst hatte. Carla wartete, bis Weidt sich ihr mit der gleichen Konzentration und Hingabe zuwandte. Er sprach so leise, dass sie ihr Ohr fast an seinen Mund führen musste. Carla blickte sich einmal kurz um. Einige Arbeiter schauten zu ihnen herüber. Für sie musste es aussehen wie eine zärtliche Umarmung, dachte sie und hatte ein gutes Gefühl dabei.

Weidt sprach wie immer sehr sachlich und ruhig.

»Du weißt selbst, wie gefährlich die Lage für Kurt und die anderen im Wohlfahrtsamt ist. Aber noch ist sie nicht aussichtslos. Ich habe gehört, dass viele Firmen *ihre* Juden nicht gehen lassen wollen. Arbeitskräfte sind knapp, wo alle gesunden Männer an der Front sind, und nicht jede Aufgabe ist für Frauen geeignet. Wie es scheint, haben einige Unternehmen gegen die Inhaftierung ihrer Mitarbeiter protestiert und angekündigt, die Produktionspläne nicht erfüllen zu können, wenn die Arbeiter nicht zurückkommen.«

»Kurt hat oft davon gesprochen, dass die jüdischen Kollegen für Borsig viel zu wichtig seien, als dass sie auf sie verzichten könnten. Ich habe immer gedacht, er wolle mich damit nur beruhigen.«

»Es scheint, als könnte er recht haben. Dazu kommt der Protest von euch Frauen. Man erzählt sich, dass Goebbels vor Wut tobt. Es passt ihm nicht, dass mitten in Berlin deutsche Frauen für ihre jüdischen Männer demonstrieren. Möglich, dass er die Kundgebung mit Gewalt auflösen lässt, vielleicht geschieht aber auch ein Wunder.«

Carla rückte ein Stück von Weidt ab und versteifte sich.

»Wunder, daran glaube ich schon lange nicht mehr.«

»In diesem Fall solltest du es aber, Carla. Es besteht durchaus eine kleine Chance, dass sie die Juden, die mit Ariern verheiratet sind, nicht wegbringen.«

Weit spuckte das Wort Arier voll Verachtung aus.

»Es gibt dafür natürlich keine Garantie, und trotzdem sollten wir alles für den Tag vorbereiten, an dem Kurt freigelassen wird.«

Allein die Tatsache, dass Weidt die Möglichkeit in Betracht zog, dass Kurt aus der Haft entlassen werden könnte, gab Carla neuen Mut.

»Wie meinen Sie das?«

»Ihr solltet das Schicksal nicht noch einmal herausfordern. Wenn Kurt das Sammellager verlassen darf, sollte er sofort untertauchen. Er braucht ein sicheres Versteck. Dabei kann ich euch helfen, aber ein Unterschlupf allein wird nicht reichen. Er braucht Papiere.«

Carlas aufgekeimte Hoffnung schwand wieder.

»Wie sollen wir denn an Ausweise kommen? Das ist doch unmöglich.«

Weidt setzte sich kerzengerade auf und richtete seine Brille.

»Du hast mir doch von diesem Polizisten erzählt. Der müsste doch ...«

Carla schüttelte energisch den Kopf.

»Ich glaube nicht, dass er uns helfen kann. Er ist doch nur ein einfacher Wachtmeister.«

»Nicht so schnell, mein Kind.«

Weidt klang auf einmal sanft und väterlich.

»Ich habe mich über ihn erkundigt. Er war bis vor knapp zwei Jahren bei der Kripo, da wird er noch Kontakte haben. Außerdem gibt es merkwürdige Gerüchte über seine Degradierung zum Streifendienst. Seine Frau wurde angeblich beinahe wegen Wehrkraftzersetzung und Feindbegünstigung angeklagt. Er selbst soll sich seiner Versetzung zu einer Einsatzgruppe der SS widersetzt haben. Klingt mir nicht nach einem glühenden Anhänger der Nazibande.«

Carla atmete tief durch, schwieg aber. Weidt erhob sich und schob den Schemel mit dem Fuß zurück.

»Wie dem auch sei, Carla, du musst mit ihm sprechen. Ich sehe keine andere Chance.«

Achtundzwanzig

Als der Anruf aus der Rechtsmedizin kam, wollten sich Daut und Rösen gerade auf den Weg zum OSRAM-Werk machen. Sie mussten mehr über Quint erfahren, und ihre einzige Hoffnung waren seine Kollegen. Teskes Assistent war kurz angebunden. »Wir haben den Kopf«, war alles, was er sagte.

Daut hatte seine Kleidung inzwischen so weit gereinigt, dass er andere Menschen nicht mehr erschreckte. Nur sein Bartwuchs passte nicht zum ordentlichen Auftreten eines deutschen Wachtmeisters, er sah eher aus wie ein Landstreicher, der dringend eine Badewanne brauchte.

Für die kurze Strecke vom Alexanderplatz zum Leichenschauhaus in der Hannoverschen Straße brauchten sie eine Stunde. Viele Straßen waren vollständig gesperrt, andere konnte man nur im Schritttempo passieren wegen der Trümmerberge, die sich an den Rändern auftürmten. Immer wieder mussten sie anhalten und warten, weil Menschen mit Lasten auf dem Rücken oder Handkarren hinter sich herziehend den Weg versperrten. In manchen Gebäuden gab es immer noch Glutnester, viele Bauten waren einsturzgefährdet. Überall waren Menschen damit beschäftigt, ihr Hab und Gut zu sichern. Vor einem Haus in der Oranienburger Straße war das Mobiliar aller Wohnungen nach draußen geschafft worden. Stühle, Tische, Schränke, Bettwäsche, Kleidung, alles ordentlich aufgereiht und gestapelt. Ein alter Mann saß auf einem klapprigen Stuhl vor den Habseligkeiten der Hausbewohner, ein Gewehr auf dem Schoß. Die Angst vor Plünderern war nach jedem Luftangriff allgegenwärtig.

Noch immer lag ein ekelerregender Gestank in der Luft nach verbranntem Gummi, versenkten Stoffen, verkohltem Holz und Schlimmerem, an das zu denken Daut sich untersagte, er hätte sich sonst übergeben müssen. Die Müdigkeit hatte ihn völlig im Griff, er sehnte sich nur noch nach seinem Bett und einem tiefen Schlaf, der hoffentlich die Bilder der Nacht und dieser Fahrt vertrieb. Auch sein Trommelfell hatte sich immer noch nicht vollständig erholt, allerdings empfand er es als angenehm, den Krach der Welt nur gedämpft zu hören.

Vor dem Leichenschauhaus stand ein halbes Dutzend Handkarren, auf denen leblose Körper lagen, außerdem ein Leiterwagen, vor den ein mageres Pferd gespannt war. Er war abgedeckt mit einer Plane, aber jeder ahnte, welche Fracht geladen war.

Wegen des großen Andrangs betraten die Polizisten das Gebäude durch einen Nebeneingang. Sie fragten einen Sektionsassistenten nach Teske. Der junge Mann wedelte mit der Hand, ohne eine Richtung zu weisen.

»Irgendwo in dem Grauen hier.«

Jeder verfügbare Platz war belegt. Auf allen Bahren und Tragen lagen Leichen, und weil der Platz trotzdem nicht reichte, auch auf dem Fußboden. Viele Körper waren verstümmelt, manche schrecklich entstellt.

Rösen und Daut versuchten, den Blick so weit wie möglich in die Ferne zu lenken, die Tür am Ende des Ganges zu fixieren, um dem Grauen nicht ins Gesicht sehen zu müssen.

Teske, der mindestens so übermüdet aussah wie Daut, kam aus dem großen Sektionssaal und begrüßte sie mit einem stummen Nicken.

»Was haben Sie mit all diesen Toten zu tun?«, fragte Rösen. »Die Todesursache dürfte ja feststehen.«

»Da haben Sie recht, Herr Kommissar. Gestorben sind sie am Übermenschenwahn. Was Ihre Frage betrifft, all diese Dahingeschlachteten konnten bisher nicht identifiziert werden, und irgendwohin musste man sie ja bringen, damit Angehörige, Nachbarn, Freunde ihnen Namen und Geschichte geben können. Es ist wichtig, dass sie einen Grabstein bekommen.« Teske schaute Daut aus rot unterlaufenen Augen an und setzte leise hinzu: »Zur Mahnung für künftige Generationen.«

Daut schluckte den Kloß in seinem Hals herunter.

»Ich wusste nicht, dass es so viele Opfer gibt.«

Teske ging in Richtung Sektionssaal und antwortete über die Schulter:

»Nach neuester Zählung rund siebenhundert.«

Daut glaubte für einen Moment, sich verhört zu haben. Bisher hatte es solche Opferzahlen nur in den Großstädten an Rhein und Ruhr gegeben. Jetzt war also Berlin an der Reihe. Lange genug hatten sie in der Reichshauptstadt geglaubt, davonzukommen. Sie hatten sich geirrt.

Auf einem glänzenden, an die Wand des Flurs geschobenen Sektionstisch lagen kleine Körper in der Uniform von Luftwaffenhelfern. Daut wandte entsetzt den Blick ab.

»Mein Gott, dass sind ja noch Kinder.«

Selbst Teske, der in seiner Berufslaufbahn schon in viele menschliche Abgründe geblickt hatte, konnte ein Zittern in der Stimme nicht verhindern.

»Die fünf Schüler hat es am Krummen Venn in Zehlendorf erwischt. Ihre Flakstellung wurde völlig zerstört.«

»Ein Wahnsinn«, flüsterte Rösen. Gerade waren die Jungs des Jahrgangs 1927 als Luftwaffenhelfer eingezogen worden. Sie ersetzten reguläre Truppen, die in den Osten verlegt wurden.

Teske hatte sich wieder im Griff.

»Tja, meine Herren, ab sofort liegt die Luftverteidigung der Reichshauptstadt in den Händen von Kindern.«

Daut umklammerte seine Holzhand und schaute starr nach links. Im nächsten Jahr war sein Sohn Walter an der Reihe. Man konnte nur hoffen, dass der Wahnsinn bis dahin zu Ende war.

Rösen spürte, wie sehr die toten Kinder Daut mitnahmen, und beschleunigte seine Schritte.

»Herr Doktor, könnten wir dann ...«

Der Rechtsmediziner schien sich erst jetzt an den Grund des Besuchs der Polizisten zu erinnern.

»Ach ja, der Kopf. Ich weiß zwar nicht, was daran noch wichtig sein soll, aber gut. Er war in einem Kartoffelsack verstaut, den ein polnischer Fremdarbeiter aus der Charlottenburger Schleuse gezogen hat. Der Gute hatte auf ein feines Essen gehofft und stattdessen einen gehörigen Schreck bekommen. Zumindest hat er so laut gebrüllt, dass einer Ihrer Kollegen« - Teske nickte Daut zu - »angerannt kam.«

Die Polizisten beobachteten konsterniert, dass der Doktor orientierungslos durch den Saal lief. Er trat an einen Tisch, hob das Tuch an, schaute auf den Leichnam und schüttelte den Kopf. Das Gleiche wiederholte sich an der nächsten Bahre. So ging es drei, vier Mal, eher er die richtige Trage gefunden hatte. Er riss mit einem Ruck das Tuch zurück, und Daut muss sich wegdrehen.

»Vermutlich in eine Schiffsschraube gekommen«, sagte Teske. »Für eine Identifizierung ist er nicht mehr geeignet, aber wir haben so weit wir konnten Untersuchungen vorgenommen. Er kann zu dem gefundenen Torso gehören, die Blutgruppe ist zumindest identisch. Im Übrigen haben wir den Körper jetzt vollständig beisammen.«

»Beim letzten Mal fehlte doch noch der linke Arm«, sagte Rösen erstaunt.

Teske deckte den Kopf wieder ab.

»Ach ja, stimmt, das hätte ich beinahe vergessen. Den Arm fand ein Mann heute Morgen unter den Trümmern eines Hauses in der Uhlandstraße, als er nach seiner vermissten Tochter suchte. Er lag in einem Pappkarton - Persil glaube ich. Sonst noch was? Wenn nicht, sollte ich anfangen, das Chaos hier zu ordnen.«

Rösen reichte Teske die Hand.

»Vielen Dank, Doktor. Wir brauchen dann noch Ihren Bericht.«

»Eilt aber nicht«, ergänzte Daut, und Rösen nickte.

Teske war sichtlich irritiert, dass der Uniformierte das Sagen hatte, winkte aber nur ab und widmete sich seiner Arbeit.

Als sie auf den Wagen zugingen, schlug Rösen vor, noch ins OSRAM-Werk zu fahren und Quints Kollegen noch einmal zu befragen. Daut schüttelte den Kopf.

»Das musst du dann alleine machen, Ernst. Ich kann nicht mehr. Wenn ich jetzt nicht wenigstens ein paar Stunden schlafe, kippe ich dir hier auf der Straße um.«

»Hast recht, Axel, das war genug für heute. Genau genommen war es viel zu viel für einen Tag.«

Neunundzwanzig

Daut schaute auf seine Armbanduhr. Es war bereits halb elf - und bisher war alles ruhig geblieben. Kein Alarm! Mit jeder Minute stieg die Chance, dass die Tommies Berlin in dieser Nacht verschonen würden. Er war gleich nach seiner Rückkehr vom Leichenschauhaus ins Bett gegangen, das hieß, er hatte fünf Stunden geschlafen. Er fühlte sich erstaunlich ausgeruht und hungrig. In der Küche mussten noch zwei Eier sein. Mit einer Scheibe Speck und einem Kanten Brot wäre das genau das Richtige. Er schlich im Schlafanzug am Wohnzimmer vorbei. Die Engelmann schien Radio zu hören. Der Ton war zu leise, als dass Daut etwas verstehen konnte. Vielleicht hörte sie Radio London. Er bereitete sich sorgfältig das Essen zu. Als er mit dem Teller in der Hand und auf Zehenspitzen zurück zu seinem Zimmer ging, fiel mit Getöse die Gabel auf den Boden.

»Axel, sind Sie das?«

Die Tür öffnete sich, und Bertha Engelmann steckte den Kopf in den Flur.

»Guten Abend, Frau Engelmann. Entschuldigen Sie die Störung. Ich habe mir nur etwas zu essen gemacht.«

»Kommen Sie rein, das müssen Sie sich anhören.«

Daut versuchte, die Gabel aufzuheben, und musste dazu den Teller auf den Boden stellen. Erstaunlich behände bückte sich die Witwe, nahm den Teller und trug ihn ins Wohnzimmer. Als Daut ihr folgte, drückte sie ihn in den Sessel neben dem Radio und drehte am Lautstärkeknopf.

»Gleich fängt es an.«

Störgeräusche rauschten und zischten, sie hörte tatsächlich Radio London.

Daut hatte keine Ahnung, was gleich anfing, aber das Knurren seines Magens erinnerte ihn daran, zu essen, bevor die Eier kalt wurden. Er hatte gerade die dritte Gabel in den Mund geschoben, als eine sonore Stimme ertönte.

»2. März 1943. Teure Amalia, viel geliebtes Weib.«

Es hörte sich an, als läse jemand einen Brief vor, genauer einen Feldpostbrief. Der Soldat bedankte sich überschwänglich für die Pulswärmer, die ihm seine Frau geschickt hatte und die er erst mit großer Verspätung bekommen hatte, weil seine Truppe eine »elastische Verteidigung« durchgeführt habe. Der Briefschreiber interpretierte diesen Begriff lang und breit und beleuchtete ihn aus jedem nur erdenklichen Blickwinkel, bis er zum Schluss erklärte, es hieße nichts anderes, als dass sie mit höchster Geschwindigkeit zurückgelaufen waren. Jetzt allerdings steckten alle Fahrzeuge im Schnee fest, und es gäbe kein Vor und kein Zurück.

Eine Komödie, dachte Daut, obwohl der Inhalt des Briefes in Teilen durchaus plausibel war. Selbst die offiziellen Berichte des Oberkommandos der Wehrmacht konnten die schlechte Lage an der Ostfront nicht länger verhehlen. In Stalingrad war die gesamte 6. Armee gefallen oder in Gefangenschaft geraten. Es wusste jeder, was es hieß, wenn von »heldenmütigen Abwehrkämpfen« die Rede war, vom »heroischen Ringen mit übermächtigen Gegnern« und vom »aufopferungsvollen Kampf«. Es stand schlecht im Osten. Sehr schlecht. In diesem Radiobericht wurde vermutlich die Wahrheit gesagt, aber auf eine Art und Weise, die Daut bisher nie gehört hatte. Der Brief endete mit einem zu Herzen gehenden Gruß:

»Und in diesem Sinne, mein viel geliebtes Weib, grüße und küsse ich dich tausendmal, dein dich liebender Adolf, Gefreiter in Russland.«

Bertha Engelmann seufzte, stellte den Radioapparat aus und griff nach der Flasche Danziger Goldwasser, die halb leer auf dem Tisch neben ihr stand. Sie goss sich ein und zeigte mit dem Flaschenhals auf Daut.

»Sie sollten auch ein Gläschen trinken, Axel. Sie sind ganz blass um die Nase, und Goldwasser ist wie Medizin.«

Daut stand auf, holte sich ein Glas aus dem Schrank, und seine Zimmerwirtin goss es bis an den Rand voll.

»Auf meinen Winfried!«

Sie trank ihr Glas in einem Zug leer und füllte es sofort erneut. Daut tat es ihr nach und nahm die ihm gereichte Flasche. Während er die Flüssigkeit ins Glas fließen ließ, beobachtete er die durcheinanderwirbelnden Goldplättchen. Schon als Kind hatte er sich gefragt, ob es echtes Gold war. Heute schien ihm die Frage aktueller denn je. Von dem zweiten Glas nahm Bertha nur einen kleinen Schluck.

»Ich mache mir ja solche Sorgen um meinen Jungen. Seit Wochen habe ich keine Nachricht von ihm. Aber wenn es so ist, wie der Hirnschal sagt ...«

Sie setzte das Glas erneut an, und diesmal trank sie beherzter.

»Wer ist denn dieser Hirnschal? Ein Kamerad Ihres Sohnes?«

Bertha Engelmann schüttelte energisch den Kopf.

»Adolf Hirnschal aus Zwieselsdorf, Sie haben den letzten Brief an seine Frau Amalia doch gerade gehört.«

»Aber dieser Hirnschal ist doch eine erfundene Witzfigur, mit der die Engländer uns Angst machen wollen.«

»Hören Sie doch auf, Axel. Mag sein, dass Adolf Hirnschal erfunden ist, seine Briefe aber sagen die Wahrheit. Es bricht alles zusammen im Osten. Überlegen Sie mal: General Paulus musste in Stalingrad aufgeben, die ganze 6. Armee ist vernichtet. Tot oder in Gefangenschaft, was vermutlich am Ende auf dasselbe hinausläuft. Zum Glück war mein Winfried nicht dabei. Er liegt weiter nördlich. Aber auch dort stürmen die Russen vor, sagt Radio London.«

»Aber das ist doch Propaganda, Frau Engelmann.

Bertha lachte laut auf.

»Ach so! Und unsere Wehrmachtsberichte sind dann die reine Wahrheit, oder was? Hören Sie auf, lassen Sie uns lieber noch einen schnapseln.«

So redeten und tranken sie, und je betrunkener sie wurden, desto sentimentaler waren sie. Schlussendlich wankte Daut weit nach Mitternacht zurück in sein Zimmer. Er legte die Schallplatte auf, und während »Ich weiß, es wird einmal ein Wunder geschehen« ertönte, träumte sich Daut in die Arme einer Frau. Zum ersten Mal war er sich allerdings nicht sicher, ob es Luises Armes waren.

Mittwoch, 3. März 1943

Dreißig

Daut hatte verschlafen. Es wurde langsam zur Gewohnheit, dass ihn ein Kollege aus dem Bett holen musste. Diesmal war es Rösen. Daut hatte einen gehörigen Kater. Er war Alkohol nicht mehr gewohnt. Früher war das anders. Da hatte er mit Rösen bis weit nach Mitternacht im Rübezahl gezecht. Legendäre Saufgelage waren das gewesen. Luise hatte sich sogar schon Sorgen gemacht wegen seiner Trinkerei. Seit er alleine lebte und als Wachtmeister seine Runden machen musste, fehlte ihm für ausgedehnte Kneipentouren das Geld. So trank er nur noch selten, allenfalls abends einen Schluck Schnaps zur Verdauung. Wenn er allerdings an die letzten Tage dachte ... Irgendwie musste man sich das Grauen halt erträglich machen.

Rösen erkannte sofort, was mit ihm los war. Daut war ihm dankbar, dass er auf hämische Kommentare verzichtete und ihm die Zeit gab, sich im Bad frisch zu machen.

Die Fahrt zum OSRAM-Werk verbrachten sie weitgehend schweigend. Der Anblick der vielen zerstörten Gebäude war nach wie vor irreal und verstörend. Immer noch stand an vielen Straßenrändern der Hausrat der Ausgebombten, nur notdürftig vor Regen und Kälte geschützt. Wo sollten nur all die Menschen untergebracht werden. 20.000 Wohnungen waren zerstört oder beschädigt. Die meisten würden in absehbarer Zeit nicht bewohnbar sein. Berlin drohte eine dramatische

Wohnungsnot. Daut war sich sicher, dass auch die Witwe Engelmann mit einer Einquartierung rechnen musste.

Bei OSRAM angekommen, gingen sie direkt zur Personalabteilung. Helene Klinger saß hinter ihrem Schreibtisch und versuchte mit einer Rasierklinge, einen Tippfehler von einem in die Schreibmaschine gespannten Blatt zu entfernen. Sie war so konzentriert, dass sie die Polizisten nicht bemerkte. Rösen räusperte sich, und die Sekretärin fuhr ruckartig auf. Dabei verrückte sie den Wagen der Schreibmaschine um einen oder zwei Zentimeter.

»Verflixt und zugenäht, jetzt kann ich diesen Brief noch einmal schreiben.«

»Tut mir leid, Fräulein Klinger, aber wir haben angeklopft.«

Daut sah, wie sie errötete. Eine deutsche Frau fluchte nicht. Daran schien sie sich eher halten zu wollen als an andere Gebote der Tugendwächter. Der Lippenstift schien Daut noch etwas kräftiger aufgetragen zu sein als bei ihrem letzten Besuch. Und waren die Wimpern nicht sogar getuscht?

Rösen hatte keinen Blick für diese Feinheiten, sondern bat darum, Herrn Kruck gemeldet zu werden.

»Tut mir leid, der Chef ist nicht da.«

Helene Klinger rückte den Stuhl etwas vom Tisch ab und strich, den Blick gesenkt, ihren Rock glatt. Schon wieder ein Verstoß gegen neudeutsche Sitten, dachte Daut, als er mit Wohlgefallen registrierte, dass der Rock ein paar Zentimeter kürzer war, als es den Moralpredigern gefiel. Als hätte die Klinger seine Gedanken gelesen, rückte sie wieder an den Schreibtisch heran und entzog ihre Beine Dauts Blicken.

»Krucks sind ausgebombt. Das Haus ist völlig zerstört. Ich glaube nicht, dass er in den nächsten Tagen zur Arbeit kommen wird. Er muss sich erst einmal darum kümmern, für seine Familie eine neue Bleibe zu finden.«

Daut deutete auf einen freien Stuhl neben dem Schreibtisch.

»Darf ich?«

»Natürlich. Entschuldigen Sie meine Unhöflichkeit.«

Sie zeigte auf einen weiteren Stuhl an der Wand, und Rösen setzte sich vor den Tisch. Daut rückte ein wenig näher an die Sekretärin heran, die ihn erstaunt, aber keineswegs entrüstet ansah.

»Als rechte Hand des Personalchefs wissen Sie doch bestimmt viel über die Leute hier in der Firma. Was ist der Quint denn so für ein Typ?«

Man sah Helen Klinger an, dass die Frage sie irritierte. Sie dachte einen Moment nach, ehe sie ruhig und überlegt antwortete.

»Er ist ein guter Vater. Es ist ja weiß Gott nicht leicht gewesen, die Tochter als Witwer alleine großzuziehen.«

Daut holte das Päcken Ernte 23 aus der Jackentasche und sah Fräulein Klinger fragend an.

»Ist Rauchen hier erlaubt?«

»Selbstverständlich, ich hole Ihnen einen Aschenbecher.«

Sie ging in Krucks Büro und kam Sekunden später mit einem Ungetüm aus Kristallglas zurück. Daut registrierte mit einem Lächeln, dass jetzt auch Rösen ihre Beine bewunderte.

»Hat Ihr Kollege Quint denn keine Anstalten gemacht, eine neue Frau zu finden?«

»Na ja, Herr Wachtmeister, seine Frau war ja schon einige Jahre tot, da ist es doch wohl normal, wenn ein Mann sich nach einer anderen Frau umsieht. Er hat mir ja auch schöne Augen gemacht. Aber er ist nun einmal gar nicht mein Typ.«

Der Augenaufschlag, mit dem sie Daut bedachte, stand dem von Carla bei ihrem ersten Treffen vor dem Kino in nichts nach.

Rösen dauerte die Befragung wie so oft zu lange. Er wollte zum Punkt kommen.

»Hat August Quint auch Martha Grahn den Hof gemacht?«

»Aber nicht doch. Er ist doch Parteimitglied, und die Grahn war Jüdin.«

»Da sind Sie sich ganz sicher?«

Die Sekretärin presste die Lippen zusammen, entschloss sich dann aber doch, noch etwas zu sagen.

»Wählerisch ist er nicht gerade, der Kollege Quint. Er rennt so ziemlich jedem Weiberrock hinter. Am besten fragen Sie mal den Ingenieur Gümpel, die beiden sind dicke Kumpel.«

Auf dem Weg zum Konstruktionsbüro konnte Rösen es nicht lassen, Daut aufzuziehen.

»Du hast ja einen richtigen Schlag bei der Kleinen. Unglaublich, was so eine Uniform doch ausmacht.«

»Lass mich mit dem Quatsch in Ruhe. Außerdem sind dir doch fast die Augen aus dem Kopf gefallen, als sie in Krucks Büro stolzierte.«

»Hat ja auch prachtvolle Beine, das Fräulein. Und wann sieht man schon echte Nylons?«

Stimmt, dachte Daut. Das war der dritte Verstoß gegen die moralinsauren Regeln für anständige deutsche Frauen. Die Klinger traute sich was.

Arthur Gümpel begrüßte die Polizisten äußerst unfreundlich.

»Sie waren es doch, die in die Hochzeitsfeier von Augusts Tochter reingeplatzt sind. Eine Unverschämtheit war das.«

»Sie sind uns gleich wieder los, wenn Sie uns erzählen, was Sie über das Verhältnis von August Quint zu Martha Grahn wissen.«

»Was soll das? Welches Verhältnis?«

Obwohl er laut und aufbrausend antwortete, sah Daut Unsicherheit, vielleicht sogar Angst in seinem Blick. Er legte jedes Wort auf die Goldwaage, und nach fünf Minuten und der Androhung, ins Polizeipräsidium vorgeladen zu werden, kam er zu dem Schluss, dass es besser sei, die Wahrheit zu sagen.

»Ich habe August immer gewarnt und ihn angefleht, das Verhältnis mit der Jüdin zu beenden. Mit Rassenschande ist nicht zu spaßen. Aber er war verrückt nach der Frau. Und sie war ja auch ein attraktives Ding.«

»Gab es denn in der letzten Zeit Streit zwischen Ihrem Freund und Martha Grahn?«

Daut hatte die Frage fast nebenbei gestellt, als wäre sie ohne jede Bedeutung. Gümpel reagierte trotzdem heftig.

»Niemals. Die Grahn war doch froh, einen Beschützer zu haben. Ihr Mann trieb sich doch mit einer anderen rum.«

Rösen hakte noch einmal nach.

»Es gab also nie ein böses Wort zwischen August Quint und Martha Grahn.«

»Das sage ich doch. Nur zwischen August und Werner Grahn gab es vor einer Woche eine Auseinandersetzung. Der Grahn muss ihn nach der Arbeit abgepasst haben. Ich weiß nicht, worum es überhaupt ging, aber August war danach ziemlich durch den Wind.«

Daut und Rösen stiegen zufrieden in den P 4, den sie am Fabrikeingang abgestellt hatten.

»Endlich kommt Bewegung in die Sache«, resümierte Daut.

»Du sagst es. Auf jeden Fall müssen wir jetzt weiter Druck machen. Als Erstes sollten wir mal Werner Grahn auf den Zahn fühlen. Der Typ gefällt mir immer weniger.«

Einunddreißig

In der Rosenstraße herrschte eine eigenartige Stimmung. Bis vor einer Stunde patrouillierten immer zwei, meistens sogar vier Polizisten in der Straße. Jetzt waren sie abgezogen. Nur ein einziger SS-Mann stand vor der Eingangstür. Seine Haltung war abweisend, einige Frauen nannten sie feindselig. Sprach ihn eine Frau an, befahl er ihr barsch, zurückzutreten, auf ein Gespräch ließ er sich nicht ein. Das war in den vergangenen Tagen anders gewesen, als die Wachhabenden Nachrichten ins Haus brachten und mit Botschaften der Inhaftierten zurückkamen. Was ging hier vor? Unter den Frauen machte sich die Besorgnis breit, es könne die Ruhe vor dem Sturm sein. Kam wieder ein Trupp mit Maschinengewehren? Würden sie diesmal schießen? Carla weigerte sich, diese Möglichkeit in Betracht zu ziehen. Deutsche Soldaten, die auf ihre Landsleute schießen? Niemals! Andere waren da nicht so sicher. Einige Frauen schrien ihre Angst und Wut heraus.

»Wir lassen uns nicht vertreiben, komme, was da wolle.«

Die Stimmung heizte sich immer mehr auf. Gerüchte machten die Runde. Angeblich sollten alle Männer des Sammellagers Rosenstraße morgen auf einen Transport in den Osten gehen, die Züge stünden schon bereit. Carla fragte sich, woher diese Informationen stammten. Bisher war alles geheim abgelaufen, warum sollte sich das ausgerechnet jetzt ändern?

Sie fühlte sich müde und ausgelaugt. Es zerrte an ihren Kräften, tagein, tagaus auf der Straße zu stehen und zu warten. Mit jeder Stunde schwand ihre Hoffnung ein bisschen mehr. Aufzugeben kam aber nicht infrage. Noch nicht.

Sie hatte sich angewöhnt, in Bewegung zu bleiben, auf und ab zu gehen. Auf diese Weise war die Warterei nicht so eintönig, und die Zeit verging schneller. Sie stand gerade an der Kreuzung mit der Neuen Friedrichstraße, als sie den Schrei hörte.

»Schaut!«

Carla drehte sich um und sah, dass die Tür des Sammellagers offen stand. Was war da los? Sie rannte zurück zu den anderen Frauen. Es war still wie in einer Kirche. Alle starrten auf den Eingang. Der SS-Mann trat zur Seite.

»Georg!«

Eine Frau in einem dunkelgrünen Lodenmantel rannte auf den Mann zu. Nach einer kurzen, fast flüchtigen Umarmung gingen sie in Richtung Kaiser-Wilhelm-Straße davon. Die Frauen standen starr vor Überraschung. Erst als das Paar außer Sicht war, kam Bewegung in die Gruppe.

»Was war das denn?«

Niemand konnte sich einen Reim auf das Geschehen machen. Hatte die Frau besondere Beziehungen? War der Mann kein Jude und nur versehentlich festgenommen worden? Die Spekulationen schossen ins Kraut.

Fünf Minuten später wurde die Eingangstür erneut geöffnet. Wieder trat ein einzelner Mann auf die Straße. Seine Kleidung war verschmutzt, ein Ärmel seines Mantels war zerrissen, und er hatte eine verschorfte Wunde über dem rechten Auge. Er schaute sich gehetzt um und blinzelte, als müsse er sich an die Helligkeit gewöhnen.

Eine Frau schrie auf und rannte auf ihn zu. Der Mann nahm sie in den Arm. Die Frau brachte vor Schluchzen kein Wort heraus, und er strich ihr beruhigend übers Haar.

Carla starrte wie gebannt auf diese Szene voller Glück und Angst zugleich. Als die beiden sich umdrehten und fortgehen wollten, löste sie sich aus ihrer Erstarrung.

»Wartet!«

Das Paar blieb erschrocken stehen.

Carla ging über die Straße.

»Kommen die anderen auch frei?«

Der Mann knetete seine Mütze, die er die ganze Zeit in der Hand hielt.

»Ich weiß es nicht. Sie überprüfen die Personalien und befragen jeden Einzelnen genau nach seinen Familienverhältnissen.«

»Haben Sie Ihnen einen Grund für die Freilassung genannt?«

Der Mann schüttelte den Kopf.

»Haben Sie meinen Mann getroffen? Kurt May. Haben Sie ihn gesehen?«

»Nein.«

Die Frau nahm den Arm ihres Mannes.

»Nun lassen Sie Fritz doch endlich in Ruhe.«

Mit energischen Schritten ging sie von Carla weg, ihren Mann hinter sich herziehend. Er drehte sich um.

»Tut mir leid.«

Schlagartig hatte sich die Stimmung auf der Straße geändert.

»Sie lassen unsere Männer frei.«

Was vor einer Stunde noch unmöglich schien, passierte anscheinend tatsächlich. Es hatte sich gelohnt, tagelang auszuharren. Sie hatten gewonnen.

So schnell die gehobene Stimmung eingetreten war, so schnell machte sie Ernüchterung und Enttäuschung Platz, als keine weiteren Freigelassenen aus dem Haus traten. War es nur ein Strohfeuer gewesen? Wollte man sie dazu bringen, nach Hause zu gehen? Da hatten sie sich aber getäuscht. Auch wenn sie noch so froren, sie würden ausharren. Die in der letzten Stunde verstummten Rufe schallten wieder durch die Straße. Lauter als vorher riefen die Frauen die bekannten Parolen. Gegen die Kälte und gegen die Angst. Sie verstummten schlagartig, als die Tür erneut geöffnet wurde. Diesmal waren es drei Männer. Sie blieben einen Moment ratlos stehen, schauten sich an und gingen auf die Frauen zu. Offenbar wartete niemand auf sie. Der älteste der drei nahm seine Mütze vom Kopf und verneigte sich langsam und bedächtig. Als er den Kopf wieder hob, sagte er mit lauter und erstaunlich fester Stimme:

»Danke. Danke euch allen.«

Zweiunddreißig

»Uns fehlt ein überzeugendes Motiv, Ernst. Warum zum Teufel bringt jemand die Jüdin Martha Grahn um und zerstückelt sie anschließend? Wenn wir wissen, wer ein Motiv hat, das für eine solche Tat stark genug ist, haben wir auch den Täter.«

Daut hielt sich an der Halteschlaufe fest, als Rösen den Wagen mit deutlich überhöhter Geschwindigkeit in eine Kurve lenkte.

»Nun mach mal langsam, es gibt schon genug Tote auf den Straßen, da braucht es uns nicht auch noch.«

Rösen verlangsamte die Fahrt ein wenig, ehe er auf Dauts Überlegung einging.

»Da fällt mir nur Eifersucht ein. Die ist meistens im Spiel, wenn Mordtaten dermaßen aus dem Ruder laufen.«

Daut dachte über Rösens Vermutung nach und wollte etwas einwenden, aber der Kollege war schneller.

»Was hat dieser Ingenieur ausgesagt? Grahn war auf Quint eifersüchtig, obwohl er von seiner Frau getrennt lebte. Damit wäre das Motiv klar, und weil er auch die Gelegenheit hatte, schließlich war er zum Zeitpunkt der Tat bereits in der Stadt, sollten wir ihn gleich nicht mit Samthandschuhen anfassen.«

Daut schaute mit Widerwillen seine Prothese an.

»Die habe ich auch gerade nicht dabei«, sagte er lachend und dachte insgeheim, wie entsetzt Luise wäre.

»Es kann aber auch genau andersherum sein, Ernst. Gehen wir mal davon aus, dass Martha Grahn zu ihrem Mann zurück wollte. Es könnte doch sein, dass sie sich bei ihm sicherer fühlte, weil sie hoffte, als Frau eines Frontsoldaten nicht in den Osten gebracht zu werden. In diesem Fall wäre Quint auf ihren Mann eifersüchtig, es kam zum Streit und ...«

»Möglich ist auch das. Wie dem auch sei, irgendein Mosaiksteinchen fehlt uns noch.«

Rösen parkte den Wagen unmittelbar vor Grahns Haus. Daut war froh, aussteigen zu können, die neue Rennfahrerattitüde seines Kollegen behagte ihm gar nicht. Auf ihr Klingeln öffnete Alma Winkelbauer die Tür.

»Sie haben immer Pech«, sagte sie grantig. »Werner ist spazieren.«

Sie wollte die Tür sofort wieder schließen, aber Daut hielt sie zurück.

»Wollen Sie uns nicht hereinbitten? Wo wir schon den weiten Weg gefahren sind, warten wir gerne ein bisschen.«

Alma führte sie in die Küche.

»Setzen Sie sich, aber erwarten Sie nicht, dass ich Ihnen etwas anbiete. So dicke haben wir es nämlich nicht.«

»Ihr Freund ist aber häufig außer Haus«, bemerkte Rösen mit einem sarkastischen Unterton, den sie entweder nicht bemerkte oder überhörte.

»Er hält es in der Wohnung nie lange aus, hat wohl einen Knacks abbekommen im Osten. Und jetzt auch noch die Sache mit seiner Frau. Das hat ihn mehr mitgenommen, als er zugibt.«

Grahns Freundin setzte sich zu den Polizisten an den Tisch und begann, Kartoffeln zu schälen.

»Mir geht diese Rumsitzerei im Haus auch langsam auf die Nerven. Den Salon hat es jetzt vollständig erwischt. Das Haus ist nur noch ein Schutthaufen. Möbel, Trockenhaube, Scheren - alles perdu. Mein Chef ist todsicher ruiniert.«

Sie konzentrierte sich auf ihre Arbeit. Eine Locke fiel ihr ins Gesicht, die sie mit dem Unterarm zurückstrich.

»Wissen Sie, ob sich Ihr Mann in der vergangenen Woche mit seiner Frau getroffen hat?«

Dauts Frage nahm Alma Winkelbauer ohne jede Regung auf.

»Er wollte sie besuchen, aber sie war nicht zu Hause. Deshalb ist er ja zur Polizei gegangen.«

»War Ihr Mann denn in der Wohnung seiner Frau?«

»Ja, zumindest hat er mir das erzählt. Ich war ja nicht dabei.«

»Hat er irgendetwas mitgenommen?«

»Nein, zumindest hat er nichts bei sich gehabt.«

Das Geräusch der sich öffnenden Wohnungstür unterbrach die Befragung. Grahn hängte seinen Mantel an die Garderobe, zog seine Stiefel aus und betrat auf Socken die Küche. Ohne Begrüßung fragte er:

»Haben Sie den Mörder von Martha gefunden?«

Daut reagierte genauso unfreundlich.

»Im Moment wären wir zufrieden, wenn wir Sie ausschließen könnten.«

Grahn blieb abrupt stehen, als wäre seine Bewegung von einer Sekunde zur anderen eingefroren.

»Wie kommen Sie denn darauf! Sie müssen verrückt sein. Was sollte ich denn für einen Grund haben, meine

Frau zu töten. Wir haben uns schon lange auseinandergelebt. Seit drei Jahren wohne ich schon hier bei Alma.«

Er tätschelte seiner Freundin über den Arm. Für Daut sah es aus, als spiele er ihnen etwas vor, und auch Rösen schien es eine genau kalkulierte Geste zu sein, denn er stellte die nächste Frage äußerst barsch.

»Wenn alles so Friede, Freude, Eierkuchen ist, warum haben Sie sich dann nicht längst von Ihrer Frau scheiden lassen? Wäre doch ein Leichtes, die Jüdin loszuwerden.«

Respekt, dachte Daut. Rösen stocherte zwar im Nebel, aber das machte er geschickt.

Grahn blieb erstaunlich ruhig.

»Was Sie nicht sagen, Herr Kommissar. Natürlich könnte ich sie problemlos loswerden. In den Osten könnte ich sie loswerden. Aber wissen Sie was: Ich war da, im Osten. Und ich habe Dinge gesehen, da im Osten, die können Sie sich nicht vorstellen. Die wollen Sie sich auch gar nicht vorstellen.«

Er ging zum Waschbecken, drehte den Wasserhahn auf und füllte ein Glas, das er in einem Zug leerte. Den Polizisten den Rücken zugekehrt, sprach er weiter.

»Martha und ich passten nicht zusammen, aber das hat nichts damit zu tun, dass sie Jüdin ist. Aber weil sie es ist, bleibe ich so lange ihr Mann, bis es auch in diesem Land keinem Todesurteil mehr gleichkommt, einen bestimmten Glauben zu haben. Außerdem, Herr Kommissar, ist da auch noch mein Kind. Haben Sie Kinder?«

Rösen schüttelte den Kopf.

Grahn drehte sich um.

»Sie vielleicht, Herr Wachtmeister?«

»Ja, drei, einen Jungen und zwei Mädchen.«

»Und? Würden Sie die beiden ohne Mutter aufwachsen lassen wollen?«

Daut musste sich eingestehen, dass dieser Mann ihm imponierte. Wie viele Deutsche hatten in den vergangenen Jahren ihre Partnerinnen verlassen, weil sie Jüdinnen waren? Grahn sah ihn an, er wartete auf eine Antwort.

»Ich verstehe Sie, ich verstehe Sie sogar sehr gut.«

Rösen sah Daut entgeistert an.

»Nun mal langsam. Eine Sache bleibt noch zu klären. Sie haben sich mit einem gewissen August Quint, zu dem Ihre Frau ein - nennen wir es vorsichtig - äußerst gutes, kollegiales Verhältnis hatte, laut und heftig gestritten. Ist das richtig?«

Grahn stellt das Wasserglas mit einem lauten Krachen auf den Tisch.

»Und ob! Dieser Quint hat sich an Martha rangemacht, und ich habe ihm klipp und klar zu verstehen gegeben, dass ich ihm eigenhändig den Hals umdrehe, wenn er sie und die Kleine nicht genauso beschützt, wie ich es tun würde, wenn ich nicht da draußen im russischen Dreck liegen müsste.«

Grahn starrte die Polizisten für einige Sekunden an, ehe er sich umdrehte und wortlos die Küche verließ. Daut und Rösen hatte alle Fragen gestellt und verabschiedeten sich von Alma Winkelbauer.

Als Daut die Autotür öffnete, blieb Daut noch einen Moment stehen und sah zur Grahnschen Wohnung hinauf. Er schüttelte den Kopf.

»Eifersucht passt nicht zu diesen Leuten. Nicht zu Grahn und nicht zu Quint. Wir sind da auf dem Holzweg, Axel, und müssen aufpassen, dass wir uns nicht verrennen. Lass uns noch mal in die Wohnung von Martha Grahn fahren. Vielleicht haben wir ja etwas übersehen.«

Dreiunddreißig

Carla verzweifelte langsam. In den vergangenen drei Stunden waren mehr als vierzig Männer und einige wenige Frauen mit Kindern aus dem Haus gekommen. Die meisten wurden von glücklichen Frauen oder Männern erwartet. Es hatte Umarmungen gegeben, Küsse und Freudentränen. Mit jedem Freigelassenen wuchs die Hoffnung, dass nach und nach alle Inhaftierten zu ihren Familien zurückkehren könnten. Bis dieser Junge durch die Tür kam. Er war höchstens neunzehn oder zwanzig Jahre alt und wurde von seiner Mutter erwartet. Er hieß Klaus, und sein Gesichtsausdruck verriet, dass er mit dem Erlebten lange nicht fertig werden würde. Die Frauen bestürmten ihn mit Fragen, wie jeden, der das Haus verließ. Er hörte sie sich an, ohne zu antworten. Seine Mutter versuchte, ihn abzuschirmen.

»Du brauchst nichts zu sagen, Junge.«

Und zu den anderen Frauen gewandt:

»Nun lasst ihn doch in Ruhe. Ihr seht doch, wie verstört er ist.«

Sie legte ihren Arm um ihn und wollte gehen. Unvermittelt schüttelte er sie ab.

»Lass mich.«

Er drehte sich zu den Frauen um.

»Ich kann euch nicht viel sagen. Ich war in einem Zimmer mit zwanzig anderen. Die Hälfte haben sie gestern Abend abgeholt. Es hieß, sie bringen sie in ein anders Lager und von dort zum Bahnhof. Morgen soll ein Transport in den Osten gehen. Arbeitslager.«

Es gab keinen Aufschrei, kein Wehklagen. Nur Stille. Als wollte der Junge ihnen ein Stück der gerade zerplatzten Hoffnungen zurückgeben, setzte er hinzu:

»Aber das sind alles nur Gerüchte, hört ihr. Gerüchte.«

Er drehte sich um und nahm seine Mutter mit der Unbeholfenheit des gerade erwachsen gewordenen Sohnes in den Arm. Seine linke Hand steckte er in die Jackentasche, und sie gingen davon.

Die Frauen gingen zurück auf die andere Straßenseite. Sie schwiegen. Parolen riefen sie schon lange nicht mehr, dafür waren sie zu erschöpft. Das Wechselbad von Hoffnung und Verzweiflung raubte ihnen die Kraft. Nur Carla wollte sich nicht damit abfinden, dass man sie im Unklaren ließ. Sie ging zurück zur Eingangstür und sprach den Wachmann an.

»Warum sagt ihr uns nicht, was da drin geschieht?«

Sie drängte den Wachmann zur Seite. Er schaute sie konsterniert an, als sie mit der Faust gegen die Tür schlug.

»Warum sagt ihr uns nicht, ob ihr unsere Männer freilasst?«

Wieder schlug sie gegen Tür, diesmal noch fester.

»Warum tut ihr uns das an?«

Sie drehte sich zum SS-Mann um.

»Warum?«

Er wich ihrem Blick aus.

»Schauen Sie mich an, Soldat! Sagen Sie mir, was mit meinem Mann geschehen wird.«

Er schaute zu Boden. Carla blieb wie angewurzelt stehen und starrte ihn an. Endlich hob er den Kopf und flüsterte:

»Ich weiß es nicht.«

»Danke.«

Carla entließ den Wachmann aus ihrer optischen Umklammerung und ging zurück. Sie würde bleiben, wenn es sein müsste, auch über Nacht.

Vierunddreißig

Daut war leicht außer Atem, als sie vor der Tür zu Martha Grahns Wohnung im dritten Stock ankamen. Nachdem Rösen aufgeschlossen hatte, blieb er im Flur stehen, um sich zu erholen. Wie schon beim ersten Besuch vor drei Tagen bemerkte er die schlechte, abgestandene Luft. Er ging ins Wohnzimmer und öffnete ein Fenster. In der Wohnung hatte sich nichts verändert, sie war noch immer peinlich aufgeräumt und klinisch sauber. Allerdings kam sie ihm heute noch ärmlicher vor.

Rösen zog seinen Mantel fester um den Körper.

»Mach das Fenster zu, Axel, hier drin ist es doch schon eiskalt.«

»Was bist du denn für eine Frostbeule?«

Widerwillig erfüllte Daut den Wunsch seines Kollegen, der sich sofort an die Arbeit machte.

»Wo bewahren denn Hausfrauen gewöhnlich ihren Notgroschen auf?«

Daut wurde schmerzlich bewusst, dass er nicht wusste, wo Luise ihr Geldversteck hatte. Sie entfremdeten sich immer mehr. Ein Jahr und bald neun Monate waren sie inzwischen getrennt und hatten sich nur zwei Mal für ein paar Tage gesehen. Bei seinem letzten Besuch hatte Luise auch noch die meiste Zeit geschwiegen. Aus guten Gründen, wie er wusste, aber diese Spannung war bis heute nicht ganz abgebaut. Die Briefe waren nur ein kleiner Trost, und ansonsten hatten sie nur das Lied. Ihr Lied.

Daut und Rösen arbeiteten sich konzentriert durch die Wohnung, zogen jede Schublade auf, sahen in jede Tasse und drehten jede Vase um. Sie fanden nichts von Wert. Keine Geldbörse, nicht eine einzige Münze. Auch im Kleiderschrank fand sich nur das Nötigste für Martha und das Mädchen. Es gab auch kein einziges Spielzeug, als hätte hier überhaupt niemand gewohnt.

»Das bringt nichts.«

Rösen schloss die Schranktür.

»Lass uns noch mal die Runde durchs Haus machen, vielleicht kann ja irgendein Nachbar eine brauchbare Information liefern«, schlug Daut vor.

Mit einem Seufzer stimmte Rösen zu.

Sie klingelten an jeder Haustür. Oft wurde ihnen nicht geöffnet, aber selbst wenn jemand zu Hause war, fertigte man sie meistens kurz ab, wenn sie fragten, ob Martha Grahn regelmäßig zu Hause war und ob sie häufiger Besuch bekam.

»Was geht uns die Jüdin mit ihrem Balg an?« - »Wir kümmern uns nicht um andere, haben mit uns selbst genug zu tun.«

Sie hatten die Hoffnung schon fast aufgegeben, als sie in der Erdgeschosswohnung klingelten. »Ida Frowein« stand über dem Klingelknopf. Es dauerte eine Weile, bis die Tür von einer alten Dame geöffnet wurde. Sie lächelte die Polizisten freundlich an. Nachdem sie sich vorgestellt hatten, bat sie Daut und Rösen in die Wohnung.

»Ich kann nicht so lange stehen, wissen Sie.«

Sie schlurfte in Pantoffeln voraus ins Wohnzimmer. Der Raum war mit nicht zueinander passenden Möbeln vollgestopft, überall lagen aufgeschlagene Bücher und Zeitschriften herum. Ida Frowein setzte sich in einen breiten Ohrensessel und bat ihre Gäste, auf dem Sofa Platz zu nehmen.

Daut eröffnete das Gespräch.

»Sie kennen doch bestimmt Ihre Nachbarin, die Frau Grahn?«

»Ach, die Martha, das ist so eine nette Frau. Immer ein freundliches Wort auf den Lippen. Immer hilfsbereit. Sie holt oft für mich ein, wenn ich was brauche, ich kann ja nicht mehr laufen. Was wollen Sie denn von ihr? Ich kann mir nicht vorstellen, dass sie etwas angestellt hat.«

»Sie hat nichts angestellt, Frau Frowein, wir müssten sie nur etwas fragen.«

Rösen nickte Daut zu. Es war besser, der alten Dame die Wahrheit zu verschweigen. Wenn sie erfuhr, was ihrer Nachbarin zugestoßen war, würde sie vermutlich nichts mehr sagen. Jetzt schlug sie sich mit der Hand vor die Stirn.

»Was bin ich doch für ein Dussel. Da bekomme ich Besuch von so charmanten, jungen Herren und biete nicht einmal etwas an. Herr Wachtmeister, wären Sie so gut, die Keksdose zu holen?«

Sie deutete auf den massiven Eichenschrank. Während Daut ihrem Wunsch nachkam, plapperte sie weiter.

»Die Kekse hat mir meine Tochter geschickt. Sie wohnt in Königsberg, da scheint es noch gute Butter und alles andere zu geben, was man zum Backen braucht. Na ja, sie hat ja auch einen reichen Mann geheiratet. Rittergut, wenn Sie wissen, was ich meine.«

Kaum hatte Daut wieder Platz genommen, wandte sie sich an Rösen.

»Wir können die Plätzchen doch nicht so trocken runterbringen. Ich habe da noch etwas echten Bohnenkaffee. Wenn ich Sie bitten dürfte, Herr Kommissar. Ihr Kollege kommt mit der Mühle bestimmt nicht so gut klar.« Dabei deutete sie auf Dauts Prothese.

»Alles, was Sie brauchen, steht auf dem Küchentisch.«

»Für Bohnenkaffee tue ich fast alles«, sagte Rösen lachend, und ging in die Küche.

Während man das Mahlgeräusch hörte, fragte Daut.

»Hat Martha Grahn hier ständig gewohnt? Die Wohnung ist so ordentlich und sauber, und wir haben nicht eine einzige Mark gefunden.«

»Sie war halt eine sehr ordentliche, junge Frau. Und Geld hatte sie keins, Sie wissen doch, wie arm die Juden dran sind.«

Die alte Dame erhob sich leicht im Sessel und rief in die Küche.

»Alles in Ordnung, Herr Kommissar?«

Nachdem Rösen bestätigt hatte, dass er den Kaffee in fünf Minuten servieren würde, erzählte sie weiter.

»Martha hatte von ihren Eltern ein paar Goldmünzen und etwas Schmuck bekommen. Die Ärmsten sind ja weggeschafft worden. In den Osten, heißt es, aber was weiß man schon. Die Sachen hat sie aber in Sicherheit gebracht.«

»Wissen Sie, wem Martha Grahn ihre Wertsachen anvertraut hat?«

Bevor sie antworten konnte, kam Rösen mit einem Tablett in der Hand aus der Küche. Der Duft von frisch gebrühtem Kaffee erfüllte sofort den ganzen Raum. Ida Frowein schnüffelt mit erhobener Nase.

»Herrlich! Sie scheinen etwas vom Kaffeekochen zu verstehen, Herr Kommissar.«

Nachdem alle drei den ersten Schluck getrunken hatten, nahm Daut den Gesprächsfaden wieder auf.

»Also, wem hat Martha Grahn ihren Schmuck und die Goldmünzen gegeben?«

»Das weiß ich nicht, Herr Wachtmeister. Sie hat aber oft von ihrer Angst gesprochen, eines Tages selbst abgeholt zu werden wie ihre Eltern. Zum Glück hätte sie aber einen Aufbewarier. Wissen Sie, was das ist, meine Herren?«

Rösen und Daut schüttelten den Kopf, obwohl beide eine Ahnung hatten.

»Ich kannte den Begriff auch nicht, aber Martha hat es mir erklärt. Viele Juden haben arische Freunde und Bekannte, denen sie ihre Wertsachen zur Aufbewahrung geben für den Fall, dass sie abgeholt und in ein Lager gebracht werden. Wenn der Spuk mit diesen Hitlerleuten vorbei ist, holen sie sich ihr Eigentum zurück. Optimisten, diese Juden, nicht wahr?«

Ida Frowein lächelte Daut an, der noch einmal nachfragte.

»Und sie wissen nicht, wer Martha Grahns *Aufbewarier* ist?«

»Nein, Herr Wachtmeister. Aber Martha war in der letzten Zeit wegen irgendetwas besorgt. Sie hat mich kürzlich gefragt, ob ich bereit wäre, ihre Sachen aufzubewahren.«

»Und«, mischte sich Rösen ein, »was haben Sie geantwortet?«

»Natürlich würde ich ihr helfen. Aber ich habe ihr auch zu bedenken gegeben, dass ich alt bin und es keineswegs feststeht, dass ich das Ende dieser Hitlerei noch erlebe. Sie sollte sich besser einen jungen Aufbewarier suchen.«

Fünfunddreißig

»Was sind wir doch für Trottel, suchen nach einem Motiv und vergessen das Wichtigste.«

Daut schlug die Autotür mit Schwung zu. Ida Frowein hatte sie nur ungern gehen lassen und ihnen nachgerufen, sie sollten Martha Grahn ausrichten, dass sie immer auf eine Tasse Kaffee vorbeikommen könne.

Rösen startete den Wagen.

»Wie heißt Paragraf 1 des Lehrbuchs für kleine Kommissare: Folge zuerst der Spur des Geldes.«

Daut drehte die Seitenscheibe einen Spalt herunter, er brauchte dringend frische Luft.

»Bei einer alleinerziehenden jüdischen Mutter denkt man halt an alles, nur nicht an Geld.«

»Was die Juden angeht, sehen das die meisten Deutschen aber anders, mein Lieber.«

Daut winkte ärgerlich ab.

»Wir sollten uns vordringlich darum kümmern herauszufinden, wem Martha Grahn ihre Wertsachen anvertraut hat. Wie hat die Alte diese Leute noch mal genannt?«

»Aufbewarier«, antwortete Rösen wie aus der Pistole geschossen. »Ein passendes Wort, findest du nicht?«

»Passend und erschreckend zugleich. Aber immerhin hilft uns die Information, denn möglicherweise haben wir es mit einem stinknormalen Mord aus Habgier zu tun. Fragt sich nur, wer der Aufbewarier von Martha Grahn war.«

Rösen überlegte höchstens eine Sekunde.

»Ich tippe auf ihren Mann. Die Alte hat doch erzählt, dass Martha das Vertrauen verloren hatte und sich nach einem anderen Aufbewarier umsah. Das passt doch perfekt. Nachdem sie die Liaison mit Quint eingegangen ist, fordert sie ihre Sachen von Werner Grahn zurück. Der weigert sich, weil er meint, als Ehemann und Vater ihrer gemeinsamen Tochter wenigstens auf einen Teil der Sachen Anspruch zu haben. Außerdem ist ihm seine jüdische Frau eh ein Klotz am Bein, schließlich hat er ja eine neue Liebe. Was liegt näher, als die Ex umzubringen.«

Rösen schlug mit der flachen Hand aufs Lenkrad und sah Daut strahlend an.

»So löst man Mordfälle, Herr Wachtmeister.«

Daut überhörte die Spitze und sagte betont sachlich:

»Ich weiß nicht so recht. Ich nehme Grahn ab, dass er seiner Tochter die Mutter erhalten will, wo er selbst Tag für Tag an der Front in Lebensgefahr ist. Zu schnell könnte aus dem Kind eine Waise werden.«

»Das ist doch sentimentaler Quark, Axel! Hier geht es um Geld, Zaster, Knete.«

Rösen rieb Daumen und Zeigefinger aneinander.

»Wir nehmen uns den Grahn jetzt richtig vor. Am besten hältst du dich aus der Vernehmung raus, bevor wieder die Vatergefühle mit dir durchgehen.«

Es war wie verhext, auch diesmal trafen sie nur Alma Winkelbauer an, Werner Grahn war wie immer, wenn sie ihn vernehmen wollten, außer Haus. Rösen ließ sich nicht abwimmeln, vielleicht konnte man auch der Freundin interessante Informationen entlocken.

»Wie sieht es eigentlich bei Ihnen finanziell aus? Ihr Freund Werner muss doch auch noch für seine Tochter sorgen.«

»Auf Rosen sind wir nicht gebettet, der Werner und ich. Als Friseuse verdient man nicht viel, und das Trinkgeld sitzt heute auch nicht mehr so locker wie früher. Aber was soll's, wir kommen rum, die Wohnung ist eingerichtet, und zu kaufen gibt es eh nichts.«

»Sie haben keine Wünsche? Das kann ich gar nicht glauben, so eine attraktive Frau wie Sie.«

Alma Winkelbauer fuhr sich mit der Hand durch die Haare und machte einen Schmollmund.

»Ach, Herr Kommissar, das Wünschen haben wir uns doch alle abgewöhnt in diesen Zeiten, oder? Man nimmt, was man kriegen kann, und ist damit zufrieden.«

»Und wie sieht es mit Kindern aus?«

»Erst nach dem Endsieg. So lange der Werner im Krieg ist, auf keinen Fall.«

Rösen ließ nicht locker.

»Da wäre es doch gut, wenn man ein bisschen Geld auf der hohen Kante hätte, um sich später, also *nach dem Endsieg*, etwas leisten zu können. So jung, wie Sie noch sind, geht das Leben dann erst richtig los.«

»Hoffentlich behalten Sie recht, und der Krieg ist zu Ende, bevor ich eine alte Schachtel bin. Aber wovon sollen wir denn sparen?«

»Vielleicht hat der Werner ja irgendwelche Ersparnisse?«

»Woher sollen die denn kommen, Herr Kommissar?«

Daut und Rösen sahen sich erschrocken um. Werner Grahn hatte die Wohnung unbemerkt betreten und stand in der Wohnzimmertür.

»Glauben Sie etwa, dass wir an der Ostfront Reichtümer erwerben? Das Einzige, was wird dort in Hülle und Fülle geschenkt bekommen, sind Erfahrungen. Und Albträume.«

Rösen wollte antworten, aber Daut hob die Hand.

»Wissen Sie, was ein Aufbewarier ist?«

Grahn schien überrascht von der Frage und zögerte ein paar Sekunden, eher er antwortete.

»Natürlich weiß ich das, Martha war schließlich wie besessen von der Idee, dass sie ihre Habseligkeiten einem vertrauenswürdigen Menschen zur Aufbewahrung geben müsse für den Fall, dass man auch sie abholte wie ihre Eltern. Ich habe ihr zwar wieder und wieder versichert, dass ich sie niemals im Stich lassen würde und dass sie auch durch Rita geschützt sei. Sie hat mir nicht geglaubt. Nachdem ihre Eltern in den Osten gebracht worden waren und sie seit Monaten keine Nachricht von ihnen hatte, steigerte sie sich immer mehr in ihre Angst hinein.«

Grahn löste sich vom Türrahmen, an dem er sich festgehalten hatte, und setzte sich neben seine Freundin. Leise und mit gesenktem Kopf setzte er hinzu:

»Manchmal denke ich, dass sie recht hatte.«

Rösen übernahm die Befragung erneut.

»Und deshalb hat sie Ihnen die Goldmünzen und den Schmuck ihrer Eltern gegeben!«

»Nein, das hat sie nicht. Hätte sie es nur getan, vielleicht lebte sie noch, aber sie hat Alma nicht getraut.«

Alma schnaubte wütend.

»Nur weil ich ein einziges Mal gesagt habe, dass die Juden schon immer Deutschlands Unglück waren. Dabei war das gar nicht persönlich gegen sie gemeint.«

Grahn tätschelte ihren Arm.

»Ist ja gut, Alma.

Rösen hielt Daut, der etwas sagen wollte, mit einer Handbewegung zurück.

»Was war denn überhaupt so wertvoll, dass Ihre Frau es verstecken wollte?«

Grahn nahm seine Hand von Almas Arm. Man sah ihm an, wie sehr ihn dieses Gespräch aufwühlte.

»Ein paar Ringe von ihrer Mutter, zwei drei Ketten und Broschen. Eine schöne Kamee aus Elfenbein - zum Wert kann ich nichts sagen. Außerdem fünf Goldmünzen, Zwanzig-Reichsmarkstücke. Darauf war sie besonders stolz, denn sie hatte die Münzen von ihrem Opa geerbt. Er hatte sie ihr kurz vor ihrem Tod gegeben und gesagt, damit hätte sie immer eine ›goldene Reserve‹. Martha sagte häufig: Alles kann zusammenbrechen. Die Regierung, das ganze Land. Aber das Gold, das wird seinen Wert behalten.«

Alma rutschte aufgeregt auf ihrem Stuhl hin und her.

»So viel!«, platzte es aus ihr heraus. »Das wusste ich ja gar nicht.«

Rösen sah jetzt den Zeitpunkt für eine härtere Gangart gekommen.

»Genau genommen gehören Ihnen ja der Schmuck und die Münzen, oder Herr Grahn? Wäre doch ganz in Ordnung, wenn Sie Ihrer Frau die Sachen abgenommen hätten.«

Grahn sprang vom Stuhl hoch.

»So, Sie finden das in Ordnung? Wissen Sie was? Man hat meiner Frau alles genommen. Die Familie, die schöne Wohnung, alles. Gelassen hat man ihr das Kind und das bisschen, was sie retten konnte. Ich liebe sie nicht mehr, aber ich respektiere sie als Mensch. Auch wenn Sie das vermutlich nicht verstehen.«

Er machte eine abfällige Handbewegung und schickte sich an, aus dem Zimmer zu gehen. Seine Freundin hielt ihn zurück.

»Bist du wahnsinnig, so zu reden? Vor der Polizei.«

Daut erhob sich.

»Ist schon gut. Wir haben auch keine Fragen mehr.«

Rösen schaute ihn mit hochgezogenen Augenbrauen an, verließ aber mit ihm die Wohnung. Als sie die Haustür erreicht hatten, bedeutete er Daut zu warten, während er in den Keller stieg. Schon nach wenigen Augenblicken kam er zurück.

»Das wäre möglich.«

»Was wäre möglich?.«

»Dort unten einen Mord zu begehen und anschließend die Leichen zu zerteilen. Es gibt einen Wasseranschluss, man könnte also den Fußboden reinigen. Ein paar Blutspritzer würden auch nicht auffallen, da unten hängen zwei frisch geschlachtete Kaninchen.«

Daut zog die Luft durch die Zähne.

»Du traust Grahn also immer noch nicht?«

»Sein Auftritt gerade war mir viel zu pathetisch. Auf jeden Fall lasse ich morgen die Kriminaltechniker den Keller auf den Kopf stellen.«

Sechsunddreißig

Das darf doch nicht wahr sein! Daut glaubte kaum, was er sah. Er hatte sich von Rösen nahe der Rosenstraße absetzen lassen, weil er befürchtete, dass Carla immer noch protestierte. Mit dem Tumult, der vor dem Sammellager herrschte, hatte er nicht gerechnet. Er schätzte, dass mehrere Hundert Menschen auf dem Bürgersteig und der Straße standen. Am meisten machte ihm Angst, dass sie nicht schweigend ausharrten. Vielmehr liefen sie umher und skandierten immer wieder die gleichen Parolen und Forderungen.

»Gebt uns unsere Männer zurück!«

»Wir wollen unsere Männer!«

»Lasst unsere Männer frei!«

Daut suchte die Reihen der Frauen ab und entdeckte Carla ganz vorne, nicht mehr als drei Meter vom Zaun entfernt. Er schlängelte sich durch die Reihen der Demonstranten, von denen ihm viele skeptisch oder ängstlich, manche auch mit unverhohlenem Hass begegneten. Carla sah ihn und winkte ihm aufgeregt zu, dabei machte sie kleine Hüpfer, die ihr Haar vorwitzig in die Luft steigen ließen. Trotz der Kälte hatte sie auf eine Mütze verzichtet. Daut war noch ein paar Meter von ihr entfernt, als sie rief:

»Du glaubst es nicht, Axel. Sie lassen die Männer frei.«

Als er direkt vor ihr stand, nahm Carla ihn in den Arm. Er drückte sie kurz an sich und schob sie dann sanft von sich weg, um ihr in die Augen zu schauen.

»Was erzählst du da?«

»Es stimmt. Du kannst alle fragen.«

Sie klopfte der neben ihr stehenden älteren Frau auf die Schulter.

»Erzähl meinem Freund, was passiert ist, wie viele sie schon freigelassen haben.«

Die Frau schaute Daut an und murmelte:

»Seltsamer Freund.«

Carla lachte.

»Der ist in Ordnung, trotz seiner Uniform.«

Die Frau legte den Kopf schief, und man sah ihr die Skepsis an.

»Es stimmt, alle paar Minuten kommen welche heraus.«

Sie hatte es kaum ausgesprochen, als Applaus aufbrandete. Vier Männer verließen nacheinander das Haus und sahen sich irritiert auf der Straße um. Ihre Frauen und Mütter lösten sich aus der Menge und rannten auf sie zu. Sie nahmen sie in den Arm, einer der Männer hob seine zierliche Freundin hoch und wirbelte sie herum. Die Frauen jubelten wie bei einem Fußballspiel.

»Siehst du!«, schrie Carla gegen den Lärm an.

»Sie werden auch Kurt freilassen. Ich weiß das! Es muss einfach so sein. Und wenn der dann draußen ist, Axel ...«

Sie schluckte den Rest des Satzes herunter. Hier war nicht der Ort, und jetzt war nicht der Zeitpunkt, ihn um Hilfe zu bitten.

Daut spürte, dass Carla etwas auf dem Herzen hatte. Er legte ihr die Hand auf den Arm und nickte ihr stumm zu. Er fühlte eine große Übereinstimmung mit der jungen Frau.

»Mach's gut, Carla. Und pass auf dich auf. Und vor allem: keine riskanten Dinge. Bleib einfach hier stehen und warte.«

»Ist gut, Axel.«

Daut drehte sich um und ging in Richtung Neue Friedrichstraße.

»Danke, dass du gekommen bist«, rief Carla ihm nach. Daut hob die Hand und winkte.

Am Ende der Rosenstraße ging er direkt zum Bahnhof Börse. Ihm war ein Verdacht gekommen, eher war es eine Idee. Er musste sie überprüfen. Jetzt sofort.

Siebenunddreißig

Es war bereits dunkel in der Rosenstraße. Aus den Häusern kam nur wenig Licht, die meisten Menschen hatten längst die Verdunkelungsrollos heruntergezogen aus Angst, es in der Aufregung bei einem Alarm zu vergessen. Carla harrte noch immer an ihrem Platz nahe der Litfaßsäule aus. Es standen vierzig, höchstens fünfzig Frauen auf dem Bürgersteig. Die euphorische Stimmung des Nachmittags war einer gedrückten Spannung gewichen. Als wäre mit dem Tageslicht auch die Hoffnung geschwunden. Niemand wusste, ob in der Nacht überhaupt Inhaftierte freigelassen würden. Womöglich standen sie hier völlig umsonst in der Kälte. Schon wegen der Gefahr eines Luftangriffs wäre es vernünftiger, nach Hause zu gehen. Natürlich konnten sie in den nächsten Bunker rennen oder in der U-Bahn Schutz suchen. Besser aber war es, von der eigenen Wohnung in den zugewiesenen Luftschutzraum zu flüchten, dann hatte man wenigstens den Koffer mit den wichtigsten Habseligkeiten dabei, der in allen deutschen Wohnungen stets bereitstand.

Seit einer halben Stunde hatte niemand mehr das Sammellager verlassen. Carla starrte den Eingang an, als könne sie mit der Kraft ihrer Gedanken etwas bewirken. Und tatsächlich.

Die Tür wurde von innen aufgerissen, ein schwacher Lichtstrahl fiel auf die Straße. In seinem Kegel stolperte ein Mann ins Freie wie ein Artist im Zirkus, der vom Verfolgungsscheinwerfer ins Licht gesetzt wird. Beinahe fiel er zu Boden, aber der wachhabende SS-Mann fing ihn auf. Unbeholfen klopfte sich der Mann den Dreck vom Mantel.

»Kurt?«, rief Carla fragend.

Der Mann hob den Kopf. Ja, es war Kurt. In seinem Gesicht sah sie die schwarz glänzende Spur eingetrockneten Blutes. Sie rannte über die Straße auf ihn zu und umarmte ihn. Er stöhnte, als sie den Arm um ihn schlang. Langsam gingen sie die Straße hinunter, begleitet vom leisen Applaus der anderen Frauen.

»Macht es gut, ihr beiden«, rief eine.

»Viel Glück«, sagte eine andere.

Carla schaute sich ihren Mann genauer an.

»Was haben sie nur mit dir gemacht, Liebster?«

Kurt konnte kaum Luft holen. Er wollte sprechen, war aber so kurzatmig, dass er keinen Satz vollenden konnte, sondern immer wieder abbrechen musste.

»Pssst«, machte Carla. »Du musst nicht reden. Sag mir nur, wo du verletzt bist.«

»Vermutlich ... Rippen ... gebrochen. Kann kaum atmen.«

Carla blieb stehen, stützte ihren Mann und überlegte.

»Ein paar Hundert Meter nur, dann sind wir in Sicherheit. Schaffst du das?«

Kurt wusste nicht, was seine Frau vorhatte, aber ihm fehlte die Kraft, etwas zu sagen. Ihm war egal, wohin sie ihn brachte. Nur weg von diesem Ort. Er nickte schwach. Carla umfasste ihn vorsichtig.

»Leg deinen Arm um mich. Stütz dich fest auf, mein Schatz. Ich sehe nicht so aus, aber du weißt, dass ich etwas aushalte.«

Sie gingen im Schneckentempo am Bahnhof Börse vorbei über den Hackeschen Markt. Immer wieder mussten sie eine Pause einlegen, weil Kurt nach Luft rang. So brauchten sie fast eine halbe Stunde, ehe sie am Eingang zur Bürstenmacherei von Otto Weidt standen. Unter normalen Umständen hätte Kurt protestiert, hätte gerufen »Auf keinen Fall hierher! Nicht hierher. Ich will mich nicht verkriechen!«. Jetzt ergab er sich still in sein Schicksal.

Ein Dienstmädchen ließ sie ins Haus. Otto Weidt saß noch in seinem Büro und diktierte Briefe. Als Carla und Kurt den Raum betraten, drehte sich die Sekretärin um und rief erschrocken: »Oh Gott!«

Weidt hob den Kopf.

»Was ist los?«

Carla spürte seine Angst. Er sah ja nicht, wer das Zimmer betrat, und musste das Eindringen von SS-Sergen oder Mitarbeitern der Gestapo befürchten.

»Ich bin es, Carla. Sie haben Kurt freigelassen, er ist bei mir. Aber er ist verletzt.«

Weidt drehte sich zu seiner Mitarbeiterin.

»Rufen Sie Dr. Anton.«

Nachdem die Sekretärin gegangen war, fragte er Carla:

»Was ist passiert?«

»Ich denke, dass sie ihm die Rippen gebrochen haben, und die Nase sieht auch nicht gut aus. Auf jeden Fall fällt ihm das Sprechen schwer.«

Weidt atmete erleichtert auf.

»Wenigstens ist es also nicht lebensgefährlich.«

Er trommelte leise mit den Fingern auf der Tischplatte.

»Hören Sie, Kurt, Sie müssen untertauchen. Ich habe gehört, dass Inhaftierte deportiert worden sind, obwohl sie mit einer Nichtjüdin verheiratet sind. Die Ehe mit Carla ist keine Garantie mehr für Ihre Sicherheit.«

Kurt schwieg in sich zusammengesunken auf einem Stuhl sitzend, während Weidt die Situation sachlich analysierte.

»Nüchtern betrachtet gibt es zwei Möglichkeiten: Kurt verschwindet von der Bildfläche, das heißt, er verkriecht sich in einem Versteck, ohne es in absehbarer Zeit gefahrlos verlassen zu können. Zum Glück gibt es aufrechte Menschen in dieser Stadt, die ihn aufnehmen würden.«

Kurt stöhnte auf und sagte von langen Pausen zwischen einzelnen Worten unterbrochen:

»Auf keinen Fall vegetiere ich für Jahre in irgendeinem Kellerloch oder Verlies. Lieber sterbe ich.«

Carla wollte protestieren, doch Weidt spürte das und bedeutete ihr zu schweigen.

»Über die Alternative haben wir schon gesprochen, Carla. Wenn wir Kurt eine neue Identität verschaffen, könnt ihr zwar erst wieder zusammen sein, wenn der Spuk hier vorbei ist, dein Mann könnte aber ein halbwegs normales Leben führen.«

Kurt war wütend, dass die beiden über seinen Kopf hinweg seine Zukunft diskutierten. Da hatte er ja wohl ein Wort mitzureden. Aber nicht jetzt, nicht heute. Er wollte schlafen und die Schmerzen vergessen.

Carla überlegte nicht lange.

»Ich bin zu allem bereit, wenn Kurt nur in Sicherheit ist.«

Weidts Stimme klang zufrieden, als er sagte:
»Gut, du weißt, was zu tun ist.«
Kurt richtete sich in seinem Stuhl auf, wobei ihm ein stechender Schmerz in die Brust fuhr. Keuchend flüsterte er:
»Was hast du vor, Carla. Du darfst dich nicht in Gefahr bringen.«
»Keine Angst, Kurt, ich weiß, was ich tue.«

Achtunddreißig

Daut war prächtiger Laune. Seine Spürnase funktionierte noch, obwohl er seit fast zwei Jahren öden Streifendienst schieben musste. Er war sich fast sicher, dass sie morgen Martha Grahns Mörder festnehmen würden.

Fröhlich vor sich hin pfeifend stieg er zur Engelmannschen Wohnung hinauf. Als er den Flur betrat, sah er sofort die zwei Briefumschläge auf der kleinen Kommode neben seiner Zimmertür. Die Post war in dieser Woche schnell gewesen. Luise schrieb ihm regelmäßig sonntags, und meistens erhielt er den Brief erst am Donnerstag. Er hatte gerade seine Stiefel ausgezogen und unter die Garderobe gestellt, als die Wohnzimmertür geöffnet wurde.

»Sie haben Pohost!«

Bertha Engelmann flötete es fast.

»Sie erraten nie, wer Ihnen schreibt«, flüsterte sie wie ein Kind aus Sorge, die gute Fee aus dem Märchen verschwände, wenn sie es laut ausspräche.

»Danke, Frau Engelmann.«

Daut nahm die zwei Briefe und öffnete seine Zimmertür.

»Nun lesen Sie doch erst mal, von wem der Brief ist.«

»Von meiner Frau, wie jede Woche.«

Die Neugier seiner Zimmerwirtin störte Daut von Woche zu Woche mehr. Er musste dringend wieder für mehr Distanz sorgen, an Familienanschluss war ihm nicht gelegen.

Bertha reagierte gereizt auf seine Antwort.

»Ich meine natürlich den anderen.«

Daut schaute auf den Umschlag. Er war aus edlem, malvenfarbigem Büttenpapier. Seine Adresse war von Hand nachlässig geschrieben. Er drehte ihn um, und für einen Moment setzte sein Herzschlag aus, als er den aufgedruckten Absender las. In zarten, nur leicht verschnörkelten Buchstaben stand dort: Zarah Leander. Er klemmte sich den Umschlag zwischen Prothese und Brust, um ihn mit dem Zeigefinger der rechten Hand aufzureißen.

»Halt!«, rief Bertha und ergriff seine Hand.

»So einen besonderen Umschlag macht man doch nicht kaputt.«

Sie wieselte in die Küche und kam Sekunden später mit einem großen Messer zurück. »Darf ich?«

Daut reichte ihr den Brief. Vorsichtig, als hätte sie es mit einem unersetzbaren Schmuckstück zu tun, schob sie das Messer unter die Umschlaglasche und öffnete das Kuvert mit einem kräftigen, schnellen Schnitt. Daut hatte den Protest schon auf den Lippen, weil er für einen Moment glaubte, sie würde den Brief herausziehen und lesen. Die Befürchtung war unnötig, denn Bertha Engelmann legte das Messer auf die Kommode und reichte Daut den Brief mit beiden Händen. Dabei deutete sie eine kleine Verbeugung an, wie es Dienstboten tun, wenn sie ihrer Herrschaft ein Schreiben überreichen. Daut lächelte. Was so ein Absender doch bewirkte. Während er eine gefaltete Karte aus dem Briefkuvert zog, fiel eine kleinere Karte aus steiferem Karton zu Boden. Bertha Engelmann war schneller als er, bückte sich und hob das Billett auf, während Daut die Briefkarte las.

»Lieber Axel - ich hoffe, ich darf Sie so nennen! Sie würden mir eine große Freude machen, wenn Sie am Donnerstagabend mein Gast wären. Ihre Zarah Leander.

P. S.: Ich lasse Ihnen einen Wagen schicken.«

Die Engelmann starrte ihn an.

»Und?«

Daut reichte ihr die Karte und nahm ihr das Eintrittsbillett für die Abendgala anlässlich des 25. Gründungsjubiläums der Ufa in den Ausstellungshallen am Zoo ab.

Die Witwe war blass um die Nase, nachdem auch sie das Schreiben gelesen hatte.

»Ich fasse es nicht. Sie kennen die Leander? DIE Leander?«

»Bin ihr mal begegnet«, knurrte Daut, nahm ihr die Karte ab und stapfte in sein Zimmer. Er hatte keine Lust, sich über seine Beziehung zu Zarah ausquetschen zu lassen. Er stellte die Karte auf den Nachttisch, hängte den Mantel ordentlich an den Haken neben der Tür und legte dann die Schallplatte auf das Grammophon, wie er es immer tat, wenn er einen Brief von Luise las. Es fiel ihm schwer, sich auf die Lektüre zu konzentrieren. Immer wieder fiel sein Blick auf die Briefkarte mit der zarten Schrift. Er nahm sie in die Hand und wedelte sich den Duft zu, den er schon beim Öffnen des Kuverts bemerkt hatte. Schließlich hielt er sich das Büttenpapier direkt vor die Nase und sog das Bouquet mit geschlossenen Augen ein. Einen Moment saß er still, ehe er die Karten hastig weglegte. Er war verrückt, oder einfach nur zu lange allein. Er sollte sich auf Luises Brief konzentrieren, den er am Sonntag beantworten musste. Die Platte war abgelaufen, er legte sie noch einmal auf.

Fünf Minuten später, er war beim letzten Absatz von Luises Brief angekommen, klopfte die Engelmann an die Tür.

»Sie haben Besuch, Axel. Damenbesuch. Sie wissen ja, dass ich das nicht mag, aber bei dem Fräulein Schauspielerin mache ich eine Ausnahme.«

Carla war durchgefroren und setzte sich, ohne Mantel und Schal abzulegen.

»Du brauchst dringend etwas, damit dir warm wird, Carla. Wie wäre es mit einem Schnaps? Oder warte, besser wäre ein Grog. Rum kann ich zwar nicht bieten, aber mit echtem westfälischen Korn wärmt er auch.«

Daut griff unters Bett, holte seine Schatzkiste hervor und ging mit der noch zu zwei Dritteln gefüllten Schnapsflasche zur Tür.

Im Flur ging Bertha Engelmann gerade von seinem Zimmer aus in Richtung Küche. Hatte sie etwa gelauscht? Daut herrschte sie an:

»Wären Sie so gut und machen uns heißes Wasser? Das Fräulein ist schrecklich durchgefroren und braucht einen Grog. Und von dem Schmalz, das ich Ihnen gegeben habe, müsste doch auch noch etwas da sein.«

»Ich bin zwar nicht Ihr Dienstmädchen, aber ich will mal nicht so sein.«

Über diese patzige Antwort schmunzelnd, ging Daut in sein Zimmer zurück.

Carla hielt die zusammengelegten Hände vor den Mund und pustete hinein.

»Sie haben Kurt freigelassen.«

Daut wunderte sich darüber, wie emotionslos sie darüber sprach. Seit Tagen kämpfte sie nur um die Freiheit ihres Mannes, und jetzt, wo sie ihr Ziel erreicht hatte, erzählte sie sie es ihm fast nebenbei.

»Ist er wohlauf?«

Carla berichtete von seinen Verletzung.

»Dr. Anton meint, die Rippenbrüche würden ihm noch ein paar Wochen Schmerzen bereiten, aber er habe noch Glück gehabt.«

Daut stutzte bei dem Namen des Arztes, der irgendeine verborgene Saite in seiner Erinnerung anschlug, ohne dass er wusste, wann und wo er ihm schon begegnet war.

Carla wickelte sich langsam den Schal vom Hals.

»Alles nicht so schlimm, das Wichtigste ist, dass wir einen Freund haben, der uns hilft - und damit meine ich nicht nur Kurt und mich. Dieser gute Mensch hilft vielen Juden. Und er ist nicht allein.«

Daut wollte diesen Satz zuerst unkommentiert lassen, überlegte es sich dann aber anders.

»Davon habe ich heute schon einmal gehört. Aber nicht alle diese Judenfreunde führen Gutes im Schilde.«

»Du kennst Otto Weidt nicht.«

Carla hatte es kaum ausgesprochen, senkte sie den Kopf, als hätte man sie bei etwas Verbotenem ertappt.

»Verdammt!«

Daut sah die Angst in ihrem Blick.

»Keine Sorge. Ich habe nichts gehört.«

Es klopfte an der Tür. Die Engelmann brachte auf einem Tablett eine Kanne heißes Wasser, zwei Teegläser, eine Zuckerdose und einen Teller mit Schmalzstullen.

Daut goss einen Finger breit Korn in die Gläser, rührte zwei Löffel Zucker hinein, füllte mit Wasser auf und reichte Carla den Grog.

»Trink, das tut dir gut.«

Carla blies kurz in das Glas und trank in kleinen, hastigen Schlucken.

»Zwischendurch solltest du auch etwas essen«, sagte Daut lachend. »Nicht, dass du mir betrunken wirst.«

Carla nahm eine Brotscheibe, und sie tranken und aßen schweigend. Als sie ihr Glas geleert hatte, sagte sie:

»Kurt will sich auf gar keinen Fall irgendwo verkriechen. Er muss sich zwischendurch auch mal frei bewegen können. Dazu brauchen wir Papiere.«

»Wie wollte ihr denn an die kommen?«

»Ehrlich gesagt hatte ich gehofft, dass du ... du warst doch bei der Kripo, da hast du doch bestimmt noch Verbindungen.«

Daut schwieg und stierte vor sich hin. Auch Carla sprach nicht mehr weiter. Sie hatte alles gesagt. Es kam ihr wie eine Ewigkeit vor, bis Daut auf die Einladungskarte auf seinem Nachttisch zeigte.

»Gehst du auch zu dieser Feier?«

Carla nickte.

»Ich hole dich ab. Bis dahin muss Kurt die Füße stillhalten. Schafft er das?«

Carla schluckte.

»Das muss er schaffen.«

Donnerstag, 4. März 1943

Neununddreißig

Rösen bedachte Daut mit einem neugierigen Blick, als er das Büro betrat.

»So pünktlich heute Morgen – und ohne Uniform.«

»Für das, was wir vorhaben, ist das besser.«

Daut setzte sich auf den Stuhl vor dem Schreibtisch, schlug die Beine übereinander, zupfte das Hosenbein seines dunkelgrauen Anzugs glatt und hörte Rösen zu.

»Ich habe mein Tagwerk im Prinzip schon erledigt, als ich die Kriminaltechnik zum Haus von Grahn in Marsch gesetzt habe. Die dürften sich in diesem Augenblick den Keller vornehmen, und wenn es so ist, wie ich vermute, haben wir den Fall heute Abend abgeschlossen und trinken in aller Ruhe im Rübezahl ein oder zwei Mollen auf unseren Erfolg. Bis dahin bleiben wir hier ruhig sitzen und lassen den lieben Gott einen guten Mann sein.«

»Schön«, antwortete Daut, »dann lassen wir die Techniker ihre Arbeit machen und gehen derweil meiner Spur nach.«

»Was soll das heißen, deiner Spur?«

»Ich hätte auch sagen können, der Spur des Geldes. Du erinnerst dich, worüber wir gestern gesprochen haben?«

Rösen schaute Daut nur mit hochgezogenen Augenbrauen an.

»Guck nicht so, Ernst. Mir ist einfach die Sache mit dem Aufbewarier nicht aus dem Kopf gegangen. Wenn es sich nicht um den großen Unbekannten handelt, der, wie wir wissen, nur in seltenen Fällen der Täter ist, gibt es nur zwei Möglichkeiten. Die erste ist Werner Grahn.«

Rösen unterbrach ihn fröhlich.

»Sag ich doch. Lass uns eine rauchen, einen Blümchenkaffee trinken und auf den Anruf der Techniker warten, dass sie massenweise Blutspuren gefunden haben.«

»Ich schlage vor, dass wir die zweite Option prüfen, statt Däumchen zu drehen.«

»Und das heißt konkret?«

Daut stand auf und ging zur Tür.

»Lass uns zum Auto gehen, ich erzähle es dir unterwegs.«

Vierzig

»Es sieht schon viel besser aus als gestern.«

Carla tupfte Kurts Wunde an der Augenbraue mit einem in Jod getränkten Wattebausch ab. Charlotte streichelte ihm über die Hand, während er wegen des kurzen, brennenden Schmerzes die Luft anhielt. Sie machte sich Sorgen um ihren Bruder, der in einer schlechten seelischen Verfassung war. Er saß den ganzen Tag in einem Sessel und grübelte vor sich hin. Seine Angst war mit Händen zu greifen. Er fürchtete, dass man ihn abholte, weil er nicht zur Arbeit erschienen war. Carla redete die ganze Zeit auf ihn ein.

»Du kannst nicht arbeiten, und hier bist du in Sicherheit. Niemand weiß, wo du bist.«

»Was spielt das für eine Rolle, dann holen sie mich eben, wenn ich wieder gesund bin und zur Arbeit gehe.«

Carla legte die Watte auf den Tisch und schraubte das Jodfläschchen zu.

»Ach, Kurt, du kannst nicht mehr in die Fabrik. Wir haben gestern darüber gesprochen, dass wir eine andere Lösung finden müssen.«

»*Wir* haben überhaupt nicht darüber gesprochen, sondern du hast mit diesem Blinden geredet, als wäre ich ein kleines Kind, um das man sich kümmern muss.«

Charly mischte sich ein und versuchte, die Stimmung aufzuheitern.

»Genau das bist du ja auch, großer Bruder.«

Weidt kam herein, geführt von einer jungen Frau. Er war sichtlich erregt.

»Ihr glaubt es nicht, sie haben fast alle Männer, die in der Rosenstraße inhaftiert waren, freigelassen. Ein paar fehlen noch, aber die kommen angeblich auch raus. Nur zwanzig Männer sind in den Osten gebracht worden.«

Kurt stöhnte auf.

»Wir können unserem Schicksal eben nicht entgehen.«

Weidt drehte sich ruckartig zu ihm um.

»Was heißt hier Schicksal. Sie sind ein junger Mann, Sie leben, und Sie haben Menschen um sich herum, die einiges riskieren, um Ihnen zu helfen. Hören Sie endlich mit der Rumheulerei auf.«

Kurt war so überrascht, dass er nichts erwiderte. Carla war während Weidts Wutausbruch zusammengezuckt. Sie hatte Angst um ihren Mann. Er war dermaßen niedergeschlagen, dass sie befürchtete, er könne sich etwas antun. Es war ein offenes Geheimnis, dass sich in den letzten Monaten Hunderte von Juden das Leben genommen hatten. Sie durften Kurt nicht in die Enge treiben. Am liebsten hätte sie jetzt von etwas anderem gesprochen, aber Weidt wandte sich an sie.

»Haben Sie gestern noch etwas wegen der Papiere erreicht, Carla?«

»Ich weiß nicht. Heute Abend erfahre ich mehr. Ich hoffe aber ...«

Charlotte hob neugierig den Kopf.

»Welche Papiere? Für Kurt, damit er sich nicht verstecken muss?«

Carla hatte ein schlechtes Gewissen, weil Charly schon so lange in Weidts Versteck ausharrte, ohne dass jemand versucht hatte, ihre Situation zu verbessern. Ehe sie antwortete, fragte Charly:

»Wo willst du die Papiere herbekommen.«

Carla entschied sich für eine sachliche Antwort.

»Es ist für uns alle besser, wenn du nicht zu viel weißt.«

»Ist ja auch egal. Aber könnte der Mensch, der Papiere fälschen oder echte Papiere besorgen kann ... könnte dieser freundliche Mensch das nicht auch für mich tun?«

Otto Weidt spürte Carlas Gewissensbisse und mischte sich ein.

»Du bist hier im Moment in Sicherheit, Charlotte. Erst versuchen wir, Papiere für deinen Bruder zu organisieren. Wenn das geklappt hat, bist du an der Reihe. Und nach dir noch viele andere, hoffe ich.«

Einundvierzig

Auf dem Weg vom Auto zum OSRAM-Verwaltungsgebäude war Rösen immer noch beleidigt, weil Daut seiner Marschroute nicht folgen wollte.

»Das hier überlasse ich jetzt erst mal dir, Axel. Ist deine Idee, nicht meine. Auch wenn sie sich logisch anhört, bin ich immer noch der Meinung, wir hätten besser im warmen Büro sitzen bleiben sollen und auf den Anruf der Techniker warten.«

Daut sagte nichts.

August Quint teilte sich das Büro mit drei anderen Angestellten. Kaum hatten sie den Raum betreten, wandte sich Daut an Quints Kollegen.

»Sie haben jetzt Pause.«

Als sie sitzen blieben und keine Anstalten machten, drehte er sich zu Rösen um.

»Hauptsturmführer!«

Rösen nickte nur und zeigte mit dem Finger zur Tür.

Die Nennung von Rösens SS-Dienstgrad zeigte bei Quint allerdings keine Wirkung. Vermutlich wusste er, dass jeder Polizist in der SS mit einem seinem Polizeirang entsprechenden Dienstrang geführt wurde. Daut zog sich einen Stuhl heran, setzte sich verkehrt herum darauf, verschränkte die Arme auf der Lehne und sah Quint an.

»Wie geht es Ihrer Tochter? Hat sie sich schon an die Ehe gewöhnt?«

»Was soll diese Schmierenkomödie? Hat es Ihnen noch nicht gereicht, die Hochzeitsfeier zu stören? Sind Sie immer noch auf der Suche nach dem Mörder von diesem Judenflittchen? Keine Glanzleistung, meine Herren, wahrlich keine Glanzleistung.«

Daut rührte sich nicht, sondern ließ seinen Blick weiterhin starr auf den Buchhalter gerichtet.

»Nun, Herr Quint, ich denke, dass wir unseren Vorgesetzten noch heute die Festnahme des Mörders melden werden.«

Jegliche Farbe verschwand aus Quints Gesicht, was Daut zu einem kaum wahrnehmbaren Lächeln verführte.

»Kommen wir noch mal zur Hochzeit Ihrer Tochter. Das war ja eine große Feier.«

Quint hat sich wieder gefangen und antwortete wie aus der Pistole geschossen.

»Ich habe nur eine Tochter, und sie heiratet einen Mann aus angesehenem Hause.«

»Ja, das lässt man sich gerne etwas kosten, nicht wahr? Wie mir der Geschäftsführer des Löwenbräu gestern erzählte, sind Sie für alle Kosten aufgekommen, haben sogar eine beträchtliche Anzahlung im Voraus geleistet. Wo kann man denn Zwanzig-Goldmark-Stücke heutzutage am besten zu Bargeld machen?«

Das saß. Daut registrierte zufrieden, dass Quint krampfhaft versuchte, sich nichts anmerken zu lassen. Sein rechtes Auge blinzelte kurz, dann blickte er zur Decke. Er konzentriert sich, dachte Daut.

»Ich habe keine Ahnung, Herr Wachtmeister. Bei der Sparkasse vielleicht?«

»Herr Quint, Sie enttäuschen mich. Es ist doch nun wirklich nicht wahrscheinlich, dass Sie mit den Goldmarkstücken, die Martha Grahn Ihnen zur Aufbewahrung gegeben hat, zur Bank gegangen sind. Viel zu gefährlich. Wer weiß, wie so ein kleiner Sparkassenangestellter reagiert, wenn er in diesen Zeiten plötzlich Goldmünzen in der Hand hält. Da ruft er doch vielleicht zur Sicherheit den Herrn Direktor, und der ... nein, das Risiko sind Sie nicht eingegangen, Herr Quint, dazu sind Sie viel zu schlau. Sie haben die Münzen bei irgendeinem Hinterhofhehler schwarz getauscht.«

Daut sah, dass er einen Wirkungstreffer gelandet hatte. Quint taumelte regelrecht, aber fiel noch nicht.

»Ich weiß nicht, was das alles soll. Ich habe die Hochzeit meiner Tochter aus meinen Ersparnissen bezahlt. Ich leiste mir ja sonst nichts, im Gegenteil, ich lebe überaus bescheiden und zurückgezogen seit dem Tod meiner Frau.«

Daut sprang vom Stuhl auf und beugte sich über den Schreibtisch. Sein Gesicht war höchstens vierzig Zentimeter von Quints entfernt.

»Sie leugnen also, Martha Grahn und ihre Tochter getötet zu haben, als die Jüdin die Wertsachen zurückforderte, die sie Ihnen zur Aufbewahrung gegeben hatte?«

Für einen Moment dachte Daut, Quint würde gestehen. Er hatte sich getäuscht.

»Schämen Sie sich, so mit mir zu reden! Ich werde Ihrem Vorgesetzten Meldung machen, und Ihrem auch, Herr Kommissar. Und dem Gauleiter persönlich werde ich schreiben.«

Daut hatte sich keinen Zentimeter zurückgezogen und erhob jetzt deutlich die Stimme.

»Oh ja, schreiben Sie Herrn Doktor Goebbels, dass Sie monatelang eine Liaison mit einer Jüdin hatten, mit ihr das

Bett geteilt haben. Wir jedenfalls werden unsere Vorgesetzten von unserem Verdacht in Kenntnis setzen und sie um die Genehmigung zur Durchsuchung Ihrer Wohnung bitten.«

Daut drehte sich langsam um, gab Rösen ein Zeichen, und sie gingen zur Tür. Bevor sie den Raum verließen, sah er noch einmal zurück.

»Auf Wiedersehen, Herr Zellenleiter Quint.«

Als sie das Gebäude verlassen hatten und zum Wagen gingen, sagte Rösen leicht irritiert:

»Was sollte dieser Quatsch mit der Genehmigung der Hausdurchsuchung. Wir können doch einfach reingehen.«

»Und wenn wir nichts finden?«

»Ich denke, du bist dir so sicher, Axel.«

»Schon, aber du weißt doch, man muss sich immer eine Hintertür offenhalten. Sollten wir nichts von dem Schmuck entdecken und auch keine Blutspuren, haben wir vermutlich ein Problem am Hals. Wenn er unschuldig ist, wird Quint sich über uns beschweren - und zwar ganz oben bei der Partei. Bis jetzt haben wir ihn ja nur freundlich befragt.«

Sie hatten das Auto erreicht, und Rösen öffnete die Tür.

»Weiter sind wir dank deiner grandiosen Taktik jetzt aber auch noch nicht, Axel.«

»Das werden wir sehen. Auf jeden Fall hast du vermutlich heute Nachtschicht.«

Rösen schaut ihn fragend an.

»Na ja, ich übernehme die Observation von Quints Haus bis heute Nachmittag, sagen wir fünf Uhr. Dann löst du mich ab.«

»Das haben sich der Herr Wachtmeister ja schön ausgedacht. Geht die Einteilung nicht nach Dienstgrad, Ranghöhere zuerst?«

»Tut mir leid, Ernst, aber ich habe heute Abend eine Verabredung.«

»Mit einer Dame?«

»Ja, mit einer Dame. Aber frag gar nicht erst, wer sie ist. Du würdest mir eh nicht glauben.«

Zehn Minuten fuhren sie schweigend über fast leere Straßen, ehe Daut sich traute.

»Ich muss dich etwas fragen, Ernst. Es wird dir komisch vorkommen, aber es ist wichtig.«

Rösen schaute neugierig zur Seite.

»Nur zu.«

»Angenommen, jemand wollte sich eine neue Identität beschaffen, wie müsste er das am geschicktesten anstellen?«

Rösen pfiff leise durch die Zähne.

»Was hast du jetzt angestellt, Axel? Ist es wirklich so schlimm?«

»Quatsch. Es ist eine rein theoretische Frage.«

Rösen ließ sich Zeit mit der Antwort.

»Gut, dann mal rein hypothetisch. Es dürfte schwierig sein. Man müsste an Blankoausweise kommen, wenn man dann noch einen gutgläubigen Beamten in einer Meldestelle findet, der seinen Stempel und seine Unterschrift auf das Dokument setzt ...«

»Kennst du so jemanden?«

»Du hast doch ein Problem! Mensch, Axel, das muss man doch anders lösen können.«

»Glaub mir, Ernst, es geht nicht um mich. Aber es ist wichtig.«

Rösen lachte auf.

»Es geht doch nicht um deine kleine Schauspielerfreundin?«

Als Daut nicht reagierte, fügte Rösen hinzu:

»Na ja, mir soll das ja auch egal sein. Eine Idee hätte ich schon.«

Zweiundvierzig

Carla hatte den Vormittag mit Kurt und seiner Schwester in Charlottes Versteck in der Blindenwerkstatt zugebracht. Sie hatten versucht, Kurt ein wenig aufzumuntern, allerdings ohne Erfolg. Er versank mehr und mehr in Melancholie. Die Vorstellung, viele Jahre in einem Versteck verbringen zu müssen, ohne das Ende dieser selbst gewählten Haft vorhersehen zu können, machte ihm Angst. Mehrmals sprach er davon, in dem Fall lieber seinem Leben ein Ende zu setzen. Bei jedem unbekannten Geräusch fürchtete er, dass die Gestapo vor der Tür stünde, um ihn abzuholen und in ein Lager zu bringen. Es half auch nichts, dass Charlotte fröhlich von ihrem Lesemarathon erzählte, denn Otto Weidt besorgte ihr jedes gewünschte Buch.

»Weißt du was, Kurt, wenn ich hier wieder raus darf, habe ich mehr Bücher gelesen als der Rabbi Hohenstein.«

Kurt lächelte seine Schwester eine Sekunde an, verfiel aber augenblicklich erneut in seine Grübelei.

Carla war froh, als Otto Weidt sie bat, ihn bei einem Spaziergang zu begleiten. Es war ungewohnt, den älteren Mann, der für sie eine Respektsperson darstellte, zu führen. Trotzdem genoss sie es, der Werkstatt zu entkommen, zumal seit Tagen zum ersten Mal die Sonne schien und ein Hauch von Frühling in der Luft lag. Sie gingen über den Hackeschen Markt zum Park von Schloss Monbijou. Das Gebäude machte einen abweisenden, grauen Eindruck. Die Schätze, die es einst beherbergt hatte - Gemälde, Porzellan, Schmuck und Mobiliar - waren längst fortgeschafft worden. Die Fenster des einst prachtvollen Schlosses waren zugemauert, damit die Detonationen der Bomben nicht allzu große Schäden anrichten konnten. Auch der Park wirkte trist ohne Flaneure und Menschen, die sich auf den Bänken ausruhten oder miteinander plauderten. Otto Weidt riss Carla aus ihren Gedanken.

»Was für ein schöner Ort das einmal war. Wissen Sie, was Monbijou heißt?«

Carla verneinte.

»Mein Schmuckstück«, sagte Weidt, und es klang wie eine Liebeserklärung.

»Ob es jemals wieder so sein wird, was meinen Sie?«

Weidt ließ sich Zeit mit der Antwort.

»Mit Sicherheit kann das heute niemand sagen. Ich glaube aber, dass wir nur eine Chance haben, wenn wir die Menschlichkeit in dieser Stadt und in diesem Land nicht endgültig vor die Hunde gehen lassen. Deshalb bin ich so glücklich über jeden, der das genauso sieht.«

Sie spazierten langsam über den Rasen, das gefrorene Laub knackte unter ihren Füßen. Am liebsten wäre Carla einfach so weitergegangen. Schweigend, alle Sinne nur auf die Sonne und die Geräusche am Boden konzentriert. Die Welt einfach ausblenden und nur in diesem Augenblick und an diesem verwunschenen Ort sein. Weidt aber brachte sie in die Wirklichkeit zurück.

»Ich habe mich bei ein paar Leuten erkundigt, wie man sich am besten eine neue Identität besorgt und einen wertvollen Tipp bekommen. Sag deinem Polizisten, er soll sich um Bombenscheine kümmern.«

Carla blieb abrupt stehen und sah ihn fragend an.

»Er wird wissen, was zu tun ist.«

Dreiundvierzig

Daut traute seinen Augen nicht, als das schwarz glänzende Auto vor dem Haus hielt. Ein livrierter Chauffeur riss die hintere Tür auf und salutierte, als er einstieg. Dabei musterte er ihn mit kritischem Blick von oben bis unten. Zum Glück hatte Bertha Engelmann Daut gesehen, als er, mit seinem dunklen Anzug bekleidet, ins Bad ging. Das gute Stück schlackerte um seinen Körper wie das Leichenhemd um ein Skelett. Seine Zimmerwirtin war entsetzt.

»Wie sehen Sie denn aus? So können Sie doch unmöglich zu einer Verabredung mit der Leander gehen.«

»Ich habe keine Verabredung mit der Leander, ich bin lediglich zu einer Galaveranstaltung eingeladen.«

»Papperlapapp. Zarah Leander hat Ihnen eine Karte geschickt, das zählt.«

Während er ins Bad ging, um sich zu rasieren, verschwand sie im Zimmer ihres Sohnes, das er sie nie zuvor hatte betreten sehen. Als er fertig war, stand sie mit zwei Anzügen, einigen Hemden und Krawatten über dem Arm im Flur.

»Sie haben die gleiche Figur wie mein Winfried. Probieren Sie erst einmal den hier, der müsste passen.«

Daut zog den Smoking an, und er saß perfekt. Bertha klatschte in die Hände.

»Fehlen nur noch Zylinder und Schal, und der Herr macht eine gute Figur.«

Sie polierte ihm noch die Schuhe, während er einen zum Anzug passenden Handschuh aussuchte. Und so saß er angemessen gekleidet in diesem Luxuswagen, neben sich die schönste Frau, der er seit Langem begegnet war – ein Eindruck, der durch den Kontrast zum Aussehen der meisten Frauen in diesen Zeiten verstärkt wurde. Eleganz gab es nur noch auf der Leinwand - und jetzt in dieser Limousine. Carla trug ein bodenlanges, rückenfreies Abendkleid aus einem fließenden, weißen Stoff. Hinten war es geknöpft, und es saß so eng am Körper, dass Daut Carlas weibliche Rundungen nicht übersehen konnte. Auch ihre Frisur war außergewöhnlich, bis auf ein paar freche Strähnen vorne und ein paar vorwitzigen Locken, die in den Nacken fielen, waren die Haare streng hochgekämmt. Das passte perfekt zu ihrem länglichen Gesicht mit den ausgeprägten Wangenknochen. Sie war dezent geschminkt und hatte auf Schmuck verzichtet. Eleganz gepaart mit Schlichtheit. Carla bemerkte Dauts bewundernde Blicke.

»Alles nur geliehen. Aber dein Anzug ...«

Daut lachte los.

»Genauso geborgt.«

Er genoss die Fahrt. Die Stahltüren des Autos schlossen die Wirklichkeit aus. Er fühlte sich wie in einem sicheren, warmen Kokon. Nur einen Moment dachte er an Rösen, der jetzt in einem weit weniger luxuriösen Gefährt in Weißensee vor dem Haus von Quint saß. Als Daut ihn nachmittags abgelöst hatte, berichtete Rösen vom Ergebnis der kriminaltechnischen Untersuchung des Grahnschen Kellers. Nicht einen Spritzer menschlichen Blutes hatten sie gefunden. Und auch sonst keine Spur. Blieb nur zu hoffen, dass Daut recht hatte, sonst stünden sie morgen mit leeren Händen da und konnten von vorne anfangen.

Limousine auf Limousine fuhr am Eingang der Ausstellungshallen am Zoo vor. Ein Page öffnete die Wagentür, und ein weiterer geleitete sie an Zarah Leanders Tisch. Die Diva hatte ihre Haare zu einem kunstvollen Gebilde hochgesteckt. Ihr Kleid war wie Carlas gerade geschnitten, aber am Rücken noch tiefer ausgeschnitten. Als sie Carla und Daut kommen sah, schenkte sie ihnen jenes Lächeln, das eine große Kinoleinwand zum Leuchten bringen konnte. Eine weiße Pelzstola glitt von ihren Schultern, als sie Daut die Hand zum Kuss reichte. Wann hatte er das letzte Mal einer Frau die Hand geküsst? Hatte er es überhaupt schon einmal gemacht? Er hoffte, sich nicht allzu ungeschickt angestellt zu haben. Zarah schien zufrieden, und er versank fast in den Augen, die Millionen Männer in den Kinosälen Europas anschmachteten. Sie drehte sich zu den anderen Gästen am Tisch um.

»Darf ich Ihnen meine Freunde vorstellen.«

Erst jetzt sah Daut, mit wem er diesen Abend verbringen würde. Michael Jary kannte er ja bereits, dazu kamen Hans Albers und Ilse Werner. Sie musterten ihn ungeniert, bis Albers eine Karaffe Rotwein nahm und Dauts Glas füllte.

»Sie sehen verfroren aus, da ist ein kräftiger Bordeaux genau das Richtige.«

Daut fühlte sich, als wäre er in die Szene eines Films hineingestolpert. Alles war unwirklich. Der festlich geschmückte Saal, die glanzvoll mit wertvollem Porzellan und Kristall gedeckten Tische, die elegant gekleideten Menschen, deren Stimmen er bestens kannte, obwohl er ihnen nie begegnet war.

Die Künstler am Tisch hatten inzwischen das Interesse an ihm verloren und plauderten launig über die bevorstehenden Filmpremieren. »Münchhausen« mit Hans Albers und Ilse Werner wurde noch am späten Abend uraufgeführt, Zarah Leanders »Damals« sollte morgen folgen. Albers' unverkennbare Stimme dröhnte:

»Ich kann nicht verstehen, Zarah, dass sie dich immer noch in Schwarzweiß versauern lassen. Dem Farbfilm gehört die Zukunft, du solltest beim nächsten Mal darauf bestehen.«

»Beim nächsten Mal ...« Zarah flüsterte die Antwort nur, und Albers ging darüber hinweg.

»Du wirst sehen, ›Münchhausen‹ hat mehr Zuschauer als dein neues Werk. Will doch jeder sehen, wie der Albers auf einer Kanonenkugel durch die Luft fliegt. Und das auch noch in Cinemascope und in Farbe.«

Sein donnerndes Lachen ließ fast den Tisch beben.

Während sie plauderten, trugen livrierte Kellner ständig neue Speisen und Getränke auf. Daut probierte von allem nur winzige Häppchen, die irreale Situation verdarb ihm den Appetit.

»Essen Sie, so etwas Gutes bekommen Sie nicht so schnell wieder.«

Wieder jagte ihm der Blick der Leander Schauer über den Rücken. Daut nahm einen Schluck Wein.

»Wie geht es Ihnen nach dem Brand, Zarah?«

Sie beugte sich zu ihm und flüsterte:

»Sie sind immer noch mein Held. Es geht mir gut, ich bin bei einem Freund untergekommen. Und übermorgen bin ich wieder daheim.«

Daut brauchte einen Moment, um zu begreifen, dass »daheim« Schweden bedeutete. Zarah rückte noch näher an ihn heran.

»Haben Sie etwas für Carlas Freund in die Wege leiten können?«

»Ich habe eine Idee.«

»Kann ich etwas dazutun?«

Daut schüttelte den Kopf. Zarah war ihm so nah, dass ihn der Duft ihre Parfüms fast betäubte. Er schloss für eine Sekunde die Augen und sog ihn auf. Und dann wieder diese Stimme.

»Gefällt Ihnen mein Parfüm?«

»Es ist wunderbar.«

Ein Kellner zerstörte den Zauber dieses Augenblicks mit der Frage, ob er das Dessert servieren dürfe. Am Tisch wurde weiter über Filme, Musik und andere Belanglosigkeiten parliert. Daut versuchte, den Bonmots und Pointen zu folgen, so gut es ging, und bemerkte nicht, wer hinter ihm an den Tisch getreten war.

»Na, hier sind ja die Richtigen versammelt.«

Daut zuckte zusammen. Die rheinisch eingefärbte Stimme des Propagandaministers kannte jeder in Deutschland.

»Ich hoffe, es kommen mir keine defätistischen Reden zu Ohren.«

Albers dröhnte irgendetwas zurück, das Daut nicht verstand. Als Goebbels davongehinkt war, sagte der Mime: »Ich fürchtete schon, der Abend wäre gelaufen.«

Es war das erste Mal, dass seine Stimme einen ernsten Unterton hatte.

Nachdem das Dessert abgetragen war, spielte ein Tanzorchester auf. Daut tanzte nacheinander mit Ilse Werner, Zarah Leander und anderen wunderschönen Frauen, die er schon einmal gesehen zu haben glaubte, ohne sich an Ort und Zeit erinnern zu können. Der Abend war und blieb ein Märchen.

Es war kurz vor Mitternacht, als er Carla zum dritten Mal aufforderte. Sie war eine exzellente Tänzerin, und sie drehten sich beschwingt im Kreis. Als das Stück zu Ende war, bat Carla Daut, sie an die frische Luft zu begleiten. Sie gingen ein paar Schritte durch einen ummauerten Innenhof.

»Hast du über meine Bitte nachgedacht, Axel?«

Sie hakte sich bei Daut ein und schaute ihn aus müden Augen an.

»Ja, das habe ich.«

Carlas Augen flehten derart, dass er sofort hinzusetzte: »Ich werde mich um euer Problem kümmern.«

»Weidt hat mir einen Tipp gegeben. Ich solle dir sagen, Bombenscheine wären eine Möglichkeit. Du wüsstest dann schon Bescheid.«

Daut sah zur Seite, damit Carla seine Ratlosigkeit nicht bemerkte.

Sie gingen zurück in den Saal, wo die Gäste im Aufbruch begriffen waren. Die Premiere von »Münchhausen« stand an, und die Gesellschaft zog in den Kinosaal um. Daut entschuldigte sich bei Albers, er müsse sich um einen Mordfall kümmern. Der Schauspieler zuckte mit den Achseln, versprach aber bereits leicht lallend, Daut Kinokarten zu schicken. Zarah hielt Daut zum Abschied die Wange für einen

Kuss hin. Ihre präsente Körperlichkeit raubte ihm fast die Sinne, aber es gelang ihm, den Kuss schicklich über ihre Schulter zu hauchen, sodass sich ihre Wangen nur leicht berührten.

Carla brachte ihn zum Eingangsportal, wo ein Page nach einer Droschke rief.

»Es bleibt dabei?«

Daut nickte und schloss dabei für einen Moment die Augen.

»Wir sehen uns morgen bei Weidt.«

Freitag, 5. März 1943

Vierundvierzig

Daut wies den Droschkenkutscher an, ihn zur Wohnung von Quint zu fahren. Während der Fahrt versuchte er, die Erlebnisse dieses Abends zu ordnen, aber es gelang ihm nicht. Seine linke Wange brannte, als wäre er einer Kerze zu nahe gekommen.

Er ließ den Fahrer ein paar Straßen vor der Quintschen Wohnung anhalten und ging den Rest des Weges zu Fuß. Die klare, kalte Luft tat ihm gut.

Rösen traute seinen Augen nicht, als Daut im feinen Zwirn in den alten P 4 stieg.

»Der Herr Wachtmeister haben sich aber fein herausgeputzt heute.«

Er lachte und fächelte sich Luft zu.

»Und der Alkohol passt zur Kleidung der Herrschaften. Feinste Vorkriegsware, würde ich mal sagen.«

»Lass mal gut sein, Ernst. Erzähl mir lieber, was sich hier getan hat.«

Rösen berichtete im Telegrammstil. Quint war gegen sechs Uhr von der Arbeit nach Hause gekommen. Um sieben war er einmal ums Karree gelaufen, wobei er sich verdächtig oft umgesehen hatte. Es schien Rösen, als wollte er überprüfen, ob ihm jemand folgte. Er rauchte außerdem eine Zigarette nach der anderen. Seit acht Uhr hockte er in der Wohnung, und jetzt war es gleich ein Uhr. Ins Bett gegangen war Quint aber anscheinend noch nicht, denn in der Wohnung brannte Licht, man sah einen schwachen Schein durch ein Loch im Verdunkelungsrollo.

Die Polizisten starrten in die Nacht hinaus. Rösen startete einen neuen Versuch, Daut auszufragen, was das für eine Feier gewesen sei, für die er sich derart als feiner Pinkel herausputzen musste. Als Daut keine Anstalten machte, darauf einzugehen, wechselte er das Thema.

»Nun gut, wenn ich dir dazu nichts entlocke, reden wir halt noch einmal über dein plötzliches Interesse an falschen Papieren.«

Daut reagierte barsch.

»Ich habe kein Interesse an falschen Papieren.«

»Wem auch immer du helfen willst, Axel, sei vorsichtig. Du stehst zwar nicht mehr so im Fokus wie noch vor einem Jahr, als ich dich schon in einem Lager verschwinden sah. Hast nach dem Kitty-Fall verdammt viel Schwein gehabt, und vor allem nach den Eskapaden deiner Frau.«

»Hör auf, Ernst, das waren keine Eskapaden, und das weißt du genau. Luise ist da in etwas reingeraten, das sie nicht überblicken konnte. Sie ist halt ein herzensguter Mensch, und wenn sie irgendwo Ungerechtigkeit wittert, ist sie zur Stelle wie ein Muttertier.«

Rösen antwortete beschwichtigend.

»Hast ja recht, Axel. Ich wünschte mir manchmal, wir wären so wie Luise, eben nicht so abgestumpft.«

Daut richtete sich ruckartig auf und deutete nach draußen.

»Da. Er kommt raus.«

Quint trug eine abgewetzte Aktentasche unter dem Arm. Daut und Rösen stiegen aus dem Auto und folgten ihm in sicherem Abstand. Quint lief die Rennbahnstraße hinunter Richtung Weißer See, bog dann aber rechts in die Schönstraße ein. Daut dachte erst, er wollte zum Friedhof. Er verwarf den Gedanken gleich wieder. Wer besuchte schon mitten in der Nacht das Grab seiner Frau, und natürlich passierte Quint den Friedhofseingang und bog rechts in die nächste Straße ein.

Rösen erkannte es als Erster.

»Er will in die Laubenkolonie.«

Sie ließen sich etwas weiter zurückfallen. Quint bog zielsicher zwei Mal ab und betrat eine Laube.

Daut und Rösen zögerten nicht. Sobald er die Tür des Gartenhauses hinter sich geschlossen hatte, betraten sie das Grundstück und bezogen links und rechts des Eingangs Position.

»Aufmachen!«, brüllte Rösen.

Daut konzentrierte sich auf die Geräusche aus der Laube. Es hörte sich an, als würde ein Fenster geöffnet.

»Er will hinten raus türmen.«

Daut sprintete um das Häuschen. Er kam genau in dem Moment auf der Rückseite an, als Quint aus dem Fenster sprang. Er richtete sich auf und blickte Daut an. Für eine Sekunde erstarrte er, als sei dieser Wachtmeister im Smoking eine Fata Morgana. Daut nutzte diesen Augenblick der Überraschung und versetzte ihm mit der Prothese einen Schlag gegen die Schläfe. Quint sackte bewusstlos zusammen.

Rösen schaute durch das Fenster und grinste.

»Ah, Old Woodhand hat wieder zugeschlagen.«

Daut hielt lachend die Tasche hoch. »Was habe ich gesagt. »Folge der Spur des Geldes.«

Fünfundvierzig

In Rudats Büro hatte sich in den fast zwei Jahren, seit Daut es nicht mehr betreten hatte, nichts geändert. Nur der Obersturmbannführer hatte deutlich an Gewicht zugelegt. Er schnaufte schon von den paar Metern von der Tür bis zum Schreibtisch und ließ sich mit einem Stöhnen in den schweren Sessel fallen.

»Ich habe gehört, dass es heute eine Verhaftung gab in der Mordsache Grahn, Martha.«

Rösen antwortete schneidig.

»Jawohl, Herr Kriminalrat« - wann immer es möglich war, vermied er es, Rudat mit seinem SS-Rang anzusprechen - »der Kollege Daut und ich ...«

Rudat fuhr bärbeißig dazwischen.

»Kollege! Was soll das heißen. Ich hätte nicht gedacht, dass Sie mir noch mal in diesem Büro gegenüberstehen, Daut. Aber Ihr Freund Rösen vergeht ja vor Sentimentalität, und wir haben tatsächlich zu wenig Personal. Nach diesem Gespräch hier melden Sie sich aber sofort auf Ihrem Revier. Ich will Sie hier nicht mehr sehen. Ab jetzt laufen Sie sich wieder Plattfüße auf den Straßen unserer schönen Reichshauptstadt.«

Daut nickte nur schweigend, und Rudat forderte Rösen deutlich freundlicher auf, den Ablauf der Verhaftung zusammenzufassen.

»Wie ich schon sagte, hatte der Kollege Daut den Verdacht, August Quint könnte etwas mit der Tat zu tun haben. Er brauchte Geld für die kostspielige Hochzeit seiner Tochter, was ein hinreichendes Motiv für die Tat war. Deswegen haben wir den Verdächtigen observiert. Tatsächlich versuchte er in der Nacht, die der Grahn gestohlenen Wertgegenstände in einer Laube zu verstecken. Es handelt sich um einige Schmuckstücke und zwei Zwanzig-Reichsmark-Goldmünzen. Den Schmuck hat der Ehemann des Opfers, Werner Grahn, inzwischen identifiziert.«

Rösen wartete einen Moment, ob Rudat weitere Fragen hatte, und setzte, als dieser nur zustimmend nickte, hinzu:

»Quint ist im Moment nicht vernehmungsfähig, weil der Kollege Daut ihn bei einem Fluchtversuch niedergestreckt hat.«

Rudat öffnete die Zigarrenkiste auf seinem Schreibtisch und entnahm eine Brasil, die er zwischen den Fingern rollte.

»Gute Arbeit, Rösen. Holen Sie ein Geständnis aus dem Mann raus, dann führen wir ihn dem Staatsanwalt zu, und in spätestens einer Woche wartet der Henker auf ihn.«

»Da gibt es nur ein Problem, Herr Kriminalrat. Das Opfer war Jüdin, und Quint ist verdienter Parteigenosse und Zellenleiter. Angeblich kennt er den Gauleiter persönlich.«

»Also Goebbels«, ergänzte Daut.

»Ich weiß, wer Gauleiter der Reichshauptstadt ist, Sie Simpel.«

Rudat sprang auf ging im Raum auf und ab, dabei die Zigarre paffend.

»In diesem Fall müssen wir uns Rückendeckung in der Albrechtstraße holen. Ich kümmere mich drum. Warten Sie erst mal ab, Rösen. Sie hören von mir.«

Sechsundvierzig

Als Daut um vier Uhr nachmittags das Polizeirevier betrat, hatte er das Gefühl, im Stehen einschlafen zu können. Die unwirkliche Ballnacht, die Observation und Verhaftung von Quint und nicht zuletzt die Konfrontation mit Rudat hatten ihn mürbe gemacht. Die sechs Stunden Streifengang mit Gisch waren da nur noch das Tüpfelchen auf dem I gewesen. Er fühlte sich völlig ausgelaugt und sehnte sich nur noch nach seinem Bett.

Als Gisch und er die wenigen Vorkommnisse ihrer Schicht in das Revierbuch eintrugen, betrat der Revierhauptmann den Raum. Er würdigte seine Beamten keines Blickes, sondern blätterte in einer dicken Akte.

Daut überlegte. Vielleicht kam so eine Gelegenheit nie wieder. Er bemühte sich, es so gelassen und nebensächlich wie möglich klingen zu lassen, als er von Grätz ansprach.

»Herr Revierhautpmann, ich habe da eine Frage.«

Von Grätz schaute nicht von seiner Akte auf.

»Schießen Sie los.«

»Entfernte Verwandte von mir hat es Montagnacht erwischt. Ihr Haus ist komplett ausgebombt, sie konnten nur ein paar Möbelstücke aus der Ruine bergen. Alles andere ist weg, einfach futsch. Auch alle Papiere sind verbrannt. Was macht man eigentlich in so einem Fall?«

Von Grätz schaute kurz von seiner Lektüre auf.

»Mann, Daut, das sollte Sie als Wachtmeister eigentlich wissen. Schicken Sie Ihre Leute zum für ihren Wohnort zuständigen Polizeirevier. Da lassen sie sich einen Bombenschein ausstellen, und mit dem gehen sie zur Meldestelle. Da wird man ihnen neue Papiere geben.«

Das Telefon klingelte, und von Grätz meldete sich. Das Gespräch war kurz.

»Sie scheinen ja immer noch gute Freunde bei den Kriminalen zu haben, Daut. Das war wieder dieser Rösen. Sie sollen sofort zum Alex kommen.«

Daut atmete tief durch und ging zur Tür. Bevor er sie von außen schloss, rief der Revierhauptmann hinter ihm her.

»Aber nicht, dass Sie glauben, Sie hätten morgen frei. Frühschicht. Antreten um sechs, damit das klar ist.«

Siebenundvierzig

Als Daut Rösens Büro betrat, saß Rudat auf dem einzigen Besucherstuhl, also blieb er stehen.

»So schnell sieht man sich wieder.«

Rudat hatte ein seltsames Grinsen im Gesicht, das Daut nicht deuten konnte. Auf jeden Fall verursachte es ihm ein Ziehen in der Magengrube. Irgendetwas lief hier, von dem er keine Ahnung hatte.

Rudat lehnte sich auf seinem Stuhl zurück und fixierte Daut über die Schulter.

»Um auch Sie in Kenntnis zu setzen: Ich hatte heute Mittag ein längeres Gespräch mit Kriminaldirektor Prause von der Gestapo. Ich habe ihm von unserem Dilemma erzählt, das in seinen Augen gar keins ist.«

Rudat machte eine Pause, als wolle er die Wirkung der folgenden Worte erhöhen.

»Ein Mord ist ein Mord.«

Wieder eine Kunstpause.

»Das ist nicht nur meine Meinung, sondern selbstverständlich auch die des Kollegen Prause. Die Tatsache, dass es sich bei dem Opfer um eine Jüdin handelt, spielt dabei nicht die geringste Rolle. Der Mörder muss seiner gerechten Strafe zugeführt werden. Schon wegen der Abschreckung.«

Rudat erhob sich ächzend aus dem Stuhl und drehte sich zu Daut um.

»Also, Daut, das ist jetzt Ihre Sache. Da können Sie mal beweisen, dass Sie noch nichts verlernt haben. Nehmen Sie sich diesen Quint vor und holen Sie ein Geständnis aus ihm raus.«

An der Tür blieb er noch einmal stehen.

»Das ist ein Befehl, Daut.«

Daut wartete, bis der Kriminalrat die Tür geschlossen hatte, ehe er sich setzte und Rösen fragend ansah.

»Was soll das, Ernst? Ist Rudat jetzt völlig übergeschnappt?«

Rösen schob Daut eine Schachtel Zigaretten zu.

»Nicht mehr als früher. Er traut dem Braten nur noch nicht. Was nützt ihm die Aussage irgendeines Kollegen von den Geheimen, mag er auch noch so ein hohes Tier sein. Angenommen, wir bekommen Quints Geständnis und klagen ihn an. Wer garantiert uns, dass nicht einer von den ganz hohen Herren ausrastet, weil wir einen angesehenen Bürger, ein Mitglied der Partei, der dort Tag für Tag seine Pflicht als Zellenleiter tut, wegen des Mordes an einem jüdischen Flittchen vor Gericht bringen? Am Schluss wären wir die Dummen.«

Daut zündete sich eine Nil an.

»Ich wäre der Dumme, wolltest du wohl sagen.«

»Deshalb hat Rudat dich kommen lassen, und deshalb vernimmst du Quint auf seinen Befehl auch alleine. Auf die Abteilung des Kriminalrats Rudat soll kein Schatten fallen.«

Für eine Minute rauchten sie schweigend, ehe Daut das Gespräch wieder aufnahm.

»Eigenartig ist es schon, oder?«

»Was meinst du?«

»Na ja, da werden die Juden zusammengetrieben und in den Osten verschleppt. Was dort mit ihnen passiert ... Es gibt Leute, die erzählen schreckliche Dinge. Und jetzt sollen wir einen ansonsten rechtschaffenen deutschen Mann dafür an den Strang bringen, dass er in gewisser Weise den SS-Greifkommandos zuvorgekommen ist.«

Rösen blickte auf die Schreibtischplatte und schwieg.

Daut drückte die Zigarette im Aschenbecher aus.

»Einen anständigen Kaffee kannst du mir hier nicht kredenzen, oder?«

Rösen stand auf, öffnete die Schublade eines Büroschranks und schüttelte eine Dose. Leer. Daut griff sich Rösens Packung Nil-Zigaretten vom Schreibtisch.

»Du wirst verstehen, dass ich nicht auch noch meine eigenen Zigaretten opfere.«

Er stand auf und legte Rösen im Weggehen die Hand auf die Schulter.

»Aufmachen!«

Der Wachtmeister im Zellentrakt schaute irritiert wegen Dauts Befehlston, tat aber, wie geheißen.

Daut betrat den gesicherten Verhörraum, in dem Quint bereits wartete. Er hatte eine deutlich sichtbare Schwellung im Gesicht und eine mit verschorftem Blut verschlossene Wunde an der rechten Schläfe. Was so eine Holzhand anrichten kann, dachte Daut.

Als Quint ihn sah, sagte er leise:

»Gut, bringen wir es hinter uns, ich gebe es zu.«

Daut setzte sich auf den zweiten Stuhl im Raum.

»Was geben Sie zu?«

»Na, die Rassenschande. Ich habe mich mit der Jüdin Martha Grahn eingelassen. Sie war halt ein richtig süßes Ding. Als mildernde Umstände möchte ich ins Feld führen ...«

»Hören Sie auf, Mann.«

Daut hatte die Stimme deutlich gehoben, und Quint zuckte zusammen.

»Es interessiert uns nicht, ob, wann und wie oft Sie sich mit der Grahn im Bett vergnügt haben.«

»Aber warum bin ich dann hier?«

Daut fragte sich, ob Quint naiv oder abgebrüht war. Er nahm das Nil-Päckchen aus der Tasche und bot dem Buchhalter eine Zigarette an. Quint rauchte hastig und inhalierte tief. Daut wartete drei, vier Züge - der Glimmstängel war schon zur Hälfte aufgeraucht.

»Die Wertsachen, die Sie am Abend Ihrer Festnahme bei sich hatten, stammen von der Grahn, oder?«

Quint dachte einen Moment nach und nahm dabei den letzten Zug.

»Kann ich noch eine Zigarette haben?«

»Später. Erst beantworten Sie meine Fragen.«

»Ja, die Sachen waren von Martha. Sie hat sie mir zur Aufbewahrung gegeben für den Fall, das ihr etwas zustößt.«

»Waren die Sachen vollständig? War alles, was sie Ihnen überlassen hat, in der Tasche?

»Ja, natürlich, Herr Wachtmeister.«

Daut schüttelte den Kopf.

»Quint, Quint, warum lügen Sie mich an?«

Der Buchhalter trommelte nervös mit den Fingern auf den Oberschenkeln und starrte dabei die auf dem Tisch liegende Zigarettenschachtel an.

»Wir wissen doch längst, dass Sie die Hochzeit Ihrer Tochter mit den Goldmark aus dem Besitz von Martha Grahn bezahlt haben. Wir wissen sogar noch mehr. Die Grahn wollte ihr Hab und Gut zurück. Sie vertraute Ihnen nicht mehr, Quint. Zu Recht, wie wir wissen. Sie wollte sich einen anderen Aufbewarier suchen, womöglich hatte sie schon jemanden im Auge. Auf jeden Fall kam sie zu Ihnen und verlangte die Herausgabe von Schmuck und Münzen. Und jetzt hatten Sie ein Problem, denn Sie hatten ja schon zwei Goldmünzen ausgegeben für die Hochzeit. Oder fehlte noch mehr?«

Quint schüttelte kaum sichtbar den Kopf. Daut zog eine Zigarette aus der Packung und hielt sie Quint hin.

»Vergessen wir das. Was macht es schon aus, wenn Sie einer Jüdin ein bisschen Geld abnehmen. Sie könnte es eh nicht mitnehmen in den Osten. Was uns viel mehr Sorgen macht, sind die Blutspuren in Ihrer Laube. Spuren menschlichen Blutes, Quint. Deswegen sind Sie nämlich hier.«

Quint beschloss, erst einmal zu schweigen. Daut änderte seine Strategie.

»Sie müssen unser Problem verstehen, Quint. Da finden wir Reste menschlichen Blutes in Ihrer Gartenlaube. Mein Kollege Rösen ist Kriminaler durch und durch. Wenn der etwas von Blut hört, denkt er an ein Verbrechen. Dabei gibt es ja auch andere Erklärungen.«

Daut machte eine Pause, aber Quint sah immer noch keinen Weg, auf den er gehen wollte. Also legte Daut noch einmal nach.

»Sie könnten sich verletzt haben, kommt ja bei der Gartenarbeit schon mal vor. Wobei: Dafür war es zu viel Blut, viel zu viel. Vielleicht war die Laube ja auch Ihr Liebesnest, in dem Sie sich mit Martha getroffen haben.«

Quint hob den Kopf und sah Daut an, ohne eine Regung zu zeigen.

»Also war es so. Eventuell ist es Menstruationsblut? Nein, kein Menstruationsblut. Bei der Menge wäre jede Frau verblutet. Bliebe als letzte Möglichkeit ein Streit zwischen Ihnen und ihrer Geliebten. Martha wollte ihre Sachen zurückhaben, die Auseinandersetzung eskalierte, Sie schlagen zu ... Bums. Sie geht zu Boden. Exitus. War es so?«

Quint schaute auf die Tischplatte und schwieg.

»Es war so, ich weiß es. Jetzt mussten Sie natürlich die Leiche loswerden. Vergraben ging nicht, dazu war der Boden noch zu sehr gefroren. Also beschlossen Sie, den Körper zu zerteilen und an verschiedenen Stellen abzulegen. Das war eine harte Arbeit, Quint. Oder etwa nicht?«

»Ich ... ich war es nicht.«

Quint winselte mehr, als dass er sprach.

»Kommen Sie, Quint, wir sollten hier nicht mehr Zeit vergeuden als nötig. Je schneller wir hier fertig sind, desto eher sind Sie zu Hause. Wenn wir Glück haben, schlafen Sie heute Abend im eigenen Bett.«

Quint schaute auf, in seinem Blick war eine Mischung von Zweifel und Hoffnung. Er sah ein winziges Licht am Horizont, aber es erschien ihm noch so undeutlich, dass er beschloss, weiterhin den Mund zu halten. Erst musste der Polizist ihm schlüssig erklären, wie das funktionieren sollte mit seiner Freilassung.

»Sie glauben doch nicht etwa, dass wir einen aufrechten Deutschen, Parteimitglied, Zellenleiter, der sich stets mit seiner ganzen Kraft für Partei und Vaterland eingesetzt hat, dass wir einen solchen Patrioten vor Gericht stellen, nur weil er ein Judenflittchen getötet hat? Eine weniger, um die wir uns kümmern müssen. Haben Sie mal darüber nachgedacht, wie viel es kostet, diese ganzen Israeliten in den Osten zu schaffen und da zu versorgen? So gesehen haben Sie Deutschland sogar einen Gefallen getan.«

Quints Gesicht hellte sich ein wenig auf. Diese Sprache kannte er, und so fasste er Mut.

»So kann man sagen, ja.«

»Wir lassen Sie nicht im Stich, Quint. Allerdings müssen Sie uns helfen. Wir brauchen einen minutiösen Bericht über alles, was geschehen ist. Wie Sie die Grahn kennenlernten, wie Sie plötzlich in Liebe zu ihr entbrannten, obwohl Sie wussten, dass Sie es nicht durften. Aber Ihre Frau war schon so lange tot, und Sie waren einsam und alleine. Wie die Jüdin Ihnen ihre Sachen anvertraute, ja Sie quasi anflehte, ihre Habseligkeiten in sichere Verwahrung zu nehmen. Und wie sie dann plötzlich undankbar war, Ihnen drohte. Sie drohte Ihnen doch damit, Ihr Verhältnis öffentlich zu machen, oder?«

Quint nickte, aber Daut war sich sicher, er hätte jetzt zum allem Ja und Amen gesagt. Er fuhr in gelassenem Ton fort.

»Zum Schluss wollte sie auch noch ihre Sachen zurück, weil sie Ihnen nicht mehr vertraute. Ihnen, einem deutschen Ehrenmann. Da platzte Ihnen der Kragen, da haben Sie zugeschlagen. Sie konnten doch nicht ahnen, dass sie gleich tot war, aber als es so war, mussten Sie die Leiche wegschaffen. Die Hochzeit Ihrer Tochter stand bevor, da konnten Sie unmöglich zur Polizei gehen und alles erklären. Dafür war keine Zeit, und deshalb, nur deshalb haben Sie die Leiche zerteilt.«

Daut stand auf, stellte sich hinter Quint und legte ihm die Holzhand auf die Schulter.

»Niemand, lieber Quint, wird Ihnen in diesem Land einen Strick daraus drehen, dass Sie aus Notwehr eine Jüdin getötet haben.«

Daut spürte, wie Quint tief ausatmete. Er löste sich von dem Mann und ging zur Tür.

»Ich hole jetzt einen Protokollanten, dem Sie alles erzählen. Ist das in Ordnung?«

Quint schluckte, ehe er mit leerem, zu Boden gerichtetem Blick nickte. Daut wies auf die Zigaretten.

»Schenke ich Ihnen. Wird ja noch ein paar Stunden dauern, bis Sie rauskommen.«

Er rief den Wachhabenden, damit er die Tür aufsperrte. Als er schon halb draußen war, drehte er sich noch einmal um.

»Woher wussten Sie, wie man einen Körper fachgerecht zerteilt?«

»Mein Vater war Metzger. Als Kind habe ich immer zugeschaut, und als ich älter wurde, durfte ich auch hin und wieder mithelfen.«

Achtundvierzig

Daut hatte lange überlegt, wann der beste Zeitpunkt für sei Vorhaben wäre. Er hatte sich für den späten Abend entschieden, denn Polizeireviere waren rund um die Uhr besetzt. Das Einzige, was seinen Plan durchkreuzen könnte, wäre ein Luftangriff. Er hoffte, dass die Tommies heute noch mal Ruhe gäben.

Es war ein eigenartiges Gefühl, die SS-Uniform aus dem Schrank zu nehmen. Er hatte die schwarze Montur auch früher nie gerne getragen, aber jetzt bekam er eine Gänsehaut. Es war eine Ironie des Schicksals, dass sie ausgerechnet diese Uniform vergessen hatten, als sie ihm seinen Rang als Kriminalkommissar aberkannten und ihn zum Wachtmeister degradierten. Die Aufforderung, das Ehrenkleid zurückzugeben, muss wohl in irgendeinem Büro untergegangen sein. Zum Glück. Er probierte sie an, und sie war ihm viel zu weit. Sollte er die Engelmann bitten? Besser nicht. Er zog drei wollene Unterhemden an und schnallte den Gürtel so eng es ging. Außerdem fiel man mit zu weiter Kleidung kaum auf, bei vielen Menschen schlackerte sie um den abgemagerten Körper.

Auf Zehenspitzen, die Schuhe in der Hand, schlich er sich aus dem Haus, ohne dass seine Zimmerwirtin es merkte.
Auf der Straße war es wegen der Verdunkelung stockfinster. Die wenigen Menschen, die unterwegs waren, wichen ihm aus. Die gleiche Reaktion in der U-Bahn. Man

rückte von ihm ab, beäugte ihn aus den Augenwinkeln. Für einen Moment dachte Daut, alle würden merken, dass er sich nur verkleidet hatte, dass ihm die Uniform nicht zustand. Dann begriff er: Die Menschen hatten Angst vor ihm.

Er hatte sich einen detaillierten Plan zurechtgelegt, wie er in den nächsten Stunden ein Problem aus der Welt schaffen wollte. Er hatte es Carla versprochen - und natürlich auch Zarah.

Zuerst fuhr er nach Kreuzberg. Er stieg am Bahnhof Hasenheide aus und ging über die Bergmannstraße in Richtung des für die Urbanstraße zuständigen Polizeireviers. Hier wohnten Carla und Kurt Mey.

Er betrat die Wachstube. Wie er gehofft hatte, war nur ein Wachtmeister anwesend, der sofort aufsprang.

»Heil Hitler, Hauptsturmführer.«

Daut grüßte nachlässig.

»Wir überprüfen die Judenkarteien, da sind ein paar Schlampereien vorgekommen. Einige unserer israelitischen Schlawiner haben sich an mehreren Orten gemeldet. Haben wohl gehofft, sich allen Maßnahmen zu entziehen. Vermutlich führen Sie hier auch ein paar, die längst im Osten sind.«

Der Wachhabende sprang auf, ging an einen Aktenschrank und zog eine Kladde mit der Aufschrift »Judenregister« hervor.

»Bitte, Hauptsturmführer.«

Er bot Daut einen Platz an seinem Schreibtisch an und legte ihm die Kladde vor. Daut holte den vorbereiteten Zettel heraus. Damit sein Auftritt amtlich und seriös wirkte, hatte er auf dem Revier einige Briefbögen mitgenommen und unterschiedliche Namen aufgeschrieben. Er zeichnete mit dem Zeigefinger die Eintragungen in der Kladde nach und schüttelte immer wieder demonstrativ den Kopf. Plötzlich rief er:

»Na bitte, da haben wir doch wieder einen.«

Er streckte die rechte Hand aus und schnippte mit den Fingern. Der Polizist verstand sofort und reichte ihm einen Federhalter. Daut machte den Namen Kurt May mit einem dicken Strich unleserlich.

»Der hier hat längst den ihm zustehenden Platz gefunden.« Er sah zum Polizisten auf, der hämisch grinste.

Daut gab ihm den Füller zurück.

»Stempel, bitte.«

Der Wachhabende drückte einen Stempel auf das Farbkissen. Daut hielt im das Buch hin, und er hinterließ einen sauberen Stempelabdruck unmittelbar neben dem gestrichenen Namen. Daut tippte mit dem Finger auf den Stempel.

»Schreiben Sie: *Verzogen nach Theresienstadt*.«

Die Zungenspitze zwischen den Zähnen, schrieb der Polizist und meinte:

»Soll ja eine schöne Stadt sein, die der Führer den Juden da geschenkt hat.«

Als er fertig war, nahm Daut die Kladde erneut und zeichnete den Stempel schwungvoll, aber unleserlich ab. In Druckbuchstaben setzte er unter die Signatur: »Hauptsturmführer«.

Als er zur Tür ging, nickte er dem Polizisten noch einmal zu.

»Und wegen so etwas muss man sich die Nächte um die Ohren schlagen.«

Zurück auf der Straße, blieb Daut an der nächsten Ecke stehen und atmete mehrmals tief durch. Teil eins der Operation war erledigt. Der Jude Kurt May existierte nicht mehr in Berlin, er war offiziell nach Theresienstadt gebracht worden. Der zweite Teil würde schwieriger. Er bestieg zum zweiten Mal die U-Bahn und fuhr nach Charlottenburg. Dort hatte der Luftangriff schwere Schäden hinterlassen, in manchen Straßen war jedes Haus in Mitleidenschaft gezogen, und jedes zweite lag vollständig in Trümmern. Er betrat das Polizeirevier in der Kantstraße, Ecke Leibnitzstraße. Jetzt käme alles auf sein Auftreten an. Auch diesmal traf er nur einen Hauptwachtmeister an, der ihn genauso unterwürfig begrüßte wie sein Kollege zuvor in Kreuzberg.

Daut kam sofort zur Sache.

»Ich habe es eilig, Mann. Mein Bruder und seine Familie sind ausgebombt, musste sie alle bei mir zu Hause unterbringen. Man hilft ja, wo man kann, aber es ist auch kein Vergnügen, die ganze Bagage auf dem Hals zu haben.«

Daut lachte, und der Wachtmeister fiel ein.

»Das glaube ich gerne. Wenn ich mir vorstelle, ich hätte meine Schwiegermutter in der Wohnung ...«

»Dachte ich mir, dass Sie das verstehen, Hauptwachtmeister. Meine Leute müssen so schnell wie möglich eine eigene Wohnung finden. Dafür brauchen sie erst einmal die Bombenscheine. Als ich hier vorbeikam, dachte ich, die könnte ich doch gleich mitnehmen. Sie sind doch zuständig für die Pestalozzistraße, oder?«

»Natürlich, Hauptsturmführer. Welche Namen?«

Daut konzentrierte sich, eher er antwortete.

»Alter Berliner Adel, mein Lieber. Krause ist der Nachname. Albert, Oskar, Kurt, Maria und Charlotte. Fünf Personen - und alle in meiner Wohnung.«

Daut atmete hörbar aus. Der Polizist nahm fünf Formulare aus einem Ablagekorb.

»Pestalozzistraße Nummer?«

»Siebzehn.«

Der Hautwachtmeister füllte Formular auf Formular aus und ließ sich den jeweiligen Vornamen nennen. Daut war froh, sich die Namen genau zurechtgelegt und auswendig gelernt zu haben. Der Polizist reichte ihm den Stapel Papiere.

»Dann viel Glück bei der Wohnungssuche.«

Auf der Straße musste Daut fast lächeln. Was für eine Komödie. Zum letzten Mal bestieg er an diesem Abend eine U-Bahn in SS-Uniform.

Carla öffnete ihm die Tür der Blindenwerkstatt. Sie erschrak, als sie seine Uniform sah. Auch Kurt, der in Weidts Büro wartete, war das Entsetzen anzusehen.

»So einem vertrauen wir unser Leben an.«

»Halt den Mund«, sagte Carla wütend.

Weidt bat Daut, Platz zu nehmen, der anschließend erzählte, dass in Berlin kein Jude namens Kurt May mehr existiere. Dann legte er die Bombenscheine auf den Tisch.

»Hier sind fünf echte Bescheinigungen, nach denen eine Familie komplett ausgebombt ist. Auch alle Papiere sind verschwunden. Denn Rest können Sie erklären, Weidt.«

Der Blinde verbeugte sich leicht vor Daut und atmete einmal tief ein.

»Mit diesen Scheinen gehen Sie morgen zum Polizeirevier am Hackeschen Markt, Kurt. Dort fragen Sie nach einem gewissen Paul Röver, das ist der Leiter der Meldestelle. Er hilft Menschen in Not und wird Ihnen ohne Nachfragen Papiere ausstellen. Echte Ausweise, wohlgemerkt, mit denen Sie ein freies Leben führen können.«

Carla jauchzte kurz auf, während Kurt grimmig fragte:

»Und wie soll ich heißen?«

»Krause. Kurt Krause«, sagte Daut gelassen.

»Es hätte schlimmer kommen können«, antwortete Kurt May.

Weidt deutete auf die Formulare.

»Es werden noch vier weitere Menschen ein freies Leben führen können. Danke, Herr Daut. Können wir etwas für Sie tun?«

»Wenn Sie irgendeinen Anzug für mich hätten und die Uniform verbrennen würden. Ich möchte nicht noch einmal so durch die Stadt fahren. Und dann habe ich nur noch einen Wunsch: endlich schlafen.

Samstag, 20. März 1943

Neunundvierzig

Daut hasste Nachtschichten - und von Grätz setzte ihn nur noch nachts ein, und meistens war Gisch sein Partner, dieser fanatische Nationalsozialist. In den letzten zwei Wochen war Daut ständig auf der Hut gewesen und hatte nach Anzeichen gesucht, dass ihn jemand erkannt hatte und seine Maskerade mit der SS-Uniform aufgeflogen war. Aber alles war ruhig geblieben.

Carla hatte ihn am Montag nach seiner Köpenickiade besucht und erzählt, dass ihr Mann am Vormittag mit dem Bombenschein zur Meldestelle am Hackeschen Markt gefahren sei. Der Amtsleiter Röver stellte ihm sofort und ohne weitere Nachfragen neue Papiere aus. Otto Weidt hatte Kurt ein möbliertes Zimmer am Tiergarten besorgt und ihn in der Bürstenmacherei eingestellt. Ein Arbeitsloser würde auffallen. Nur eins bedrückte Carla: Sie konnte ihren Kurt aus Sicherheitsgründen nur noch selten und heimlich treffen. Aber was war das schon gegen die Gewissheit, dass er überleben würde.

Auch Rösen hatte ihn in der vergangenen Woche besucht. Er berichtete, dass die Staatsanwaltschaft nach langem Hin und Her Anklage gegen Quint erhoben hatte. Zum Glück, denn damit war Daut aus dem Schneider, was seine Rolle bei der Verhaftung und Vernehmung anging. Allerdings wurde in der Anklageschrift nicht mit einer Silbe erwähnt, dass die Ermordete Jüdin war. Das passte dann doch nicht ins Weltbild, und man wollte jede öffentliche Diskussion darüber vermeiden, ob die Tötung einer Jüdin überhaupt ein Mord sein könne.

Daut überlegte, ob er Bertha nach einem Bohnenkaffee fragen sollte, entschied sich aber dagegen und setzte Wasser für einen Gerstenkaffee auf, obwohl man es inzwischen geschafft hatte, selbst dieses Gebräu noch ungenießbarer zu machen, als es ohnehin schon war.

Wie jeden Morgen hatte Bertha die Zeitung vor seine Tür gelegt, nachdem sie das Blatt ausgiebig studiert hatte. Er schlug die Berliner Morgenpost auf, blätterte bis zum Lokalteil und las:

Todesurteil gegen Raubmörder.
Schweres Verbrechen vor dem Sondergericht

Eine furchtbare Bluttat fand jetzt ihre Sühne vor einem Sondergericht.

Vor einigen Wochen wurden in zwei Berliner Kellern und in einer Schleuse ein Koffer und zwei Pakete gefunden, in denen sich Leichenteile einer weiblichen Person befanden. Die polizeilichen Ermittlungen ergaben, dass der 49-jährige August Quint die 30-jährige Martha Grahn in seiner Gartenlaube in Weißensee ermordet, die Leiche zerstückelt, in die Pakete gepackt und diese später in den Häusern abgelegt und in der Schleuse versenkt hatte.

Quint, der bisher unbestraft war, lebte in geordneten Verhältnissen. Er hatte die Frau einige Monate vorher kennengelernt und war zu ihr in freundschaftliche Beziehungen getreten. Sie besaß einige Wertsachen, darunter Schmuck und Goldmünzen, die sie ihm zur Aufbewahrung übergab, da er ihr vertrauenswürdig erschien. Gold und Juwelen hatten es dem Quint aber angetan, bald beherrschte ihn nur noch der Gedanke, dass er sich ganz in den Besitz dieser Wertsachen bringen müsste. Ein Versuch, ihr einige Goldsachen abzuschwatzen, missglückte. Im Gegenteil, die Frau wurde durch sein so offen zur Schau gestelltes Interesse misstrauisch und forderte ihr Eigentum zurück. Als sie immer mehr auf die Rückgabe drang, beschloss er, sie zu ermorden. Er bestellte sie in seine Gartenlaube und schlug sie dort, als sie wiederum auf die Herausgabe der Wertgegenstände bestand, mit einem Hammer nieder. Er zerstückelte die Leiche und brachte sie fort.

In der Hauptverhandlung, die am 18. März vor dem Sondergericht Berlin stattfand, war der Angeklagte voll geständig. Er erklärte, dass nur seine maßlose Habgier ihn zu der entsetzlichen Tat getrieben habe. Das Sondergericht verurteilte ihn als Gewaltverbrecher und Mörder zum Tode. Das Urteil ist bereits vollstreckt.

Wie Rösen gesagt hatte: kein Wort über die wahren Hintergründe der Tat. Offenbar traute man den Deutschen nicht hundertprozentig. Zeigten die Proteste der Frauen in der Rosenstraße etwa Wirkung?

Jetzt brauchte Daut doch einen Kaffee. Als er die Tür öffnen wollte, klopfte die Engelmann.

»Hier ist gerade etwas für Sie abgegeben worden.«

Die Witwe hielt Daut ein Päckchen entgegen und blieb, als er es entgegengenommen hatte, wie angewurzelt stehen.

»Haben Sie noch etwas von dem Bohnenkaffee, Frau Engelmann? Ich bin hundemüde und bräuchte dringend eine kleine Aufmunterung.«

Widerstrebend ging sie in die Küche .Daut öffnete vorsichtig das Paket. Es enthielt eine rot-weiße Schachtel mit der Aufschrift *Mademoiselle Chanel No. 3 - Paris.*

Er stellte den Karton vorsichtig auf den Tisch und öffnete das beigelegte Kuvert. Die malvenfarbene Karte besaß im oberen Drittel eine kunstvoll ausgeführte, goldene Gravur.

Zarah Leander - Lönö - Sverige

Mit schwungvoller Handschrift hatte sie geschrieben:

Für die Frau meines Helden.
Danke!
Zarah

Anmerkungen

»Der Aufbewarier« ist ein Roman, also fiktiv. Die Handlung sowie die meisten Figuren der Geschichte sind frei erfunden, auch der Mordfall Martha Grahn hat sich so nicht ereignet, wenn er auch ein historisches Vorbild hat, auf das ich später eingehe.

Einige Schauplätze, Personen und Ereignisse jedoch sind historisch bzw. Orten oder Menschen nachempfunden, die im Jahr 1943 existierten bzw. lebten. Trotzdem entspringen die Dialoge auch dieser »realen« Personen der Fantasie des Autors.

»Der Aufbewarier« kann insofern als rein fiktiver Roman gelesen werden. Für alle, die sich mehr für die historischen Hintergründe interessieren, gebe ich hier noch einige weitere Hinweise.

Die in Kapitel 2 erstmals erwähnte Massenverhaftung jüdischer Menschen wurde nach dem Krieg als »Fabrikaktion« bezeichnet. Dabei wurden die letzten bis dahin von der Deportation verschonten Berliner Juden verhaftet, die in kriegswichtigen Industrieunternehmen oder bei der jüdischen Kultusvereinigung zwangsbeschäftigt waren.

In Berlin dauerte die Razzia rund eine Woche. Gestapo und bewaffnete SS-Angehörige riegelten am Morgen des 27. Februar 1943 schlagartig etwa 100 Betriebe ab und transportierten die Verhafteten auf offenen Lastkraftwagen zu vorbereiteten Sammelstellen. Andere Juden, die durch den Judenstern kenntlich waren, wurden von der Schutzpolizei auf offener Straße verhaftet. Später durchsuchte die Gestapo Wohnungen und nahm die jüdischen Bewohner mit. Insgesamt wurden bei dieser Großrazzia in Berlin mehr als 8.000 Juden inhaftiert und in verschiedene Sammellager gebracht, darunter das in Kapitel vier erstmals erwähnte ehemalige Konzerthaus Clou in der Mauerstraße und das Gebäude der Jüdischen Gemeinde in der Rosenstraße im Bezirk Mitte, in das alle in „Mischehe" lebenden Juden bzw. sogenannte jüdische Mischlinge interniert wurden. Die meisten dieser sogenannten privilegierten Juden wurden später aus der Haft entlassen und entgingen der Deportation und Ermordung (zum sogenannten Rosenstraßenprotest gibt es weiter unten Erläuterungen).

Die meisten der in den anderen Sammellagern inhaftierten Juden wurden zwischen dem 1. und 6. März 1943 in fünf Transporten nach Auschwitz deportiert, zwei Drittel von ihnen wurden unmittelbar nach ihrer Ankunft in Auschwitz ermordet.

Insgesamt zeigte die Fabrikaktion aber, dass einige Berliner bereit waren, jüdischen Menschen zu helfen. Neueste Schätzungen gehen davon aus, dass sich rund 4.000 Berliner Juden der Verhaftung entziehen konnten. Viele von ihnen wurden allerdings später entdeckt, deportiert und ermordet. Nur etwa 1.500 Juden konnten sich in Berlin bis zur Kapitulation verbergen und überleben.

Im Zusammenhang mit der Fabrikaktion steht die als »Rosenstraßenprotest« berühmt gewordene Demonstration von Angehörigen der Inhaftierten, die im »Aufbewarier« eine zentrale Rolle spielt. Es handelt sich um die größte Protestdemonstration in der Zeit des Nationalsozialismus. In den Tagen nach dem 27. Februar demonstrierten ständig mehrere Hundert Frauen in der Rosenstraße und forderten lautstark die Freilassung ihrer Angehörigen.

Auch wenn die Geschichtswissenschaft zum Teil die Meinung vertritt, die in Mischehe lebenden Juden wären auch ohne diese Demonstrationen freigelassen worden, ist der Protest der Frauen ohne Zweifel ein leuchtendes Beispiel für mutigen Widerstand und Zivilcourage im NS-Staat.

Über die Demonstrationen in der Rosenstraße sind viele Bücher erschienen. Empfehlenswert sind:

Nina Schröder: Die Frauen der Rosenstraße. Hitlers unbeugsame Gegnerinnen. München 2003.

Nathan Stoltzfuß: Widerstand des Herzens. Der Aufstand der Berliner Frauen in der Rosenstraße. München und Wien 1999.

2003 kam der Film »Rosenstraße« der Regisseurin Margarethe von Trotta in die Kinos, der ebenfalls auf den historischen Ereignissen des Jahres 1943 basiert.

Der im Roman geschilderte Mordfall Martha Grahn ist fiktiv, aber an eine ähnliche Tat angelehnt. Ein Reichsbahner hatte Ende 1943 die jüdische Zwangsarbeiterin Vera Korn und ihre Tochter Eva ermordet und die Leichenteile während eines nächtlichen Luftangriffes in der Berliner Innenstadt und in Eisenbahnzügen verstreut. Auch hier wollte der Mörder sich in den Besitz der Wertsachen des Opfers bringen, die ihm als Aufbewarier anvertraut waren. Die wahre Geschichte des einzigen von den Nazis hingerichteten Judenmörders und seiner Opfer schildert Michael Klein in seinem Buch »Vera und der braune Glücksmann« (Leipzig 2006).

In Kapitel zwei werden erstmals Otto Weidt und seine Bürstenmacherei erwähnt. Weidt (geboren am 2. Mai 1883 in Rostock; gestorben am 22. Dezember 1947 in Berlin) ist einer der stillen und leider oft vergessenen Helden des Widerstandes gegen den Nationalsozialismus. Anfang der 1940er-Jahre eröffnete er in der Rosenthaler Straße 39 eine Besen- und Bürstenbinderei. Sie wurde als „kriegswichtiger Betrieb" eingestuft, weil die Wehrmacht der Hauptabnehmer der Produkte war. Es gelang Weidt, durch Bestechung und Passfälschung seine größtenteils jüdischen Mitarbeiter vor der Deportationen zu schützen. Beispielsweise versteckte er eine Familie Horn neun Monate in einem Hinterraum seiner Werkstatt. Zu den von ihm geretteten Menschen gehörte auch Inge Deutschkron, die in mehreren Büchern über ihr Überleben im Untergrund berichtet, unter anderem in:
Ich trug den gelben Stern, Köln 1978.
Seine ehemalige Blindenwerkstatt in der Rosenthaler Straße 39 ist heute ein Museum.

Der Fall des in Kapitel 23 erwähnten Delikatessenhändlers Nöthling ist historisch. Er versorgte seine namhafte Kundschaft, darunter Reichsinnenminister Frick, Reichserziehungsminister Rust, Reichsaußenminister Ribbentrop, Reichsernährungsminister Darré, Reichsarbeitsführer Hierl und zahlreiche hohe Offiziere zentnerweise mit auf legale Weise nur schwer oder gar nicht erhältlichen Lebensmitteln.

Um einen öffentlichen Skandal zu vermeiden, entschied Hitler persönlich, dass kein Strafverfahren gegen Nöthling eröffnet wurde. Das Problem erledigte sich von selbst, als Nöthling sich im Mai 1943 einer Bestrafung durch „Selbstmord" entzog.

Die schwedische Schauspielerin und Sängerin Zarah Leander war in den 1930er- und 1940-Jahren einer der größten Filmstars. Sie war die höchstbezahlte Schauspielerin in der Zeit des Nationalsozialismus. Die Ernennung zur Staatsschauspielerin lehnte sie allerdings ab und blieb schwedische Staatsbürgerin. Ihre Rolle im Nationalsozialismus ist bis heute umstritten. Auf der einen Seite spielte sie in mehreren ausgewiesenen NS-Propagandastreifen, auf der anderen Seite stellte sie sich z. B. hinter ihren Texter Bruno Balz, der mehrmals wegen seiner Homosexualität inhaftiert war. Zarah Leander sah sich selbst als völlig unpolitische Künstlerin, was in einer Diktatur allerdings kaum möglich ist. Bis heute ist die Deutung ihrer Rolle umstritten, was erheblich zur Legendenbildung beigetragen hat.

Eine fundierte, kritische Auseinandersetzung mit Zarah Leander liefert:

Jutta Jacobi: Zarah Leander. Das Leben einer Diva, Hamburg 2006.

Die BBC-Radio-Satiren um den Gefreiten Adolf Hirnschal gab es wirklich. Sie stammen aus der Feder des österreichischen Schriftstellers und Kabarettisten Robert Lucas (eigentlich: Robert Ehrenzweig; geboren 8. Mai 1904 in Wien; gestorben 19. Januar 1984 in London).

Der Gefreite Hirnschal war eine Kunstfigur, die Lucas nach dem Vorbild von Jaroslav Hašeks Schwejk für das Kabarett entwickelt hatte. Von 1940 bis zum Kriegsende schrieb Lucas 100 Briefe Hirnschals an seine Frau Amalie, die von der BBC produziert und gesendet wurden und nach britischen Schätzungen im letzten Kriegsjahr etwa 10 Millionen regelmäßige Zuhörer hatten.

Die Brief sind in Buchform nur noch antiquarisch erhältlich:

Robert Lucas: Teure Amalia, viel geliebtes Weib. Die Briefe des Gefreiten Adolf Hirnschal an seine Frau in Zwieselsdorf. Zürich 1945.

Liebe Leserinnen und Leser,

zum Schluss möchte ich mich bei Ihnen bedanken, dass Sie meinen Roman gelesen haben. Denn nur für Sie schreiben wir Autoren ja unsere Bücher. Wir wünschen uns, dass die von uns erfundenen Geschichten und Figuren in Ihrer Fantasie zu neuem Leben erwachen.

Deshalb freuen ich mich auch über jede Leserzuschrift. Schreiben Sie mir, ob Ihnen dieser Roman gefallen hat. Meine E-Mail-Adresse lautet:
belabolten@email.de

In diesem Zusammenhang habe ich noch eine Bitte. Als verlagsunabhängiger Autor muss ich mich auch um das Marketing für meine Bücher selbst kümmern. Deshalb bin ich auf die Unterstützung meiner Leser angewiesen. Sie helfen mir sehr, wenn Sie meine Bücher bei Amazon bewerten, über sie sprechen und sie weiterempfehlen. Twittern Sie über das Buch, erwähnen Sie es auf Facebook, Google+ oder anderen Plattformen.

Wenn Sie mehr von mir lesen möchten, finden Sie auf den folgenden Seiten eine Leseprobe des Romans »Codewort Rothenburg«, Axel Dauts erstem Fall.

Herzlichst

Ihr Béla Bolten

Codewort Rothenburg
Axel Dauts erster Fall

Berlin, Frühjahr 1941. Ein mysteriöser S-Bahn-Mörder hält die Stadt in Atem. Als eine weitere Frauenleiche gefunden wird, führen die Spuren Kriminalkommissar Axel Daut aber in eine andere Richtung. Das Opfer arbeitete als Prostituierte in einem noblen Bordell. Warum will offiziell niemand etwas von diesem „Salon Kitty" wissen? Trotz Anweisung von höchster Stelle, den Fall zu den Akten zu legen, ermittelt Daut weiter und betritt eine geheimnisvolle Welt aus Spionage und rauschhafter Begierde, der auch er sich nicht entziehen kann
Währenddessen schließt sich Dauts Ehefrau Luise ohne sein Wissen einer Widerstandsgruppe an.
Als deutsche Soldaten in Russland einmarschieren und Bomber Nacht für Nacht Tod und Zerstörung auch nach Berlin bringen, kommt es zu einem dramatischen Finale, an dessen Ende nichts mehr ist, wie es war.

"Historisch perfekt recherchiert – ein Stück NS-Alltagsgeschichte in Romanform, das ohne moralische Wertungen, ohne politisches Pathos, ohne erhobenen Zeigefinger auskommt."
(Eine Leserin bei Amazon)

'Codewort Rothenburg' ist definitiv mehr als nur ein spannender Krimi. Der Autor Belá Bolten schaffte es die Ereignis-

se der Zeit geschickt mit einem spannenden Kriminalfall zu verbinden.
(Wir lesen – Eure Büchercommunity)

Béla Bolten ist es mit diesem Buch brillant gelungen, ein historisches Szenario in einen mitreißenden Krimi zu packen, der einen für viele Stunden nicht mehr los lässt.
(Online Magazin Maniax)

Leseprobe

Eins

Er hatte es sich schlimmer vorgestellt. Unangenehmer. Er sollte sich entspannen, dann könnte er es sogar genießen. Die Kameraden hatten recht, Inge war hübsch. Nicht schön, aber reizvoll. Weniger ihr Gesicht, in dem die Augen etwas zu eng beieinanderstanden und die Wangenknochen zu deutlich hervortraten. Sähe man nur ihren Kopf, könnte man sie für dürr halten. Er sah an ihrem Körper herunter. Sie war alles andere als das. Der Seidenkimono war aufgesprungen, und so hatte er einen freien Blick auf ihre Brüste, ihren Bauch, ihre Beine. Ein seidiges Etwas, eher ein Nichts als ein Höschen, verbarg die Scham zwischen ihren runden Schenkeln. Sie stützte sich auf den linken Unterarm, trank einen Schluck Champagner und sah ihn herausfordernd an.

»Na, Soldat! Genug gesehen?«

Er fühlte sich ertappt. Das Blut schoss ihm ins Gesicht.

»Du bist ja vielleicht ein Held!«

Sie prustete los, und einige Spritzer Sekt trafen seine Nase.

»Wirst ja rot wie ein kleiner Junge, wenn du nur ein paar Tittchen siehst. Hoffentlich wirst du mir beim Rest nicht ohnmächtig!«

Wieder lachte sie lauthals.

»Nimm die Inge«, hatten seine Kameraden gesagt. »Die ist nicht nur hübsch, die hat auch richtig was drauf. Sachen macht die ...«

Mit seiner linken Hand umfasste er ihre rechte Brust. Inge drängte ihren Oberkörper gegen ihn.

»Na endlich. Ich dachte schon, du wolltest nie anfangen.«

Sie nestelte an seiner Gürtelschnalle und zog mit einem Ruck die Hose herunter. Als sie in seine Unterhose greifen wollte, schlug er ihre Hand weg. Sie riss die Augen auf.

»Aua, du tust mir weh.«

Er hatte zu fest zugepackt. Es war ein Reflex. Aus seinem Unterbewusstsein. Seit Jahrzehnten antrainiert.

Er lockerte den Griff.

»Tut mir leid. Aber ich kann nur ...«

»Ah, der Herr möchte bestimmen, wo's lang geht. Nur zu!«

Sie lachte, hob den Hintern an und zog mit einem Ruck ihr Höschen auf die Knöchel.

»Den Rest kannst du ja wohl selber!«

Wieder gluckste sie, und in diesem Moment wusste er, dass er dieses Lachen schon einmal gehört hatte. Inge spreizte die Schenkel, und der Anblick, der sich ihm bot, lenkte ihn augenblicklich ab. Noch nie hatte er eine Frau gesehen, die an dieser Stelle rasiert war. Das Verlangen sprang ihn an wie ein Tiger sein Opfer. Er wollte diese Frau, die sich ihm so schamlos darbot.

»Dreh dich um«, sagte er in einem barschen Befehlston.

Sie schien es als Spiel aufzufassen.

»Jawohl, Herr Leutnant! Wie der Herr Leutnant befehlen!«

Lasziv und provozierend langsam drehte sie sich auf die Seite. Er fasste sie um das Becken, hob sie hoch und brachte sie mit einem Schwung in eine kniende Position. Sie stöhnte auf, es klang nicht schmerzhaft. Mit der Hand fuhr sie sich zwischen die Schenkel, und er spürte stechend, wie groß seine Lust war. Die Hose hatte sich an seinen Beinen verheddert, und er brauchte einige Zeit, sie abzustreifen. Als er seine Unterhose nach unten zog, drehte sie den Kopf.

»Nun mach schon, oder willst du ...«

Ihre Augen weiteten sich, und die Backen fielen in sich zusammen.

»Was ist das denn?«

Sie kreischte mehr als sie sprach und beendete den Satz mit einem hohen, fast quietschenden Kiekser. Sie blickte ihn direkt an. Wieder lachte sie schallend und brüllte los, wobei ihre Stimme fast eine Oktave tiefer zu sein schien als zuvor:

»Das kann doch gar nicht wahr sein. Wann habe ich denn so was das letzte Mal gesehen? Muss schon lange her sein! Das glaubt mir kein Mensch.«

In diesem Moment erinnerte er sich an alles. Er hatte einen Fehler gemacht. Einen folgenschweren Fehler.

Er griff in ihr dichtes, schwarzes Haar und drehte mit einem kräftigen Ruck ihren Kopf nach vorne. Sie schrie auf. Diesmal vor Schmerz. Er verschloss ihren Mund mit seiner Hand. Mit Verwunderung spürte er, dass seine Lust nicht nachgelassen hatte.

»Sei still und tu deine Arbeit«, zischte er.

Dann drängte er sich an sie. Er wusste, dass er die Sache zu Ende bringen musste.

Neugierig geworden?

„Codewort Rothenburg" gibt es als Taschenbuch exklusiv bei Amazon.

Printed in Germany
by Amazon Distribution
GmbH, Leipzig